KB043781

옛 거장들

희극

Alte Meister. Komödie by Thomas Bernhard

Alte Meister

옛 거장들

토마스 베른하르트 지음 • 김연순 · 박희석 옮김

Thomas Bernhard

벌은 지은 죄만큼 받기 마련이다.
삶에 대한 환희를 모조리 빼앗긴다면
삶의 권태로부터도 철저하게
벗어날 수 있다.

– 키르케고르

미술사 박물관에서 레거와 만나기로 한 시간은 열한 시 반이었지만 나는 열 시 반에 이미 그곳에 가 있었다. 그건 벌써 오래전부터 마음먹었던 일인데, 레거를 한번 보기 좋은 각도에서 관찰하기 위해서였다, 라고 아츠바허는 쓴다. 레거는 오전에 대개 보르도네 홀에 걸려 있는 틴토레토의 그림 하얀 수염의 남자 맞은편 의자에 앉아 있다. 어제도 그 비로드 천을 입힌 의자에 앉아서 나에게 소위 폭풍 소나타를 설명한 다음 푸가에 대한 설명을 이어 갔는데, 바흐 이전부터 슈만 이후까지라고 말은 했지만 바흐는 접어 둔 채 모차르트만을 신나게 이야기했다. 그래서 나는 오늘 틴토레토의 하얀 수염의 남자 앞에 앉아 있는 레거를 서서 살펴보기 위해 세바스티아노 홀에 진을 쳐야 했고, 내 취향에 맞지 않는 티치아노의 그림을 보고 있어야 했다. 그러니까 나는 사람을 관찰할 때는 앉아서 하기보다는 서서 하기를 좋아하여 평생 그렇게 해 왔다. 드디어 나는 세바스티아노 홀에서 보르도네 홀 안으로 최고도의 시력을 동원하여, 높은 의자 등받이에 가려진다든가 하지 않은 레거의 옆모습 전체를 들여다볼 수 있었기에 레거를 한번 조용히 관찰해 보려는 나의 계획을 성공시켰던 것이다. 그것은 틀림없이 어제 하루 동안 그 전날 밤부터 나빠진 날씨에 몹시 시달린 듯한, 그래서 지금도 내내 검은 모자를 쓴 채 내 쪽을 향해 앉아 있는 레거의 왼편 모습이었다. 겨울 외투를 입고 지팡이를 두 무릎 사이에 끼워 짚은 레거가 내가 보기에는 하얀 수염의 남자 관람에 완전히 몰입하고 있었기 때문에, 내가 그를 보고 있다는 걸 들킬 염려는 조금도 없었다. 레거는 박물관 감독관 이르지글러를 벌써 삼십 년이 넘게 잘 알고 지내는 터이며 나 또한 이십여 년 전부터 지금까지 그와 한결같이 좋은 관계를 유지해 왔다. 그런 이르지글러는 내가 보낸 손짓을 보더니 레거를 조용히 관찰하려는 나의 의도를 알아차리고는 정해진 시간에 전시실에 나타날 때마다 마치 내가 그곳에 없다는 듯이 행동했다. 이르지글러는 또 감독관으로서 의무를 수행하는 동안에, 그러니까 무료 입장일인 토요일인데도 이상하게 그리 많지 않은 관람객들을, 특히 그를 모르는 사람들한테는 불쾌하게 느껴질 만한 태도로 감독하는 동안에도 마치 레거의 존재를 전혀 의식하지 않는 것처럼 행동했다. 이르지글러는 흔히 박물관 감독관들이 관람 태도가 나쁜 관람객에게 겁을 주기 위해 지어 보이는 그 불쾌한 눈초리를 하고 있다. 불시 점검을 하느라 어느 전시실이든 가리지 않고 방 한 모퉁이에 소리 없이 불쑥 들어서는 행동 따위는 그를 잘 모르는 관람객들에겐 사실 불쾌하기 짝이 없는 일이다. 볼품은 없으나 백 년을 입어도 해어지지 않을 정도로 튼튼하게 지은, 커다란 검은 단추를 채운 회색 제복을 입고 (입었다기보다는 옷걸이에 걸어 놓은 것처럼 그의 버쩍 마른 몸에 헐렁하게 걸려 있다), 같은 천으로 된 모자를 쓴 그는 국가가 고용한 미술작품을 지키는 감독관이라기보다는 차라리 형무소의 간수를 연상시킨다. 이르지글러는 아픈 데가 없는데도 내가 그를 알게 된 날부터 지금까지 내내 창백한 얼굴을 하고 있었다. 레거는 몇십 년째 이런 이르지글러를 가리켜, 삼십오 년 동안 미술사 박물관에 근무하고 있는 국가의 심부름꾼이라 부른다. 삼십육 년을 넘게 이 미술사 박물관을 찾은 레거는 이르지글러를 그의 근무 첫날부터 알게 되었으며 그와는 전적으로 우호적인 관계를 맺고 있다. 레거는 몇 년 전, 내가 보르도네 홀의 관람용 의자를 언제나 수시로, 또 얼마 동안이든지 이용할 수 있게 된 데에는 몇 푼 안 되는 매수금이 필요했을 뿐이지요, 라고 말한 적이 있다. 이렇게 레거와 이르지글러는 어떤 관계를 맺었고 이러한 관계는 두 사람에게 삼십여 년 묵은 습관이 되어 버렸다. 빌 레거는 틴토레토의 하얀 수염의 남자를 혼자서 자주 관람하는데 그럴 때마다 이르지글러는 보르도네 홀을 손쉽게 폐쇄해 버리곤 한다. 보르도네 홀 입구를 가로막고 서서는 아주 간단히 홀을 차단해 버릴 뿐만 아니라, 아직 홀 안에 있는 관람객을 거침없이 홀 밖으로 몰아낸다. 레거가 그러길 원하기 때문이다. 이르지글러는 라이타 지방 브루크에서 가구공 견습을 마쳤다. 그러나 보조 가구공이 되기 전에 경찰관이 되려고 그 직업을 포기했다. 하지만 경찰에서는 몸이 약하다는 이유로 이르지글러를 임용하지 않았다. 일천구백이십사년부터 이미 미술사 박물관 감독관으로 근무하던 그의 외삼촌이 그에게 이 박물관에 일자리를 마련해 주었다. 이르지글러는 이 자리가 비록 저임금이기는 하나 그래도 가장 확실하고 안전한 자리라고 말한다. 이르지글러가 경찰관이 되고 싶어 한 이유는 오로지 옷 문제가 해결된다고 생각했기 때문이다. 한평생 같은 옷을 입는다는 것, 국가가 제공하는 옷을 한평생 거저 입을 수 있다는 것이 그에겐 아주 이상적이었다. 외삼촌은 그의 이러한 이상과 이 직업이 딱 들어맞는다고 말한다. 경찰에 고용되건 미술사 박물관에 고용되건 아무런 차이가 없다는 것이다. 물론 경찰관 보수가 박물관 보수보다는 많지만, 그 대신 근무 내용은 서로 비교가 안 된다는 것이다. 이르지글러는 미술사 박물관 근무보다 책임이 무거우면서도 쉬운 일자리는 달리 없을 것이라고 한다. 경찰관이란 날마다 생명의 위험을 무릅써야 하는 직업이지만 박물관 근무는 그렇지 않다는 것이다. 또한 이르지글러는 일의 단조로움 때문에 고민할 필요가 없다. 그는 이 단조로움을 좋아하니까. 그는 하루에 사오십 킬로미터를 걷는데, 주로 딱딱한 사무실 의자에 앉아서 근무하는 경찰보다는 그 편이 평생을 두고 그의 건강에 훨씬 더 좋을 것이라고 한다. 이르지글러는 박물관 관람객들을 다른 보통 사람들보다도 더 호의적으로 대하며 기꺼이 돌봐 준다. 박물관을 찾는 사람들은 뭐니뭐니해도 예술에 조예가 깊고 지위도 높기 때문이다. 그러한 예술에 대한 이해는 이르지글러 자신이 세월의 흐름과 더불어 습득하여 소화시켰으니, 언제라도 미술사 박물관 안내원 노릇을, 아무튼 여기 회화 전시실 안내원 노릇을 거뜬히 해낼 수 있을 것이다. 그러나 그는 이러한 안내가 전혀 필요 없다고 말한다. 관람객들은 자기네들에게 해주는 설명에 전혀 호응하지 않는다며 이렇게 말한다. 박물관 안내원들은 몇십 년 동안이나 똑같은 설명을 하는 데다가, 레거 씨 말마따나 허튼소리도 아주 많이 해요. 오랜 세월이 흐르는 동안에 레거의 말에서 많은 부분을, 아니면 낱말 하나하나까지 고스란히 그대로 따온 이르지글러는 미술사 연구가들이 관객에게 그저 쓸데없는 수다를 떨고 있을 뿐이라고 말한다. 이르지글러는 레거의 메가폰인 셈이다. 그가 하는 말의 대부분은 레거가 말했던 것이다. 삼십여 년째 이르지글러는 레거가 한 말을 하고 있다. 내가 자세히 귀를 기울일 때마다 나는 이르지글러를 통하여 레거의 말을 듣게 된다. 이르지글러는 우리가 안내원의 설명을 들을 때마다 우리는 그저 미술사 연구가의 짜증스럽고 역겹기만 한 예술에 대한 수다를 들을 뿐이지요 하고 말하는데, 그것도 레거가 종종 하는 말이다. 이르지글러는 레거의 말을 옮겨서, 여기 있는 그림은 모두 아주 훌륭합니다만 어느 그림도 완벽하지는 못합니다, 라고도 말한다. 또 이르지글러는 레거의 한마디 한마디를 그대로 따라서 이렇게 말하기도 한다. 사람들이 박물관을 찾는 것은 무슨 관심이나 흥미가 있어서가 아니라 단지 박물관은 문화인이 가는 데라고 들었기 때문이지요. 사람들은 예술에 대해서 관심이 없어요. 어쨌거나 인류의 구십구 퍼센트는 예술에 대하여 아무런 흥미를 갖지 않아요, 라고. 이르지글러는 불우한 어린 시절을 보냈다. 암으로 마흔여섯 살에 세상을 뜬 어머니와 술주정꾼이었던 불성실한 아버지. 그리고 라이타의 브루크는, 거의 모든 부르겐란트 지방의 마을이 그렇듯이 살맛이 안 나는 고장이지요. 떠날 수 있는 사람은 이 고장을 떠납니다 하고 이르지글러는 말하지만 거의 모든 사람들이 떠나지 못하고 있다. 그들은, 적어도 다뉴브 강변 슈타인으로 가는 종신 금고형을 언도받은 사람처럼 죽는 날까지 이 고장에 살도록 끔찍스러운 선고를 받은 것이다. 이르지글러의 말에 따르면, 부르겐란트 주민은 죄수들이며 따라서 그들의 고향은 감옥이라고 한다. 그들 스스로는 정말 아름다운 고향에 살고 있다고 믿고 있지만 사실 그곳은 아주 매력 없고 살맛 안 나는 고장이다. 이곳 주민들은 겨울에는 눈에 덮여 질식할 지경이고 여름엔 모기에 물어뜯기며 봄가을엔 그들의 너저분한 일상 속에 파묻혀 지낸다. 전 유럽에 이 고장보다 가난하고 더러운 땅은 없을 것이라고 이르지글러는 말한다. 그런데도 빈 사람들은 이곳 주민들에게 늘 부르겐란트가 아름다운 곳이라고 한다. 빈 사람들은 부르겐란트의 더러움과 우둔함을 낭만적으로 느끼며 또 삐뚤어져 있는 빈 기질은 부르겐란트식의 더러움과 우둔함을 좋아하기 때문이다. 이르지글러는, 이 부르겐란트는 레거 씨 말처럼 작곡가 하이든 말고는 아무도 배출하지 못했습니다 하고 말한다. 나는 부르겐란트에서 왔으니 오스트리아의 감옥에서 왔다고 할 수밖에 없겠지요. 아니면 오스트리아의 정신병원에서 왔다고 하든가. 이르지글러는 계속하기를, 부르겐란트 사람들은 마치 교회에 가는 것처럼 빈으로 간다는 것이다. 이삼일 전에 그는, 부르겐란트 사람들의 제일 큰 소망은 빈 경찰에 취직하는 것이라며 자기는 몸이 너무 약했기 때문에 불가능했노라고 말했다. 그러나 어쨌건 자기는 미술사 박물관의 감독관이니 국가 공무원이기는 마찬가지라고 했다. 저녁 여섯 시가 지나면 범죄자를 가두는 것이 아니라 미술 작품을, 루벤스와 벨로토를 가둔다고 그는 말한다. 제일차세계대전 직후에 벌써 미술사 박물관 근무를 시작했던 그의 외삼촌을 집안 식구 모두가 부러워했다. 무료 입장일인 토요일이나 일요일에 이삼 년에 한 번씩 미술사 박물관을 찾는 가족들은 늘 완전히 위압당한 채 외삼촌을 따라 위대한 대가들의 작품이 진열된 관람실을 두루 둘러보는 동안 내내 외삼촌이 입은 제복에 감탄했다. 그의 외삼촌은 이내 감독장으로 승진했고 제복 옷깃에 놋쇠로 된 작은 별까지 달았다. 가족들은 그저 감탄과 존경에 빠져 있을 뿐 진열실을 돌면서 외삼촌이 해주는 설명은 전혀 이해하지 못했다. 이르지글러는, 하기야 그들에게 베로네제를 설명해 보았자 무의미한 일이었을 테지만요 하고 이삼일 전에 말했다. 조카들은 내가 신고 있는 부드러운 구두를 보고 눈이 휘둥그레졌지요. 누이는 레니 앞에 멈추어 서더군요. 하필이면 여기 전시된 모든 화가 중에서도 가장 상스러운 레니 앞에서 말입니다. 레거가 레니를 싫어하니 이르지글러도 당연히 레니를 싫어한다. 이르지글러는 레거의 말 구절을 모조리 소화시켜 자기 것으로 만드는 동안에 상당히 높은 수준에 도달했다. 따라서 이르지글러는 그 구절을 거의 완벽하게 레거 특유의 말투로 이야기한다고 나는 생각한다. 내 누이는 나를 찾아오는 것이지 박물관을 찾아오는 것이 아니지요 하고 이르지글러는 말했다. 또 그는, 내 누이는 미술을 정말 싫어하지만 그녀의 아이들은 내가 안내하는 진열실의 모든 것에 경탄합니다. 그 아이들은 벨라스케스 앞에서 멈추어 선 채 움직이려 들지 않았습니다. 그리고 너그러운 레거 씨는 부인이 살아 있을 때처럼 나와 우리 가족을 어느 일요일 저녁에 한 번 프라터로 초대해 주었습니다 하고 말했다. 나는 거기에 서서, 언급한 대로 틴토레토의 하얀 수염의 남자 감상에 몰두하고 있는 레거를 관찰했다. 그러면서 동시에 그 방에 있지도 않은 이르지글러를 같이 보았다. 이르지글러가 나에게 자기가 살아온 이야기를 했을 때, 그러니까 지난주에 그와 여기서 그림을 보았을 때 동시에 레거와도 함께 보았던 것처럼. 그때 사실 레거는 그 비로드 커버의 의자에 앉아 있었으며 물론 내가 거기 있다는 것을 미처 알아차리지 못했다. 이르지글러는 어렸을 때부터 자기의 큰 소망은 빈 경찰에 들어가 순경이 되는 일이었다고 말했다. 경찰관 말고는 한 번도 다른 직업을 원한 적이 없었다고. 그런 그가 스물세 살 때 로사우어 군 병영에서 신체 허약 판정을 받았을 땐 정말 하늘이 무너져 내리는 것 같았다고 한다. 바로 그 절망적인 상태에 있을 때 외삼촌이 미술사 박물관에 자리를 주선해 준 것이다. 그는 닳아 빠진 작은 손가방 하나만을 들고 빈의 외삼촌 집으로 왔다. 이르지글러는 외삼촌 집에 사 주일을 머무른 다음 묄커바스타이에 하숙방을 얻어 들어갔다. 이 셋방에서 그는 십이 년을 살았다. 그가 처음 빈 생활을 하던 몇 년 동안은 빈 구경을 전혀 하지 못했다. 이른 아침 일곱 시경 미술사 박물관에 갔다가 저녁 여섯 시가 지나서야 집으로 돌아왔다. 점심 식사는 여러 해 동안 한결같이 소시지빵 아니면 치즈빵이었는데 그 도시락을 외투나 휴대품 보관대 뒤에 작은 탈의실에서 수돗물 한 컵과 함께 먹었다. 부르겐란트 사람들은 욕심 없는 사람들이다. 나 자신이 젊은 시절에 갖가지 건축 공사장에서 그들과 같이 일을 해보았고 또 여러 현장 가건물에서 함께 살아 보기도 했기 때문에 그들이 얼마나 검소한가는 누구보다도 잘 안다. 그들은 정말이지 꼭 필요한 만큼만 쓰고는 월말까지 월급의 팔십 퍼센트 내지는 그 이상을 몽땅 저축한다. 레거를 보고 있는 동안에, 정말이지 전에 없이 자세하게 관찰하는 동안에, 나는 일주일 전 나와 함께 바토니 홀에 서서 내게 이야기를 하던 바로 그 이르지글러를 보았다. 그의 친할머니 아니면 외할머니가 티롤 태생이었는데 이르지글러라는 이름은 거기서 따왔다. 그에겐 여자 형제가 둘 있었는데 누이동생은 육십 년대에 마터스부르크의 한 이발사 조수를 따라 미국으로 이민 갔다가 그만 향수병을 이겨 내지 못하고 서른다섯 살에 죽었다. 남자 형제도 셋이 있는데 지금은 모두 부르겐란트에 살면서 임시직 노동을 하고 있다. 그들 중 둘은 형처럼 경찰관이 되려고 빈으로 왔지만 빈 경찰에서 받아주지 않았다. 그렇다고 형처럼 박물관 근무도 할 수 없는 것이 이 직업에는 어느 정도의 지능이 필수조건이기 때문이다. 이르지글러는 레거에게 많은 것을 배웠다. 사람들은 몇십 년을 넘게 월요일을 빼고는 이틀에 한 번씩 미술사 박물관 회화 전시실로 가는 레거를 돌았다고 하지만 이르지글러는 그렇게 생각하지 않는다. 그는, 레거 씨는 현명하고 교양이 높은 분입니다 하고 말했다. 나도, 레거 씨는 현명하고 교양이 높을 뿐만 아니라 유명한 분이기도 하지요, 라고 말했다. 그분은 라이프치히와 빈에서 음악 공부를 했으며 타임스지에 음악 평론을 쓰고 있습니다. 그는 흔히 볼 수 있는 평론가도 수다쟁이도 아닌, 위대한 인물에게서 볼 수 있는 진지한 품성을 모두 갖춘 진정한 의미의 음악 연구가입니다. 레거 씨야말로 철학자이며 진정한 의미의 철인(哲人)이지요 하고 나는 이르지글러에게 말했다. 삼십 년 넘게 레거는 타임스지에 비평을 쓰고 있는데, 이 음악철학 평론들은 언젠가는 틀림없이 한데 묶여서 단행본으로 나오게 될 것이다. 나는 레거가 미술사 박물관을 찾아 머무르는 것은 필시 그가 타임스지에 기고하고 있는 것 같은 평론을 계속 쓰기 위한 전제 조건이라고 이르지글러에게 말했다. 이르지글러가 내 말을 알아들었건 말았건 상관없이. 나는 아마도 이르지글러가 내 말을 전혀 이해하지 못했으리라고 생각하며 지금 이 순간에도 그렇게 생각한다. 나는, 레거가 타임스지에 음악 평론을 쓴다는 것을 오스트리아에서는 아무도 모르고 있고, 아는 사람이 있다고 해도 고작 두서너 명 정도일 것이라고 말했다. 나는 레거를 일컬어 재야의 민간 철학자라 할 수 있을 것이라고 말했다. 이르지글러를 상대로 이런 말을 한다는 자체가 어리석은 짓이라는 사실을 잘 알면서도 나는 이르지글러에게, 레거는 다른 어느 곳에서도 찾을 수 없는, 자기가 하는 사색과 연구에 중요하고도 유익한 모든 것을 미술사 박물관에서 얻어 낸다고 말했다. 사람들은 레거의 행동을 미친 짓이라고 수근대지만 그렇지 않다. 비록 이곳 빈이나 오스트리아에서는 레거를 알아주지 않지만, 런던, 영국 그리고 미국에서까지 레거가 누구라는 것을 다 안다는 것과, 레거의 그 굉장한 역량에 대해 어떻게 다루고 있는가를 이르지글러에게 말했다. 그리고 나는 이르지글러에게 미술사 박물관이 일 년 내내 유지하고 있는 이상적인 실내 온도 섭씨 십팔 도를 잊지 말라고 다시 한 번 당부했다. 이르지글러는 그저 고개를 끄덕였다. 나는 어제, 레거 씨는 전 세계 음악학회에서 존경받는 인물이라고 이르지글러에게 말했다. 그런데 정작 자기 나라에서는 어느 누구도 그 사실을 알려고 하기는커녕 오히려 레거를 미워하고 있어요. 그가 이 분야에서 이 나라의 모든 사람을 능가하고 있는데도, 그가 이 모든 역겹고 촌스러운 졸렬함 속에서 우뚝 솟아 있는데도 그의 조국 오스트리아에서는 그저 증오의 대상일 뿐입니다 하고 나는 이르지글러에게 말했다. 여기서는 레거와 같은 천재는 미움을 받기 마련이라고도 말했다. 내가 한 말이 무엇을 뜻하는지 이르지글러가 하나도 이해하지 못한다는 것은 전혀 생각할 필요가 없다. 그렇다. 여기서는 레거와 같은 천재는 미움을 받는다. 레거를 천재라고 부르는 것이, 학문의 천재, 더구나 인간적인 천재라고 부르는 것이 과연 타당한 일인가 의문을 가질 필요가 있겠는가. 나는 타당하다고 생각했고 또 레거는 틀림없는 천재이다. 천재와 오스트리아는 서로 맞지 않는다고 나는 말했다. 오스트리아라는 나라에서 발언할 기회를 얻기 위해서는, 진지하게 받아들여지기 위해서는 어디까지나 평범한 존재여야 한다. 즉 졸렬하고 근시안적인 허위의 인간이어야 하며 철저한 소시민적 두뇌의 소유자여야 한다. 여기서는 천재 또는 비범하다 싶은 사람은 그의 품위를 마구 짓밟힌 채로 조만간에 죽임을 당한다고 나는 이르지글러에게 말했다. 이 끔찍스러운 나라에서는 오직 몇 안 되는 레거와 같은 사람만이 이 오스트리아 전역에 만연되어 있는 음해와 증오, 억압과 무시의 풍조 속에서, 그리고 보편화되다시피한 반정신의 비열함 속에서 버틸 수 있다. 레거처럼 훌륭한 성격의 소유자만이, 정말 예리하고도 결코 매수될 수 없는 청렴한 사고력을 지닌 자만이 이 같은 상태를 극복할 수 있다. 레거가 이 박물관의 여관장과 나쁘지 않은 관계이며 그녀를 잘 아는 처지임에도 불구하고 그가 박물관장에게 자기를 위해서나 박물관을 위해서 무엇인가 청탁한다는 생각은 꿈에서도 할 수 없을 거라고 나는 이르지글러에게 말했다. 언젠가 한 번 레거가 박물관 측에, 그러니까 박물관장에게 전시실마다 의자 커버가 다 해어졌다는 것을 귀뜸해 주고 새 커버를 마련하게 하려던 참에 의자가 아주 고상한 새 커버로 수선되었더라는 이야기를 나는 이르지글러에게 했다. 레거가 보르도네 홀의 의자에 앉기 위하여 삼십여 년 동안 하루건너 미술사 박물관에 들른다는 사실을 박물관 측이 알지는 못할 거라고 나는 말했다. 레거 씨가 박물관장과 만날 때 그런 말이 더러 나왔을 법도 한데, 내가 알기로 관장은 전혀 모르고 있습니다. 왜냐하면 레거 씨는 그에 대해 한 번도 말하지 않았고, 이르지글러 씨, 당신도 잠자코 있었기 때문이지요. 그가 삼십여 년 동안 월요일만 빼고 이틀에 한 번씩 이 미술사 박물관을 찾는다는 사실에 대하여 당신이 침묵을 지켜 주길 레거 씨가 바라기 때문이 아닙니까. 침묵, 바로 그것이 당신의 장점입니다 하고 나는 이르지글러에게 말했다. 그리고 생각했다. 내가 틴토레토의 **하얀 수염의 남자**에 몰두하고 있는 레거를 관찰하고 있는 동안에 이르지글러는 다시 레거를 관찰하고 있다는 것을. 레거는 비범한 사람이며 이런 특이한 사람은 아주 신중하게 대해야 한다고 나는 어제 이르지글러에게 말했다. 나는 또 어제 이르지글러에게, 레거와 나, 우리가 하루걸러가 아니라 이틀을 연이어 박물관을 찾는다는 것은 생각할 수 없는 일이라고 말했는데 공교롭게도 나는 오늘 다시 박물관에 나타난 것이다. 레거 역시 하필이면 오늘을 원했기 때문에. 레거가 왜 오늘 왔는지 그 이유는 모르지만 그러나 곧 알게 되리라고 생각한다. 이르지글러가 오늘 나를 보고 깜짝 놀란 것은 당연한 일이다. 바로 어제 내가 그에게, 연이어 이틀을 미술사 박물관에 간다는 것은 있을 수 없는 일이라고 말했으니까. 레거에게도 지금까지 있을 수 없는 일이었듯이. 그런데 레거와 나, 우리 둘 다 어제 왔던 박물관에 오늘 또 오지 않았는가. 이것이 이르지글러를 혼동스럽게 했다고 나는 생각했고, 기본적으로 그렇게 생각하고 있다. 사람은 더러 착각할 수도 있다고, 그러니까 미술사 박물관에 다녀온 바로 다음날에 또 갈 수도 있는 일이라고 말이다. 그러나 이 사실을 두고, 레거 **혼자**만이 또는 나 **혼자**만이 즉, 두 사람 중 한 사람만이 착각한 것이지 레거와 나, 우리 둘 다 착각하고 있다는 생각은 하지 않았다. 어제 레거는 나에게 분명히 내일 이리 오십시오, 라고 했는데 그 말은 지금도 내 귀에 쟁쟁하게 남아 있다. 하지만 이르지글러는 물론 아무것도 못 들었고 아무것도 모르니까 오늘 또 박물관에 온 레거와 나를 보고 놀랄 수밖에. 어제 레거가 나에게 내일 이리 오십시오, 라는 말을 하지 않았다면 오늘 나는 미술사 박물관으로 가지 않았을 것이고 어쩌면 다음 주에나 갔을지 모른다. 몇십 년 동안 꼬박꼬박 미술사 박물관으로 가는 레거와는 달리, 나는 이틀에 한 번씩이 아니라 흥미가 일거나 기분이 내킬 때 가곤 한다. 내가 레거를 만나려면 굳이 미술사 박물관으로 가지 않아도, 그가 언제나 박물관을 나와 가는 앰배서더 호텔로 가면 된다. 원한다면 나는 레거를 앰배서더 호텔에서 매일이라도 만날 수 있다. 거기 창문가 모퉁이에 레거의 자리가 있다. 그 자리는 이른바 유대인 식탁이었고 그 유대인 식탁은 헝가리인 식탁 앞에 있으며 또 그 헝가리인 식탁은 레거의 식탁에서 홀 문을 마주볼 때 아랍인 식탁 뒤에 있다. 물론 나로서는 미술사 박물관으로 가느니 앰배서더 호텔로 가는 것이 훨씬 좋다. 레거가 앰배서더 호텔로 오지 않으면 나는 열한 시쯤에 그를, 나의 정신 또는 사상의 대부를 만나러 먼저 미술사 박물관으로 간다. 레거는 오전 시간을 미술사 박물관에서 그리고 오후 시간을 앰배서더 호텔에서 보내는데, 미술사 박물관에는 오전 열 시 반경에 그리고 앰배서더 호텔에는 오후 두 시 반경에 간다. 그는 점심때까지는 내부 온도

가 섭씨 십팔 도인 미술사 박물관이 쾌적하고 오후에는 섭씨 이십삼 도의 따뜻한 앰배서더 쪽이 훨씬 더 기분 좋다고 느낀다. 나는 오후 사색은 그다지 좋아하지 않으므로 앰배서더 호텔에서는 심도 있는 집중적인 사색을 접어 두고 쉴 수 있지요 하고 레거는 말했다. 그러니까 미술사 박물관은 그의 정신의 생산 공장이며, 앰배서더는 말하자면 그의 사고의 선별 기계라는 것이다. 미술사 박물관에서는 마치 내가 위험에 내던져진 느낌인 데 반하여 앰배서더에서는 안전하게 보호받는 기분이지요. 이 상반된 느낌 즉 미술사 박물관-앰배서더라는 대립이야말로 내가 사색하는 데 가장 필요한 요소입니다. 이와 같이 한편으로는 위험에 내맡겨져 있으면서 다른 한편으로는 안전하게 보호받고 있다는 것, 바로 미술사 박물관과 앰배서더 호텔의 이 대조적인 분위기가 말입니다. 한편으론 위험에 내맡겨져 있으면서 다른 한편으로 안전하게 보호받고 있다는 겁니다. 친애하는 아츠바허 씨! 나의 사고의 비결은 내가 오전을 미술사 박물관에서 보내고 오후를 앰배서더에서 보낸다는 데 있지요. 미술사 박물관 그러니까 미술사 박물관의 회화 전시실과 앰배서더보다 더 대조적인 것이 또 있겠습니까 하고 그는 말했다. 미술사 박물관과 앰배서더로 가는 일은 똑같이 그의 정신적 습관이 되었다고 했다. 그가 벌써 삼십사 년 동안이나 기고해 온 타임스지 평론의 질은, 사실 하루건너 오전에 하는 미술사 박물관 방문과 날마다 오후에 하는 앰배서더 방문에 달려 있다는 것이다. 그리고 오직 이 습관이 아내와 사별한 그를 구제했다고 한다. 친애하는 아츠바허 씨! 이 습관이 없었던들 벌써 나는 죽었겠지요 하고 레거는 어제 말했다. 그는 덧붙여서 사람은 누구나 다 살아남기 위해선 이와 같은 습관이 필요한데, 그것은 정말 정신 나간 습관이며 자기는 이 정신 나간 습관이 필요하다고 했다. 레거는 상태가 좀 좋아진 것 같았으며 말투도 그의 아내가 죽기 이전이나 다름이 없었다. 그는 이른바 죽을 고비를 넘기기는 했지만, 아내가 그를 혼자 남겨 두고 먼저 갔다는 사실에는 죽을 때까지 계속 시달리게 될 것이라고 했다. 그는 자기가 아내를 남겨 두고 먼저 죽는다는 착각에 빠져 있었다고 되풀이해서 말했다. 내 아내의 죽음은 너무도 갑자기 찾아왔어요. 아내가 죽기 이삼일 전까지만 해도 아내가 나보다 오래 살 거라고 철석같이 믿었는데, 아내는 건강했고 나는 약골이었는데, 우리는 줄곧 내가 먼저 죽는다고 생각하며 살아왔는데, 하고 그는 말했다. 이 세상 누구도 내 아내만큼 건강해 본 적이 없을 것이며, 나 자신이 질병 속의 생존, 다시 말해서 죽을 병을 앓는 삶을 살았던 반면에, 아내는 아주 건강한 삶을 살았지요 하고 그는 말했다. 또 그녀는 건강한 몸이었고 밝은 미래였으며 나는 항상 병자였고 끝나 버린 과거였지요 하고도 말했다. 그로서는 정말 아내 없이 혼자 살게 된다는 것은 도저히 이해할 수 없는 일이었으며 생각할 수도 없었다. 그의 아내가 먼저 죽는다면 자기도 될 수 있는 대로 빨리 그녀의 뒤를 따르리라 마음먹고 있었다는 것이다. 그런데 지금 그는 아내가 자기보다 나중에 죽는다는 착각에서 벗어나야 하는 한편, 아내가 죽은 후 자살하지 못한, 그러니까 의도했던 대로 아내를 따라 죽지 않았다는 사실을 극복해야 한다. 친애하는 아츠바허 씨! 나는 아내가 나의 모든 것이라는 것을 잘 알고 있었기에 그녀가 죽은 후에 존속되는 삶이란 생각조차 할 수 없었습니다 하고 그는 말했다. 그러나 나는 이 인간적인 우유부단함 때문에, 확실히 인간답지 않은 비정함 때문에 그리고 이 비겁함 때문에 아내를 따라 죽지 못했습니다, 라고 그는 말했다. 아내가 죽은 후 자살하지 않았을뿐더러 반대로 오히려 굳세어졌다고 느꼈고 특히 지난 얼마 동안은 전에 없이 강하다는 생각이 이따금씩 들었습니다. 당신이 믿을지 어쩔지는 모르겠습니다만 나는 지금 삶에 대하여 이전보다 더 깊은 애착을 느끼고 있습니다 하고 어제 그는 말했다. 자인하고 싶지 않지만 아내가 죽기 전보다 더 의욕적으로 열심히 살아가고 있어요. 물론 이렇게 생각할 수 있기까지는 일 년이 넘는 시간이 걸렸습니다. 그러나 지금은 이러한 생각을 아무 거리낌 없이 하지요. 나를 그토록 짓누르고 우울하게 만드는 것은, 내 아내처럼 대단한 수용력을 지닌 한 인간이 내가 전달한 엄청난 지식을 다 가진 채 죽었다는, 그 엄청난 지식을 몽땅 무덤으로 가지고 가 버렸다는 사실입니다. 이 사실이 바로 엄청난 일입니다. 그리고 이 엄청난 일이 아내가 죽었다는 사실보다 더 엄청나다는 겁니다. 우리는 우리가 가진 모든 것을 다른 어떤 사람에게 쑤셔 넣고 채워 넣습니다. 그런데 그 사람은 죽어서 우리 곁을 영영 떠나 버립니다. 게다가 우리는 이 사람의 죽음을 전혀 예측하지 못했다는 사실이 겹쳐져 우리를 엄습합니다.

나는 아내의 죽음을 한순간도 예측하지 못했고 마치 그녀가 영원한 생명을 지니고 있는 것처럼 여겨 왔지요. 그녀를 바라보면서 그녀의 죽음을 생각해 본 적은 한 번도 없었어요. 정말이지 그녀는 내가 전달한 지식과 더불어 무한 그 자체로서 무한 속에서 끝없이 살아가고 있는 것처럼 여겼습니다. 정말 갑자기 당한 죽음이지요 하고 그는 말했다. 우리는 이러한 인간을 영원한 존재라고 생각하는데, 바로 이 생각이 착각이며 오류입니다. 그녀가 나보다 먼저 죽는다는 것을 알았던들 나는 완전히 다르게 처신했을 것입니다. 나는 그녀가 나보다 먼저 죽어서 내 곁을 떠날 줄 몰랐고, 그래서 말도 안 될 만큼 어리석게 행동했지요. 마치 그녀가 무한 속에 영원히 존재하는 것처럼 생각했습니다. 그녀는 무한히 존재하는 것이 아니라 우리 모두처럼 유한한, 무상한 존재인데도. 우리가 한 인간을, 내가 내 아내를 사랑했듯이 아무런 억제 없이 마음껏 사랑한다면 그 인간은 정말 무한 속에서 영원히 살아간다고 믿게 됩니다 하고 레거는 말했다. 그는 아직 한 번도 모자를 쓴 채로 보르도네 홀 의자에 앉아 있어 본 적이 없었는데 오늘은 모자를 쓰고 앉아 있다. 이것이 그가 나에게 오늘 박물관으로 오라고 한 사실과 더불어 나를 불안하게 했다. 왜냐하면 이 사실은 내가 생각하기에 가장 예사롭지 않은, 정말 이상한 일이기 때문이다. 그가 모자를 쓴 채 보르도네 홀 의자에 앉아 있다는 사실은, 같은 맥락에서 일련의 다른 사실을 제쳐 놓고서라도 정말 이상한 사실이다. 이르지글러가 보르도네 홀에 들어와 레거에게 다가서면서 그의 귀에다 대고 무엇인가를 속삭이고는 이내 보르도네 홀을 나갔다. 적어도 겉으로 보기에는 이르지글러의 전갈이 레거에게 아무런 작용도 하지 않은 것 같다. 레거는 이르지글러의 전갈을 받은 후에도 받기 전과 다름없는 자세로 앉아 있었으니까. 나는 이르지글러가 레거에게 무슨 말을 했을까 하고 이리저리 생각했다. 그러나 나는 이내 그 궁금증을 접어 두고 레거를 다시 관찰했는데, 동시에 레거가 내게 한 말이 떠올랐다. 사람들은 당연한 일인 양 이 박물관을 찾지요. 심지어는 스페인과 포르투갈에서까지 빈 미술사 박물관에 옵니다. 다른 이유에서가 아니라 단지 스페인 또는 포르투갈로 돌아가 빈의 미술사 박물관을 구경했다는 자랑을 하기 위해서 말이에요. 더욱 웃기는 것은 이 미술사 박물관은 프라도나 리스본 박물관이 아닐 뿐 아니라 그 박물관들과는 거리가 아주 멀다는 것입니다. 미술사 박물관은 고야도 소장하고 있지 않았고 엘 그레코도 소장한 적이 없습니다. 나는 레거를 보았고 그를 관찰했고 동시에 그가 내게 한 말을 떠올렸다. 물론 미술사 박물관은 엘 그레코를 포기할 수도 있습니다. 엘 그레코는 특별히 위대한 화가도 아니며 또한 탁월한 화가도 아니기 때문이지요. 그러나 고야를 소장하지 않는다는 것은 이 미술사 박물관과 같은 박물관으로서는 실로 치명적인 일입니다. 고야의 그림이 없다는 것은 합스부르크가 사람들답습니다. 알다시피 그 사람들에겐 미술에 대한 이해력이 전혀 없으니까요. 음악을 듣는 밝은 귀는 있었지만 미술 작품을 보는 눈은 없었으니까요. 베토벤은 들었지만 고야는 보지 않았으니까 말이에요. 그들은 고야를 원치 않았습니다. 그러나 베토벤에 대해서는 무엇이든지 씨부렁거릴 수 있는 특권이 있었습니다. 그들에게 음악은 조금도 해롭지 않은 것이었지만 고야는 왜 그런지 오스트리아에 들어오지 못하게 되어 있었으니까요. 합스부르크가 사람들은 그 저의가 의심스러운 가톨릭 취향을 가지고 있었으며, 이 박물관은 그 취향을 고스란히 풍기고 있지요. 그러니까 이 미술사 박물관 자체는 저의가 의심스러운 합스부르크식 미술 취향이지요. 그 문학적인 체하는 메스꺼운 취향 말입니다 하고 그는 말했다. 우리는 우리와 아무 관계도 없는 사람들에겐 이야기를 모두 털어놓지는 않습니다. 왜냐하면 우리는 우리가 하는 말을 경청해 줄 경청자가 필요하기 때문이지요. 우리는 경청자와 메가폰 즉 대변인이 필요합니다 하고 그는 말했다. 우리는 평생을 두고 이상적인 메가폰을 원하지만 그것을 찾아내지는 못합니다. 왜냐하면 그 이상적인 메가폰 즉 이상적인 대변자란 없으니까요. 우리에겐 이르지글러가 있습니다 하고 그는 말했다. 하지만 우리는 줄곧 또 다른 이르지글러를 찾고 있어요. 우리는 아주 단순한 한 인간을 우리의 메가폰으로 만들어 놓고는 또 다른 메가폰을 찾습니다. 아내가 죽은 후에는 적어도 내 곁에 이르지글러가 있습니다 하고 그는 말했다. 이르지글러가 나에게 오기 전에는 모든 부르겐란트 사람이 그러했듯이 그도 부르겐란트 바보 중 하나였을 뿐이었습니다. 우리는 메가폰으로서 바보 한 사람이 필요한데 그 부르겐란트 바보는 아주 적합한 메가폰 즉 대변자로는 적격입니다 하고 레거는 말했다. 나를 오해하지 마십시오. 나는 이르지글러를 존중합니다. 그렇습니다, 나는 날마다 먹는 빵처럼 그가 필요합니다. 나는 몇십 년 동안이나 그가 필요했습니다. 그렇지요. 이르지글러와 같은 바보만이 쓸모 있는 메가폰이지요 하고 레거는 어제 말했다. 우리는 그런 바보를 이용합니다. 그러나 다른 한편으로는 처음에 그가 어느 정도 무분별했다고 하더라도 우리가 그를 이용하여 바로 우리의 메가폰으로 만들고 우리의 생각을 그에게 주입함으로써 그러한 바보를 한 인간으로 만드는 것이지요. 우리는 이전에 이르지글러였던 부르겐란트의 바보를 부르겐란트의 한 사람으로 만듭니다. 정말 나를 만나기 전 이르지글러는, 예를 들어 음악에 대해서는 아는 바가 전혀 없었으며, 근본적으로 예술이라면 일자무식인 데다 자신이 멍청하다는 사실 자체를 몰랐지요. 이르지글러는 이제 매일 여기에 들어와서 미술사에 관한 헛소리로 사람들의 귀를 따갑게 하는 미술사 수다쟁이보다 더 앞서 있습니다. 이르지글러는 매일 모여드는 수십 명의 학생들의 삶을 망치는 이러한 미술사 떠버리보다는 낫습니다. 미술사가가 바로 미술을 망치는 사람이지요 하고 레거는 말했다. 미술사가는 미술에 대해 너무 많이 떠벌려 미술을 죽이기까지 합니다. 미술사가들이 너무 떠벌려 미술은 죽습니다. 여기 의자에 앉아 종종 생각건대, 미술사가가 불쌍한 무리를 몰고 내 옆을 지나가면, 원, 바로 이 미술사가 때문에 미술이 멀어지고, 미술을 완전히 잃어버리는 그 사람들이 얼마나 안됐는지 하고 레거는 말했다. 미술사가는 가장 나쁜 직업이며, 물론 그런 미술사가밖에 없지만 떠벌리는 미술사가는, 채찍으로 몰아내야 하는, 미술 세계에서 내쫓아야 하는 부류에 속합니다. 모든 미술사가는 미술계에서 사라져야 해요. 미술사가가 바로 미술을 망치는 장본인이기 때문이지요 하고 레거는 말했다. 그리고 우리는 미술 파괴자인 미술사가가 미술을 망치지 못하게 해야 합니다. 어떤 미술사가의 말에 귀를 기울이면 속이 메스꺼워집니다. 미술사가의 말을 듣다 보면 우리는 그가 지껄이는 미술이 망가져 가는 것을, 미술사가의 수다로 인해 미술이 위축되고 파괴되는 것을 봅니다 하고 그는 말했다. 만일 우리가 미술사가의 말에 귀를 기울이면 우리는 미술을 파괴하는 데 동참하는 것입니다. 미술사가가 나타나는 곳에서는 미술이 파괴됩니다. 그게 사실이에요. 나는 내 생애에서 그런 미술사가보다 더 증오해 본 것은 없습니다 하고 레거는 말했다. 이르지글러가 아무것도 모르는 어떤 사람에게 그림을 설명하는 것에 귀를 기울이는 것은 큰 기쁨이지요 하고 레거는 말했다. 그것은 그가 어떤 미술 작품을 설명할 때 단 한 번도 떠벌리지 않기 때문이에요. 그는 떠버리가 아니라 단지 겸손한 설명가이고, 관찰자에게 예술 작품을 열어 두는, 수다로 작품을 닫아 버리지 않는 전달자입니다. 수십 년에 걸쳐 나는 이르지글러에게 예술 작품을 감상하면서 어떻게 설명할 수 있는지를 가르쳤습니다. 물론 이르지글러가 말하는 모든 것은 내 것입니다. 이르지글러는 원래 자기 것이 없지만 내 것 중에서도 가장 좋은 것을 가지고 있습니다. 그것도 숙련이 되면 때에 따라서는 유익하기도 하지요 하고 레거는 말했다. 소위 조형 미술은 나처럼 음악을 연구하는 사람에게는 대단히 유익합니다 하고 레거는 말했다. 내가 음악학에 집중하면 할수록, 정말 음악학에 완전히 빠지면 빠질수록 나는 점점 더 집요하게 조형 미술에 몰두했습니다. 거꾸로 생각해서, 만일 한평생 그림을 그리기로 작정한 어떤 화가가 음악에 전념한다면, 그러니까 한평생 그가 음악 공부를 같이 한다면 그것은 그 화가에게 가장 큰 장점이 됩니다. 조형 미술이 너무도 훌륭하게 음악을 보충하기에 서로 언제나 도움을 주지요 하고 레거는 말했다. 나는 나의 음악학 연구를 소위 조형 미술, 특히 그림과 관련하지 않고서는 전혀 생각할 수 없습니다. 바로 내가 이렇게 동시에 온 열정과 온 마음으로 미술에 전념하기 때문에 나는 내 음악 일을 잘 하고 있지요. 나는 이유 없이 삼십 년 이상을 미술사 박물관에 가는 것이 아닙니다. 다른 사람들은 오전에 주점에 가서 맥주 서너 잔을 마시지만 나는 여기 와 앉아 틴토레토의 작품을 감상합니다. 분명 당신이 생각하는 대로 어쩌면 엉뚱한 짓일지 모르지만 어쩔 수가 없습니다. 어떤 사람은 오전에 선술집에서 서너 잔의 맥주를 마시는 것이 수십 년 동안 가장 즐겨하는 습관이겠지만, 나는 미술사 박물관에 갑니다. 어떤 사람은 하루를 잘 보내기 위해 오전 열한 시경 목욕을 하지만, 나는 미술사 박물관으로 갑니다. 아울러 이르지글러가 있다면 우리를 잘 안내해 주지요 하고 레거는 말했다. 실제로 나는 어려서부터 박물관을 가장 싫어했어요. 나는 천성적으로 박물관 혐오자인데, 그러나 바로 그것 때문에 또한 삼십 년 이상을 여기 와서 의심할 여지없는 이 정신적인 불합리를 즐깁니다. 당신이 알다시피 나는 보르도네 때문에 보르도네 홀에 가지는 않지요. 또한 내가 비록 틴토레토의 하얀 수염의 남자를 지금까지 그려진 것 중 가장 우수한 작품의 하나로 여길지라도 틴토레토 때문에 가는 것은 아닙니다. 나는 이 의자 때문에 보르도네 홀에 가며, 내 기분을 돋우어 주는 이상적인 조명 때문에, 정말 이 보르도네 홀의 쾌적한 실내 온도 때문에 그리고 단지 이 보르도네 홀에서만 훌륭한 이르지글러 때문에 갑니다. 실제로 나는 내가 마치 페스트처럼 기피하는 리고와 라르질리에르를 제외하고라도, 단 한 번도 예를 들어 벨라스케스 곁에서 오래 머무르지 않았지요. 여기 보르도네 홀에서 나는 명상을 가장 잘할 수 있습니다. 내가 여기 의자에 앉아 뭔가 읽고 싶어지면, 예를 들어 내가 좋아하는 몽테뉴 또는 어쩌면 더 좋아하는 파스칼 혹은 더더욱 좋아하는 볼테르—당신이 알다시피 내가 좋아하는 작가는 모두 프랑스 사람뿐이고 독일 작가는 단 한 사람도 없습니다—를 이곳에서 가장 편안하고 가장 유익하게 읽을 수 있습니다. 보르도네 홀은 내가 책을 읽는 방이자 동시에 내가 생각하는 방이지요. 그리고 물이 조금 마시고 싶으면 내가 일어설 필요도 없이 이르지글러가 물 한 잔을 가져다줍니다. 때때로 사람들은 내가 여기 의자에 앉아 볼테르를 읽고 게다가 맑은 물 한 잔을 마시는 것을 보면 놀랍니다. 그들은 이상하게 여겨 고개를 갸웃거리고는 가 버립니다. 그것은 마치 그들이 나를, 특권을 누리고 있는 어릿광대 같은 정신병자쯤으로 취급하는 것 같았지요. 집에서는 이미 몇 년 동안 책을 읽지 않았지만 여기 보르도네 홀에서는 벌써 수백 권을 읽었습니다. 그러나 이것이 내가 이 보르도네 홀에서 모든 책을 통독했다는 얘기는 아닙니다. 나는 내 생애에 단 한 번도 책 한 권을 완전히 다 읽어 본 적이 없습니다. 나의 독서 방식은 고도의 기술로 책장을 넘기는 사람, 즉 읽기보다 책장 넘기기를 더 좋아하는, 그래서 한 쪽을 읽기 전에 아마도 수백 쪽을 뒤적거리는 그런 방법이지요. 그러나 한 쪽을 읽으면 그 누구와도 비교할 수 없이 아주 철저하게 그리고 상상할 수 있는 최고의 열정으로 읽습니다. 내가 독자이기보다는 오히려 책장을 넘기는 사람임을 당신은 알아야 합니다. 그리고 나는 책장 넘기는 것을 읽는 것만큼 좋아합니다. 나는 다 읽지는 않았지만 수백만 번도 더 책장을 넘겼습니다. 그렇지만 책장을 넘길 때에도 항상 읽을 때와 같은 기쁨과 실제적인 정신적 쾌감을 느꼈지요. 책 한 권을 전부 다 읽지만 단 한 쪽도 철저하게 읽지 않는 독자보다는 사백 쪽짜리 책 한 권에서 통틀어 단 세 쪽을 더 완전하게 읽는 것이 정말 더 낫습니다 하고 레거는 말했다. 마치 비행기 승객이 비행기가 지나가는 곳 아래쪽 경치를 모르는 것과 똑같이, 마지막에 그가 읽은 책에 대해서 아는 바가 없는 그런 보통의 독자들이 책 전부를 읽는 것보다는 한 책의 열두 줄을 집중하여 읽는 것이 더 좋지요. 보통의 독자는 그 책의 윤곽조차도 알아채지 못합니다. 그렇게 오늘날 사람들은 신속하게 모든 것을 읽어냅니다. 그들은 모든 것을 읽지만 아무것도 아는 것이 없습니다. 생각해 봐요, 나는 책을 읽을 때, 그러니까 책에 들어서서 어떤 철학적 부분의 한두 페이지에만 전념합니다. 마치 어떤 경치나 자연, 어떤 나라의 지형이나 구조 등 지구의 어느 한쪽에 들어서듯이 말이죠. 이 지구 세부 속에 들어가 지구 전체를 파악하여 완결 짓기 위해선 대강대강의 노력이나 어설픈 정성으로가 아니라 내 힘이 닿는 한 철저하게 탐구합니다. 전부 다 읽는 사람은 아무것도 이해하지 못합니다 하고 레거는 말했다. 반드시 괴테와 칸트의 작품 전체를 다 읽을 필요는 없으며, 또한 쇼펜하우어를 다 읽을 필요도 없습니다. '젊은 베르테르의 슬픔', '친화력'의 몇 쪽만을 읽으면 우리는 마지막에 우리가 그 책을 처음부터 끝까지 읽었을 경우보다 더 큰 만족을 얻고 이 두 책에 대해 더 많은 것을 알게 됩니다. 그러나 이러한 대담한 자기 억제를 위해서는 큰 용기와 정신력이 필요하기 때문에 자기 억제는 드물게 마련이며 우리 스스로도 자기 억제를 하기가 쉽지 않지요. 읽는 사람은 고기를 마구 먹는 사람처럼 불쾌하고 탐욕스럽게 또한 위장과 건강을 해치며, 두뇌와 정신적인 모든 것을 망칩니다. 철학 논문도 우리가 그것을 단숨에 철두철미하게 다 읽지 않고, 단지 한 세목만을 집어내는 것이 더 나은데, 운이 좋으면 그것을 통해 그 전체를 이해할 수도 있습니다. 살아가면서 인생을 결코 완결될 수 없는 것으로 바라볼 때 최고의 기쁨을 얻는 것처럼, 우리는 완결되지 않은 작품들에서 바로 최고의 기쁨을 얻습니다. 우리에게 완전한 것, 전적으로 완벽한 완성은 정말 혐오스럽지요. 우리가 운이 좋아 어떤 완결된 것, 어떤 완성된 것, 그러니까 어떤 완벽한 것을 불완전한 것으로 바라보게 되면, 그때서야 우리는 큰 기쁨, 때에 따라서는 최고의 기쁨을 얻습니다. 우리 시대는 이미 오래전부터 완결된 전체로서는 참아 낼 수가 없지요 하고 레거는 말했다. 오로지 우리가 완결되지 않은 상태를 보게 될 때만 이 시대는 견딜 만한 것이 됩니다. 완전한 것 그리고 완성된 것을 나는 참을 수 없습니다. 그래서 나는 이곳 미술사 박물관에 있는 모든 그림도 근본적으로 견딜 수 없습니다. 솔직하게 말해서 이 그림들은 무서울 정도입니다. 이 그림들을 견뎌 내기 위해서 나는 그림 하나하나에서 소위 어떤 흠이 되는 허점을 찾습니다. 그것은 지금까지 소위 완성된 작품에서 완결되지 않은 것을 끌어낼 수 있게 한 하나의 과정이지요 하고 레거는 말했다. 완성된 작품은 우리를 끊임없이 파괴로 위협할 뿐만 아니라, 우리를 멸망시킵니다. 여기 걸작이라는 이름으로 벽에 걸려 있는 모든 것이 그러하지요 하고 레거는 말했다. 나는 완성된 것, 완전한 것은 결코 없다고 생각합니다. 나는 여기 걸려 있는 소위 완성된 작품에서 완결되지 않은 어떤 것을 끄집어낼 때, 한 걸음 앞으로 나아갑니다. 물론 이때에 나는 이 작품들 안에서 흠이 되는 허점과 그 예술가가 실수한 결정적인 부분을 발견할 때까지 찾는 것입니다. 나는 여기 있는 소위 걸작이라는 그림에서 모두 흠이 되는 허점을 찾았으며, 그 화가의 실패를 발견하였고 드러냈습니다. 삼십 년이 지나는 동안 이 불명예스러운 딱지가 더욱 확실해졌습니다. 그 누구의 것이든 세계적으로 유명한 이 걸작 중 어느 하나도 완벽한 것은 없지요. 그것으로 마음이 진정됩니다 하고 레거는 말했다. 나는 그것으로 매우 행복합니다. 우리는 완전한 것 그리고 완성된 것이 없다고 생각할 때에야 비로소 계속해서 살아갈 수 있지요. 우리는 완전한 것 그리고 완성된 것을 견딜 수 없습니다. 우리는 로마로 가서는, 베드로 성당이 전혀 아름답지 않은 졸작임을 확인해야 하고, 베르니니의 제대(祭臺)가 건축학적으로 전혀 뛰어나지 않다는 것을 알아야 합니다 하고 레거는 말했다. 우리는 교황을 아주 자세히 봐야 하며 그리고 전체적으로 보아 그가 다른 사람과 전혀 다를 바 없이 살아가는 데 짓눌린 우스꽝스러운 한 인간임을 직접 확인해야 합니다. 우리는 바흐를 들으면서 그가 실수한 것을 들어야 합니다. 우리는 베토벤을 들으면서 그가 실수한 것을 들어야 합니다. 마찬가지로 모차르트를 들으면서 그가 실수한 것을 들어야 합니다. 또한 우리는 소위 위대한 철학자, 우리가 좋아하는 사상가조차도 그런 식으로 취급해야 합니다 하고 레거는 말했다. 우리는 파스칼이 아주 완벽하다고 해서 좋아하는 것이 아니라, 파스칼이 근본적으로 절망해 있었기 때문에 좋아합니다. 몽테뉴가 한평생 찾았지만 발견하지 못한 그 절망 때문에 우리가 그를 사랑하는 것과 마찬가지입니다. 볼테르의 경우도 다르지 않지요. 우리는 철학을 사랑하고 모든 인문학을 빠짐없이 사랑하지만, 그것은 인문학이 완전히 절망적이기 때문입니다. 우리는 실은 완전하지 못하고 혼란스러우며 절망적인 책들만을 좋아할 뿐이지요. 모든 것 그리고 모든 사람이 그렇습니다. 어떤 사람에게 우리는 그가 절망적이고 완전하지 못하며, 혼란스럽고 완벽하지 않기 때문에 특별히 애착을 느낍니다. 그래요, 엘 그레코, 좋지요, 그러나 그 훌륭한 사람, 손을 그릴 줄 몰랐어요. 베로네제, 좋지요, 그러나 그 훌륭한 사람, 자연스러운 얼굴을 그리지는 못했습니다. 내가 오늘 당신에게 푸가에 대해서 이야기한 것은, 위대하다는 모든 작곡가 중에서 어느 한 사람도 완벽한 음악을 만들지 못했기 때문인데, 심지어 평안 그 자체이며 순수한 작곡의 표상이라고 하는 바흐마저도 완벽하지 않아요 하고 레거는 어제 말했다. 완벽한 그림은 없으며, 완벽한 책은 없습니다. 그리고 완벽한 음악 작품은 없습니다 하고 레거는 말했다. 그것은 진리이며, 이 진리는 한평생 오직 절망만 해온 나와 같은 한 인간이 계속해서 존재할 수 있도록 해줍니다. 그 사람은 찾아다니는 사람입니다. 그 사람은 실수를 찾아다니는, 인간의 허점을 찾아다니는, 실패를 찾아다니는 사람입니다. 인간의 머리는 정말 인간의 실수를 찾아다녀야만 인간의 머리일 수 있습니다. 인간의 머리는 사람의 실수를 찾아다니지 않으면 인간의 머리가 아닙니다 하고 레거는 말했다. 정말 좋은 머리는 인간의 실수를 발견하는 머리입니다. 그리고 천재적인 머리는 인간의 실수를 발견한 이후에 이 발견된 실수를 알려주고 그가 할 수 있는 모든 수단으로 이 실수를 가르쳐 주는 머리입니다. 이러한 뜻에서도 그 자체로 항상 생각 없이 내뱉은 이 격언, 구하라 그러면 찾을 것이다가 진실임이 증명됩니다 하고 레거는 말했다. 여기 이 박물관에 있는 수백 개의 소위 걸작들에서 허점을 찾는 이는 그것을 발견할 수 있지요 하고 레거는 말했다. 이 박물관의 그 어떤 작품도 허점이 없는 것은 없습니다 하고 나는 말했다. 어쩌면 당신은 그것을 비웃을지 모릅니다, 그것이 나를 기쁘게 하지만 당신을 놀라게 할지도 모릅니다 하고 레거는 말했다. 그리고 내가 삼십 년 이상을 저 건너편에 있는 자연사 박물관에 가지 않고 이 미술사 박물관에 오는 것은 다 그 때문입니다. 그는 여전히 검은 모자를 쓰고는 정말 움직이지도 않고 의자에 앉아 있다. 그리고 비록 내가 레거와 그 하얀 수염의 남자를 주시하고, 어제 내게 푸가에 대해 설명한 레거 역시 그 그림을 보는 동안에, 그는 이미 오래전부터 그 하얀 수염의 남자를 보는 것이 아니라 틴토레토의 하얀 수염의 남자 뒤에 있는 어떤 다른 것, 박물관 밖 멀리 어떤 것을 주시하고 있는 것이 확실했다. 나는 그로부터 너무 자주 푸가에 대한 이야기를 들어, 어제는 그의 이야기를 귀 기울여 듣고 싶지 않았다. 그렇지만 나는 그가 말하는 것을 계속 좇아갔다. 예를 들어 슈만의 푸가에 대한 이야기는 정말 흥미로웠다. 그렇지만 나는 다른 생각을 하였다. 나는 의자에 앉아 있는 레거를 보았으며, 그 뒤의 하얀 수염의 남자를 보았다. 그리고 나는 다시 한 번 나에게 지금까지보다 더 많은 사랑으로 푸가 예술을 명백히 설명해 준 레거를 보았다. 나는 레거의 말을 듣는 동안에 나의 어린 시절로 돌아갔다. 나는 내 어린 시절의 목소리를 들었다. 형제들의 목소리, 어머니의 목소리, 시골에 있는 조부모의 목소리를 들었다. 아이였을 때 나는 시골에서 정말 행복했다. 그러나 더욱 행복했던 것은 그 이후에도 그리고 지금까지도 시골에서보다 언제나 도시에서였다. 내가 자연에서보다 예술 안에서 항상 더 행복해했기 때문에 자연은 한평생 나에게 낯설었으며, 예술 안에서 나는 언제나 편안함을 느꼈다. 무엇보다도 외가에서 조부모의 보호 안에서 보낼 수 있었고, 전체적으로 보아 정말 행복했던 그 어린 시절에 나는 항상 편안해했으며 그리고 소위 예술 세계에서 소중히 보호를 받았다. 그러나 내가 정말 감탄스러워하고 동시에 두려워했던 그 자연 안에서는 그렇지 않았고, 그것은 오늘날까지 변하지 않았다. 나는 단 한 순간도 자연 안에서는 편안하지 않았지만, 이른바 예술 세계에서는 항상 편안함을 느끼고, 특히 음악의 세계에서는 가장 편안함을 느낀다. 지난날을 돌이켜보면 내가 이 세상에서 음악보다 더 사랑한 것은 없다고 생각한다. 나는 레거를 지나 박물관 밖으로 그리고 나의 어린 시절로 돌아갔다. 나는 항상 이미 지나간 어린 시절을 들여다보기를 좋아하여 완전히 몰두한다. 나는 항상 내가 할 수 있는 한 그것을 이용하며, 이 어린 시절 회상이 결코 끝나지 않기를 바란다. 레거는 어린 시절을 어떻게 보냈을까? 하고 나는 생각했다. 나는 그에 대해서는 아는 바가 별로 없다. 어린 시절에 관해서 레거는 말을 거의 하지 않는다. 그러면 이르지글러는? 그도 그에 관해서는 이야기하고 싶어 하지 않는다. 그리고 그는 어린 시절을 되돌아보고 싶어 하지도 않는다. 정오 가까이 되면 점점 더 많은 사람이 떼를 지어 박물관으로 온다. 최근에는 의외로 동유럽에서 많이 왔는데, 나는 며칠을 연이어 조지아에서 온 단체를 보았다. 러시아말을 하는 안내자들이 그들을 전시관으로 몰고 다녔다. 몰고 다녔다는 정확한 표현이다. 이 단체 관람객들은 박물관을 두루 보는 것이 아니라, 그냥 바삐 돌아다닐 뿐 근본적으로 전혀 관심이 없다. 이는 그들이 빈으로 오는 동안에 이미 여러 가지 인상을 받았고 또 그것을 받아들이며 새겨 보느라고 지칠 대로 지쳐 있었기 때문이다. 지난주에 나는 티플리스에서 온 한 남자를 관찰했다. 그는 코카시아에서 온 단체 관광객 틈에서 빠져나와 혼자서 박물관을 돌아보려고 했다. 나에게 게인즈버러의 위치를 물었던 그 사람은 분명 화가였다. 나는 기꺼이 그에게 게인즈버러의 작품이 어디에 있는지를 말해 주었다. 그가 내게 자기 일행이 묵고 있는 반들 호텔에 대해 물었을 때는 이미 그 일행이 박물관을 나가 버리고 난 후였다. 반 시간 동안 그는 자기 일행을 보지도 않은 채 서퍽 지방 앞에서 시간을 보냈다. 그는 처음으로 중부 유럽에 왔고 게인즈버러의 원화를 처음으로 보았을 것이다. 그가 돌아서 박물관을 나가기 전에 이 게인즈버러가 자기 여행의 절정이었다고 말했는데, 놀랍게도 능숙한 독일어였다. 나는 그가 반들 호텔을 찾는 것을 도와주려고 했지만 그는 사양했다. 서른 살가량의 한 젊은 화가가 일행과 함께 티플리스에서 빈으로 여행을 하고, 게인즈버러의 서퍽 지방을 유심히 보고는 게인즈버러의 서퍽 지방이 자기 여행의 절정이라고 말했다. 이 사실로 인해 나는 오후 내내 그리고 저녁까지 생각에 빠져 있었다. 그 사람은 티플리스에서 무엇을 그릴까? 하고 나는 온종일 생각했으며, 결국에는 아무 의미가 없는 그 생각을 포기하였다. 최근에는 프랑스 사람보다는 이탈리아 사람이, 미국 사람보다 영국 사람이 더 많이 이 미술사 박물관으로 온다. 선천적으로 미술을 이해하는 능력이 있는 이탈리아 사람은 마치 그들이 타고난 전문가인 양한다. 프랑스 사람은 지루한 듯 박물관을 돌아본다. 영국 사람은 마치 그들이 모든 것을 알고 있는 것처럼 보이려 한다. 러시아 사람은 완전히 경탄해 마지않는다. 폴란드 사람은 모든 것을 거만하게 쳐다본다. 독일 사람은 미술사 박물관에서 홀을 지나다니는 동안 내내 목록을 쳐다본다. 그들은 박물관을 다니는 동안 벽에 걸려 있는 원화는 거의 보지 않은 채 목록에만 깊이 빠져 따라다니는데, 목록의 마지막 쪽에 이르기까지 그리고 다시 박물관 밖으로 나갈 때까지 목록을 쳐다본다. 오스트리아, 특히 빈 사람들은 매년 미술사 박물관을 의무적으로 방문하는 그 수천 명의 학생을 제외하고는 거의 미술사 박물관에 가지 않는다. 이 미술사 박물관에서 학생은 선생의 안내를 받는데, 이 선생들은 학생들에게 대단한 영향을 준다. 선생들은 미술사 박물관을 방문할 때 그림과 그것을 그린 화가에 대한 학생들의 느낌을 묵살해 버리기 때문이다. 일반적으로 선생들은 우둔하게도 단지 자신을 믿는 학생들의 미술에 대한 모든 감정을 아주 쉽게 죽인다. 뿐만 아니라, 그들이 이끄는 소위 죄 없는 희생자들의 박물관 방문은 그 선생들의 멍청함 그리고 의미 없는 수다 때문에 대부분 학생들의 마지막 방문이 되어 버린다. 선생들과 미술사 박물관에 한번 함께 왔던 학생들은 한평생 다시는 오지 않는다. 이 모든 어린 학생들의 첫 방문은 동시에 그들의 마지막 방문이 된다. 선생들은 박물관에 와서는 그들을 신뢰하는 학생들의 미술에 대한 흥미를 영원히 없애 버린다. 이게 사실이다. 선생이 학생을 망친다. 이것은 진실이며, 수백 년 동안 그래 왔다. 특히 오스트리아 선생들은 처음부터 학생들의 예술에 대한 취미를 잃어버리게 한다. 나이 어린 학생들은 모두 처음에는 정말 모든 것에 대해, 물론 예술에 대해서도 마음이 열려 있다. 그러나 선생들은 예술에 대한 학생의 관심을 철두철미하게 꺾어 버린다. 대다수 우둔한 오스트리아 선생들의 머리는 오늘날에도 여전히 생각 없이, 모든 어린 학생들이 처음부터 자연스럽게 매혹되어 감동을 얻는 예술 또는 예술과 연관되는 것에 대한 동경심에 대립한다. 선생들은 대체로 소시민적이다. 그들은 예술 또는 예술과 관련되는 것을 자신의 편협하고 어설픈 지식을 적용하여 끌어내려 버리고, 학교에서는 예술 또는 예술과 연관되는 것을, 학생들의 듣기 괴로운 플루트 연주나 서투르게 딱딱 끊어지는 합창으로 만들어 버려, 예술에 감격해 하고 사로잡히는 자기네 학생들의 예술적인 감동에 기본적으로 대립하고 있다. 그런 식으로 선생들은 이미 처음부터 학생들이 예술의 세계로 들어가는 것을 막아 버린다. 선생들은 예술이 무엇인지 모른다. 따라서 그들은 자기 학생들에게 예술에 대해 말할 수 없으며, 예술이 무엇인지 가르칠 수 없다. 그들은 학생을 예술로 인도하는 것이 아니라, 예술에서 비껴 학생들이 딱딱 끊어지게 연주하는 듣기 괴롭고 감상적인 성악과 도구적인 수공예로 밀어붙인다. 선생들의 취향보다 더 값싼 예술 취향은 없다. 선생들은 이미 초등학교에서부터 학생의 예술 취향을 망쳐 놓는다. 그들은 학생들에게 예술을, 특히 음악을 알려 주고 삶의 기쁨으로 만들어 주는 대신에, 처음부터 학생들에게서 예술을 앗아가 버린다. 그런데 선생들은 예술의 방해자이자 파괴자일 뿐만 아니라, 요컨대 항상 삶의 방해자 그리고 존재의 방해자였다. 그들은 어린 학생들에게 삶을 가르치고, 그들에게 삶을 설명해 주며, 그들에게 삶이 근본적으로 가지고 있는 무궁무진한 다양성을 보여 주는 대신에, 학생들에게서 삶을 앗아가 버린다. 그들은 삶을 죽여 없애기 위해 무슨 짓이든 한다. 대부분의 선생은 가엾은 인간인데, 그들의 인생 과제는 어린 학생의 인생을 막고, 결국에는 심한 우울로 몰아대는 것이다. 선생이란 직업은 정말 하류 출신의 감상적이고 비정상적인 머리들이 택한다. 선생들은 그 나라의 앞잡이이다. 그리고 오늘날 오스트리아에서처럼 정신적으로 도덕적으로 완전히 불구인 곳, 야만, 부패 그리고 악의 혼란 상태 외에 아무것도 가르치지 않는 곳에서는, 당연히 선생들도 정신적, 도덕적으로 불구이고 야만적이며 부패하고 혼란스럽다. 이 가톨릭 국가는 예술을 이해하지 못한다. 따라서 이 나라의 선생들도 예술에 대한 이해 능력이 없거나 또는 없어야 한다. 이것은 우울한 일이다. 선생들은 무엇이 가톨릭 국가인지를 그리고 이 나라가 그들에게 가르치도록 요구하는 것만을 가르친다. 좁은 소견과 잔악성 그리고 야비함과 비열함, 방탕과 혼란. 이러한 선생들로부터 학생들은 가톨릭 국가 그리고 가톨릭 공권력의 허위성 외에 아무것도 기대할 것이 없다고, 나는 레거를 주시하면서 동시에 틴토레토의 하얀 수염의 남자를 통해 다시 내 어린 시절을 돌아보는 동안에 생각했다. 나도 이런 무섭고 양심이 없는 선생들을 만났다. 처음에는 시골 선생, 다음에는 도시 선생. 그런 다음 계속 반복해서 도시 선생, 시골 선생 그리고 이 모든 선생 때문에 내 삶은 중반까지 몰락해 버렸다. 선생들이 나를 수십 년 미리 망쳐 놓았다고 나는 생각한다. 그들은 나와 우리 세대에게 국가와 그 국가가 망쳐 놓고 멸망케 한 이 세상의 추악함 외에는 아무것도 주지 않았다. 그들은 나에게 국가와 국가가 그려놓은 세상의 불행 외에는 아무것도 주지 않았다. 그들은 오늘날의 어린 학생들에게처럼 나에게도 그들의 어리석음, 그들의 무능력, 그들의 멍청함, 그들의 무지 외에는 아무것도 주지 않았다. 나에게도 선생들은 그들의 무능력 외에는 아무것도 주지 않았다고 생각한다. 그들은 또한 나에게 혼란 외에는 아무것도 가르치지 않았다. 수십 년에 걸쳐 그들은 극도의 무관심으로, 근본적으로 내가 내 모든 지성을 동원하여 실제 내 세계를 발전시키기 위한 목적으로 내 안에 있던, 그 모든 것을 내 안에서 말살하였다. 나도 인간과 인간 세계에 대한 정말 저열한 생각, 즉 어린 학생의 본성은 결국 국가의 목적을 위해 항상 억압될 수 있고 결국에는 소멸될 수 있다고 국가가 규정한 그런 저열한 생각을 가진 무섭고 편협하고 타락한 선생을 만났다. 나도 비정상적인 플루트 연주와 기타 치기를 시키는 그런 선생을 만났다. 그들은 내가 항상 가장 혹독한 벌 중의 하나라고 생각했던 우둔한 열여섯 절의 실러 시를 외우도록 강요했다. 나도, 은근히 인간을 멸시하는 태도로 힘없는 학생을 부렸던, 거만하고 감상적이고 격정적인 국가의 앞잡이였던 선생들을 만났다. 나도, 매주 여러 번 개암나무 가지로 손가락이 부어오르도록 때리고 귀를 잡아당겨 버려 몰래 울면서 떨게 만든 그런 저능한 국가 대리인을 만났다. 오늘날에는 더 이상 선생들이 귀를 잡아당기지 않는다. 그리고 더 이상 개암나무 가지로 손가락을 때리지도 않는다. 그러나 그들의 파괴 성향은 여전히 그대로이다. 학생들을 데리고 이곳 박물관에서 소위 거장들 옆을 지나가는 선생들을 보면 전혀 달라지지 않았다. 나는 그들이 내가 만난 선생들과 다르지 않다고 생각한다. 내 삶을 파괴하고 망친 그들과 똑같다. 선생들은 이것은 이래야만 한다, 저것은 저래야만 한다고 말하며, 그 어떤 항변도 용납하지 않는다. 그것은 이 가톨릭 국가가 조그마한 반대도 허락하지 않기 때문이다. 선생들은 그 무엇도, 자신의 어떤 것도 학생에게 채워 주려 하지 않는다. 마치 거위에게 옥수수를 먹이듯 학생들에게는 국가의 오물만을 채워 넣는다. 그리고 그 국가 오물은 학생의 머리가 숨 막혀 죽는 그때까지 채워진다. 국가는, **아이는 국가의 아이이다**, 라고 생각한다. 그리고 그에 맞게 아이를 다루며, 수백 년 전부터 해 온 파괴적인 행위를 한다. 실제로는 **국가가** 아이를 낳는다. **단지 국가의 아이만이**

태어났을 뿐이다. 이게 사실이다. 자유로운 아이는 없다. 단지 국가가 원하는 대로 이용할 수 있는 국가의 아이만 있을 뿐이다. 국가가 아이를 낳는다. 어머니들은 단지 자신들이 아이를 낳는다고 믿고 있을 뿐이다. 국가의 배에서 아이가 나온다. 이게 사실이다. 국가의 아이는 그 국가의 배를 통해 세상에 나와서는, 그 국가 선생들이 가르치는 국가의 학교에 간다. 국가는 국가를 위해 아이를 낳았다. 이게 사실이다. 국가는 국가의 아이를 국가에다 낳았으며, 그 아이를 가만히 내버려 두지 않는다. 누구를 보든 우리는 단지 국가의 아이, 국가의 학교, 국가의 일꾼, 국가의 공무원, 국가의 노인, 국가의 죽은 이들을 본다. 이게 사실이다. 국가는 오로지 국가의 인간을 만들 뿐이다. 이게 사실이다. 자유로운 인간은 더 이상 없다. 단지 국가의 인간만이 있을 뿐이다. 아직 자연스러운 인간이 있다 하더라도 곧 박해받고 모함받아 죽거나 아니면 국가의 인간이 되어 버린다. 나의 어린 시절은 아름다웠지만 또한 혹독하고 혐오스러운 시절이었다고 생각한다. 나는 조부모의 집에서는 자연스러운 인간일 수 있었으나, 학교에서는 국가의 인간이었다. 하루에 반나절은 자연스러운 인간이었지만 나머지 반나절은 국가의 인간이었다. 반나절, 즉 오후에 나는 자연스러운 인간으로서 행복했지만, 반나절, 즉 오전에는 국가의 인간으로서 불행했다. 오후에 나는 가장 행복한 인간이었으나 오전에는 상상할 수 있는 한 가장 불행한 인간이었다. 여러 해 동안 나는 오후에는 가장 행복한 인간이었으며, 오전에는 가장 불행한 인간이었다고 나는 생각한다. 나는 조부모 집에서 자유스럽고 행복한 인간이었으나, 그 아래 작은 도시에 있는 학교에서는 부자연스럽고 불행한 인간이었다. 내가 그 아래 작은 도시로 내려가는 길은 불행(국가의!)으로 가는 길이며, 조부모의 집을 향해 산을 오르는 길은 행운으로 가는 길이었다. 내가 산 위의 조부모에게 가는 길은 자연으로 그리고 행운으로 가는 길이었으며, 그 아래 작은 도시 그리고 학교에 가는 길은 부자연 그리고 불행으로 가는 길이었다. 나는 이른 아침 곧장 불행 속으로 들어갔으며, 점심때 또는 이른 오후에는 행운 속으로 돌아왔다. 그 학교는 어린 학생들이 국가의 인간이 되는, 따라서 국가의 앞잡이가 될 수밖에 없는 그런 국가의 학교이다. 내가 학교로 가는 것은, 내가 국가로 가는 것은, 그 국가가 인간을 말살시키므로 나는 인간 말살 기관으로 간 것이다. 여러 해 나는 행운(조부모의)과 불행(국가의!) 사이를 오고 갔고, 자연과 부자연 사이를 오고 갔다. 내 어린 시절은 오로지 이 왕래뿐이었다. 이 어린 시절의 왕래 속에서 나는 자랐다. 그러나 이 악마적인 놀이에서 얻은 것은 자연이 아니라 부자연, 조부모의 집이 아니라 학교 그리고 국가였다. 국가는 다른 모든 사람과 마찬가지로 나를 자기 안으로 밀어 넣었으며, 자기를 위해 나를 복종시켰고, 다른 이들과 마찬가지로 나를 한 국가의 인간, 규제되고 기록되고 훈련된 그리고 낙담한 인간으로 만들었다. 우리가 보는 인간은 단지 국가의 인간, 정확히 말해서 국가의 종인 것이다. 우리는 자연스러운 인간이 아니라 그들의 전 생애를 나라를 위해, 곧 부자연에 봉사하는 국가의 종인 국가의 인간을 본다. 우리가 보는 인간은 단지 국가의 우둔함에 귀속된 부자연스러운 인간인 국가의 인간인 것이다. 우리가 보는 인간은 단지 국가를 위해 희생하는, 국가의 손아귀에 잡힌, 그리고 국가에 봉사하는 인간이다. 우리가 보는 인간은 국가의 희생물이며, 우리가 보는 인간성은 오로지 국가의 먹이일 뿐인데, 점점 더 탐욕스러워지는 국가가 바로 이 먹이를 먹고 산다. 인간성은 오로지 국가의 인간성이며, 국가가 존재한 수백 년 이래로 그들의 정체성을 잃어버렸다고 나는 생각한다. 오늘날의 인간성은 단지 국가적인 비인간성일 뿐이라고 나는 생각한다. 오늘날 인간은 단지 국가의 인간일 뿐이다. 따라서 그 인간은 오늘날 오로지 몰락한 인간이며 인간으로서 될 수 있는 유일한 인간인 국가 인간일 뿐이라고 나는 생각한다. 자연스러운 인간이란 결코 있을 수 없다고 나는 생각한다. 우리는 대도시로 모여드는 수백만의 국가 인간을 보면 불쾌해진다. 그것은 우리가 국가를 보면 불쾌해지기 때문이다. 매일 깨어날 때마다 우리는 우리의 국가 때문에 불쾌해진다. 거리로 나가면 우리는 이 국가를 가득 채우고 있는 국가 인간들 때문에 불쾌해진다. 솔직히 말해서 이 세상은 우리가 깨어나 보면 불쾌한 거대한 국가이다. 모든 사람과 마찬가지로 나도 깨어나면 불쾌해지는 국가 안에 살고 있다. 우리가 만나는 선생들은 인간에게 국가를 가르치고 그 국가의 모든 무서움과 잔인함 그리고 허위를 가르치지만 국가가 이러한 모든 무서움과 잔인함 그리고 허위 자체라는 것만은 가르치지 않는다. 선생들은 수백 년 이래로 학생을 국가의 집게로 집어 수십 년 동안 고문하고 짓밟는다. 그때에 선생들은 국가가 시킨 대로 학생들을 데리고 박물관을 다니면서 멍청한 헛소리로 학생들이 미술을 싫어하게 만든다. 그런데 벽에 걸려 있는 이 미술은 국가 미술과 무엇이 다른가 하고 나는 생각한다. 레거는 미술에 대해 설명할 때면 단지 국가 미술에 관해서만 말한다. 그리고 만일 그가 이 소위 옛 거장들에 관해 말할 때면, 그는 항상 옛 국가 거장들에 대해 이야기한다. 그것은 이 벽에 걸려 있는 미술이 바로 국가 미술 외에는 달리 아무것도 아니기 때문인데, 적어도 여기 미술사 박물관의 회화 전시실에 걸려 있는 미술들은 그러하다. 여기 벽에 걸려 있는 그림들은 곧 국가 미술가들의 그림과 전혀 다르지 않다. 가톨릭 국가 미술에 합당한 것일 뿐, 달리 아무것도 아니다. 레거 말대로 언제나 용모일 뿐, 얼굴이 없다. 언제나 머리일 뿐 두뇌가 없다. 요컨대 항상 뒷면이 없는 앞면, 실제와 진실이 없이 계속 반복되는 거짓과 허위. 이 모든 화가는 정말 그들의 주문자에게 아양을 떤 허구의 국가 미술가와 전혀 다를 바가 없다. 렘브란트조차도 예외가 아니라고 레거는 말한다. 벨라스케스의 작품을 자세히 보세요. 국가 미술과 전혀 다를 바가 없습니다. 로토, 지오토 그리고 자연을 화면에 옮겨 죽여 버린 이 끔찍한 원시-선(先) 나치인 뒤러와 마찬가지로 국가 미술뿐입니다. 레거는 종종, 이 끔찍한 뒤러, 뉘른베르크의 금속 조각가 하고 말한다. 실제로 그는 뒤러를 가장 미워하기 때문이다. 여기 벽에 걸려 있는 그림을 레거는 국가의 주문 예술이라고 했는데, 여기에는 하얀 수염의 남자조차 포함된다. 소위 옛 거장들은 언제나 국가에 봉사했거나 아니면 레거가 항상 황제 내지는 교황, 공작 내지는 주교와 같이 취급하는 교회에 봉사했다. 그러므로 소위 자유로운 인간이 한 이상형이듯, 소위 자유로운 예술가가 언제나 이상형이었는데 레거는 망상이라고 자주 말했다. 생각건대, 레거의 말대로 소위 예술가라는 예술가들은 모든 인간 중 가장 양심이 없는 인간들이다. 그들은 정치가보다 더 양심이 없다. 예술가는 가장 허위적인 인간이다. 그들은 정치가보다 더 허위적이다. 그러므로 예술가는 정치 관료보다 더 허위적이다. 나는 이제 다시 레거의 이야기를 떠올린다. 미술은 언제나 전능자 그리고 지배자에게로 향합니다. 그리고 세상으로부터 벗어나 있지요. 이것은 미술의 파렴치함입니다. 미술은 궁색하기만 할 뿐 그 이상 아무것도 아니에요. 오늘 나는 세바스티아노 홀에서 그를 주시하면서, 어제 그가 한 이야기를 떠올린다. 왜 화가는 자연이 있는 그대로 있는 그곳에서 그림을 그릴까 하고 레거는 어제 다시 자문하였다. 대단한 미술 작품조차도 단지 자연을 모방하려는, 정말 흉내 내려는 궁색하고 정말 무의미하며 무익한 노력일 뿐입니다 하고 레거는 말했다. 실제 우리 어머니의 얼굴에 비해 렘브란트가 그린 그의 어머니 얼굴은 무엇입니까 하고 그는 다시 물었다. 내가 보면서 걸어 다닐 수 있는 다뉴브 강은 그려진 것과 비교해 볼 때 무엇인가요 하고 그는 말했다. 어제 그는, 귀족을 그린 그림보다 더 혐오스러운 것은 없습니다. 그것은 귀족 회화 외에 아무것도 아닙니다 하고 그는 말했다. 사람들은 잡아 둔다, 기록한다고 말합니다. 그러나 정말 우리가 아는 대로 그것은 단지 허구이고 허실일 뿐이며, 그 허구와 허실만이 남고 기록되는 것입니다. 후세들은 다만 벽에 허구와 허실만을 걸고 있지요. 소위 위대한 작가가 남긴 책 안에는 단지 허구와 허실만이 들어 있으며, 벽에 걸린 이 그림 안에도 다만 허구와 허실만이 들어 있습니다. 저기 벽에 걸려 있는 인물은 단 한 순간도 그 화가가 그린 인물이 아닙니다 하고 어제 레거는 말했다. 벽에 걸려 있는 사람은 살았던 바로 그 사람이 아니지요. 물론 당신은, 이것은 이 그림을 그린 화가의 견해라고 말할지 모릅니다. 비록 그것이 허구적인 견해라 하더라도 그렇습니다. 적어도 이 박물관에 있는 그림은 모두 화가들의 가톨릭적 국가 견해입니다. 왜냐하면 여기 걸린 모든 그림은 가톨릭적 국가 미술 외에 아무것도 아니기 때문입니다. 그렇기 때문에 이것들은 비천한 미술입니다. 이 미술은 그대로 훌륭할 수 있으나, 그것은 단지 비천한 가톨릭적 국가 미술입니다. 특히 우리가 옛 거장들의 미술 작품을 동시에 관찰해 보면, 그들이 가톨릭 국가, 즉 가톨릭 국가의 기호에 맞게 알랑거리며 팔았던 거짓된 광신자임을 알 수 있습니다 하고 레거는 말했다. 이 점에 있어서 우리는 단지 정말 우울한 가톨릭 미술사만을 다루고 있습니다. 즉 그들의 주제를 항상 천상과 지옥 안에서만 찾았지 단 한 번도 지상에서 찾지 않은, 정말 우울하게 만드는 가톨릭 그림의 역사인 것입니다. 화가들은 정말 그려야 하는 것을 그린 것이 아니라, 단지 주문

받는 것 내지는 돈과 명성을 가져다주는 것을 그렸지요 하고 그는 말했다. 내가 대부분 참을 수 없을 정도로 싫어하고 몸서리치게 두려워하는 화가들, 여기 있는 모든 옛 거장들은 항상 한 주인만을 섬겼지 단 한 번도 자기 자신과 인간성 자체에 헌신하지 않았습니다. 그들은 정말 언제나 돈과 명예를 바라면서 그들이 자동적으로 꾸며 낸 세계를 그렸습니다. 세계를 모두 단지 이 생각으로 그렸지요. 화가이기 위해서가 아니라 돈이 필요하다거나 명예를 얻기 위해서 혹은 이 두 가지 모두를 위해서 그림을 그렸습니다. 유럽에서 그들은 언제나 단지 가톨릭에 봉사하는 그림을 그렸습니다. 가톨릭 교회 제도와 그에 해당하는 신 말이에요 하고 레거는 말했다. 아무리 천재적인 붓놀림이라 해도 이들 옛 거장들의 그림은 거짓입니다 하고 그는 말했다. 어제 그는, 근본적으로 그가 미워하지만 지금 그리고 그의 불쌍한 전 생애에 걸쳐 매혹되었던, 이 화가들을 세계 장식 화가라 불렀다. 유럽 가톨릭 군주의 종교적 허구의 장식 도구 외에 아무것도 아닌 것이 바로 이 옛 거장들이에요. 당신은 이 화가들이 거리낌 없이 화폭에 옮겨 놓은 그 매 획마다 그것을 볼 수 있습니다, 아츠바허 씨 하고 그는 말했다. 물론 당신은 그것이 최고의 미술이라고 말할 것입니다. 그러나 동시에 그것이 불명예스러운 미술이라고 말하거나 생각해야 한다는 것, 적어도 자신을 위해 그렇게 생각해야 한다는 것을 잊어서는 안 됩니다 하고 어제 그는 말했다. 이렇게 미술을 모욕하는 것은 종교의 가장 혐오스러운 면입니다. 그저께 내가 그랬듯이, 당신이 한 시간 동안 만테냐 앞에 서 있어 본다면, 당신은 갑자기 이 만테냐의 그림이 정말 비열한 그림임을 깨닫고 벽에서 떼어내 버리고 싶어질 겁니다. 또는 빌리베르티 내지는 캄파뇰라 앞에 조금 서 있어도 마찬가지일 것입니다. 이 사람들은 정말 살아남기 위해서, 돈을 벌기 위해서 그리고 그들이 전 생애 동안 가장 두려워했던 지옥이 아니라 하늘로 올라가기 위해서 그림을 그렸습니다. 그들은 정말 영리했지만 나약한 사람들이었습니다. 화가들은 전반적으로 좋지 않은, 더구나 대부분 매우 나쁜 성격을 가졌는데, 그러기 때문에 또한 항상 아주 나쁜 감각을 가졌지요 하고 어제 레거는 말했다. 소위 위대한 화가들, 즉 옛 거장들 가운데 어느 한 사람도 좋은 성격 그리고 좋은 감각을 가진 이는 없었는데, 나는 좋은 성격을 청렴한 성격이라 생각합니다. 옛 거장이라는 이 예술가들은 모두 매수되었으며, 그리고 그것 때문에 그들의 미술은 역겹습니다 하고 레거는 말했다. 나는 그들 모두를 이해하지만, 동시에 나는 그들이 정말 역겹습니다. 그들이 그린 것 그리고 여기 걸려 있는 것, 이 모든 것이 나는 역겹다고 자주 생각하지만, 그럼에도 수십 년 동안 그 연구를 포기하지 않았지요 하고 레거는 어제 말했다. 내가 이 옛 거장들을 정말 몹시 역겹게 생각함에도 불구하고 그들을 다시금 연구하는 것은 정말 혐오스러운 일이 아닐 수 없으며, 그들에게 거부감을 느끼는 것은 자명한 일입니다 하고 어제 그는 말했다. 벌써 수백 년 동안이나 칭송되어 온 이 옛 거장들에 대한 평가는 단지 표면적인 관찰에서 나온 것입니다. 만일 우리가 이들을 자세히 주시해 보면 점차로, 그러다가 결국 그들은 의미가 없어집니다. 만일 우리가 그들을 정말 확실하게, 가능한 한 철저하게 마지막 순간까지 연구한다면, 그들은 해체되고 붕괴되어 어떤 무미건조한, 따라서 대부분 아주 역겨운 미적 감각만이 우리 머리에 남습니다. 가장 위대하고 중요한 그 예술 작품은 마지막에 가서는 결국 역겨움과 거짓으로 거대하게 뭉쳐진 것임이 드러나, 마치 너무 큰 고깃덩어리 때문에 속이 거북해지듯 우리의 머리를 아프게 합니다. 우리는 어떤 예술 작품에 매혹되지만 마지막에 가서 그것은 터무니없는 것이 되어 버리지요. 만일 당신이 시간을 내어 한번 괴테를 평상시보다 좀 더 철저하게 그리고 더욱 집중해서 샅샅이 읽어 본다면, 마지막에 그 책은 본래 그랬던 것처럼 우스꽝스럽게 보일 것입니다. 당신이 단지 보통 때보다 더 자주 읽기만 하면, 그것은 우스꽝스러운 것이 되고, 가장 위대하던 것이 결국에는 시시한 것이 되지요. 아, 당신이 더욱 철저하게 읽으면, 당신이 읽는 모든 것은 파멸합니다. 당신이 무엇을 읽든 모두 마찬가지입니다. 그것은 마지막에 가서는 모두 우스꽝스러워지며, 결국에는 아무런 가치도 없습니다. 예술 작품에 깊이 들어가지 않도록 주의하십시오, 모든 것, 심지어는 가장 좋아하는 것조차도 파멸합니다 하고 그는 말했다. 그림 하나를 너무 오래 보지 마십시오, 책을 너무 철저하게 읽지 마십시오, 음악 작품을 너무 집중해서 듣지 마십시오, 모든 것이 파멸하며, 그로 인해 이 세계의 가장 아름다운 것 그리고 가장 유익한 것이 사라집니다. 당신이 좋아하는 것을 읽되 너무 철저하지는 않게, 당신이 좋아하는 것을 듣되 너무 완전하지는 않게, 당신이 좋아하는 것을 보되 너무 깊지는 않게 하십시오. 나는 모든 것을 항상 너무 깊숙이 주시하였고, 너무 완전하게 들었으며 그리고 너무 철저하게 읽었기 때문에, 아니면 적어도 철저히 읽고 완전하게 듣고 깊숙이 보기 위해 노력했기 때문에 결국에는 모든 것을 망쳐 버렸습니다. 나는 그로 인해 모든 조형 미술과 음악 그리고 온 문학을 망쳐 버렸습니다 하고 어제 그는 말했다. 나는 이런 식으로 결국에는 전 세계를 망쳐 버렸으며, 모든 것이 다 망가졌습니다. 오랜 세월 동안 나는 간단히 내 모든 것을 망쳐 버렸습니다. 그리고 내가 깊이 후회하는 바이지만 내 아내의 모든 것도 망가뜨렸지요. 오랫동안 나는 단지 이 파괴 방식 안에서만 그리고 그것에 의해서만 존재할 수 있었습니다. 그러나 이제는 내가 철저하게 읽어서는 안 되며, 완전하게 들어서도 안 되고, 깊이 관찰하고 주시해서도 안 된다는 것을 압니다. 나는 계속 살고 싶습니다. 철저히 읽지 않고 철저하게 듣지 않으며 철저하게 관찰하지 않고 주시하지 않는 것은 하나의 예술이지요 하고 말했다. 모든 것을 철저하게 시작해서, 철저히 끝까지 버텨 내서 철저하게 끝까지 마무리하는 것이 나의 체질이기 때문에 그것이 나의 불행입니다 하고 그는 말했다. 수십 년 동안 나는 모든 것을 철저하게 하려 했지요. 그것이 나의 불행이었습니다 하고 그는 말했다. 이것은 바로 항상 완벽을 좇아가는 피할 수 없는 파괴 메커니즘이지요 하고 그는 말했다. 나를 비롯한 그런 사람을 위해서 옛 거장들이 그림을 그리지 않았으며, 위대한 옛 작곡가들이 작곡을 하지 않았고, 또 위대한 옛 작가들이 글을 쓰지도 않았습니다. 명백히 나와 같은 사람을 위해서는 아니었지요. 그들 중 어느 한 사람도 단 한 번 나와 같은 인간을 위해서 그리지는 않았으며 쓰지도 않았고 작곡하지도 않았습니다 하고 그는 말했다. 예술은 철저한 관찰, 철저한 청취 그리고 철저한 독서를 위한 것은 아닙니다. 이러한 예술은 인류의 시시한 부분, 일상적인 부분, 평범한 부분을 위한 것인데, 솔직히 말해서 아무것도 모르는 순진한 사람만을 위한 것입니다. 거대한 건축물도 나와 같은 사람이 관찰을 하면 얼마나 빨리 왜소해지는지 모릅니다. 그것이 아직 유명하고 특별하더라도 머지않아 그것은 하나의 우스꽝스러운 건축으로 줄어들지요. 나는 위대한 건축 양식을 보기 위해 여행을 했습니다. 당연히 처음에는 이탈리아로, 그리스로 그리고 스페인으로 떠났습니다. 그러나 내 시각으로 보면 위대한 성당들도 특히 아주 비참하게 줄어들었습니다. 하늘에다 어떤 두 번째 하늘 같은 것을 세워 놓으려는 정말 우습기 짝이 없는 노력이었지요. 한 성당에서 다른 성당으로, 언제나 더 웅장한 두 번째 하늘, 한 사원에서 다른 사원으로, 언제나 좀 더 웅장한 것으로 말이에요 하고 그는 말했다. 그렇지만 그것은 매번 어떤 졸렬함만을 보여 주었습니다. 나는 당연히 유럽뿐만 아니라 가장 유명하다는 박물관들을 방문하였으며, 그곳에 전시된 것을 아주 집중하여 연구하였습니다. 곧 나는 박물관에 전시된 모든 것이 궁색하고 무능력하게 그려진 실패한 작품들, 즉 세상의 졸렬한 부분 외에는 아무것도 아니라는 것을 알게 되었지요. 이 박물관에 있는 모든 것은 정말 실패작이며 졸렬합니다 하고 어제 그는 말했다. 당신이 어느 박물관에 들어가 관찰하고 연구하기 시작하더라도 단지 실패작과 졸작만을 연구하는 것일 뿐입니다. 원, 그 프라도 박물관, 그래요, 그것은 분명 옛 거장들에 관한 한 세계에서 가장 중요한 박물관이지요. 그러나 나는 건너편 리츠에 앉아서 차를 마실 때면 매번 프라도 박물관도 단지 미완성 작품, 실패작, 결국 우스꽝스럽고 천박한 것만 전시되어 있다는 생각을 합니다. 상당수의 예술가는 어느 특정한 시대에 어느 것이 유행이면, 세계를 흥분시키는 터무니없는 것들을 아주 간단하게 만들어냅니다. 그러다 갑자기 비판적인 안목을 가진 사람이 나타나면 세계를 흥분시키는 터무니없는 사조는 그 유행의 바람이 빠져 갑자기 아무것도 아닌 것이 됩니다 하고 그는 말했다. 벨라스케스, 렘브란트, 조르조네, 바흐, 헨델, 모차르트, 괴테 또는 파스칼, 볼테르 등도 단지 교만하고 터무니없을 뿐이지요. 나 스스로 항상 터무니없이 존경하여 예술에 종속되었다고 말하는 것만으로 부족한 이 슈티프터도, 잘 들어 보면 브루크너가 나쁘고 더군다나 비참한 작곡가이듯이, 자세히 관찰해 보면 마찬가지로 나쁜 작가입니다. 게다가 슈티프터는 문법적으로도 문제가 되는 가공할 만한 문체로 글을 쓰는데, 그것은 바로 브루크너가 나이가 들어서도 여전히 종교적이고 사춘기적인, 혼란스럽고 어지러운 곡을 작곡했던 것과 같습니다. 나는 수십 년 동안 슈티프터를 실제로 명확하게, 근본적으로 연구해 보지도 않은 채 존경했습니다. 내가 일 년 전에 명확하고 철저하게 슈티프터를 다루었을 때, 나는 내 눈과 귀를 의심했지요. 틀린 것이 그렇게 많고 엉성한 독일어, 오스트리아어를 나는 이전에 단 한 번도 읽은 적이 없습니다. 바로 오늘날 활자처럼 깨끗하고 명확한 산문으로 유명한 슈티프터의 작품이 말입니다. 슈티프터의 산문은 모두 깨끗하지 못하고, 내가 아는 것 중 가장 불명확하지요. 그의 작품은 틀린 묘사와 혼동된 생각으로 꽉 차 있습니다. 나는 어쨌든 오버외스터라이히의 장학관이며 예술 애호가인 그가 오늘날 작가들에게, 그중에서도 특히 무명작가가 아니라 바로 젊은 작가에게 대단한 존경을 받는다는 사실이 정말 놀랍습니다. 내 생각에는 이 모든 사람이 슈티프터를 단 한 번도 제대로 읽지 않고 맹목적으로 그를 존경했으며, 단지 그에 관해 듣기만 했지 나처럼 단 한 번도 제대로 읽지 않았습니다. 나는 슈티프터, 위대한 산문의 대가라 불리는 그를 일 년 전에 제대로 읽었을 때, 이 엉성한 작가를 내가 전에 존경하고 정말 좋아했다는 사실에 매우 불쾌해했습니다. 나는 슈티프터를 청소년 시절에 읽었으며, 이 독서 체험에 근거해 그에 대한 기억을 가지고 있었지요. 나는 나 자신에 대해 완전히 무비판적인 시기였던 열두 살 그리고 열여섯 살 때 슈티프터를 읽었습니다. 그 이후로 나는 단 한 번도 슈티프터에 대해 재고해 보지 않았습니다. 그의 많은 작품을 읽는 여정을 통해 그가 견디기 어려운 수다쟁이임을 알 수 있습니다. 그는 졸렬하고 가장 혐오스러운 엉성한 문체를 가지고 있으며, 게다가 그는 독일어권 문학 안에서 가장 지루하고 거짓된 작가입니다. 명료하고 정확하며 확실한 문체로 알려진 슈티프터의 산문은 실제로는 불분명하고 빈약하며 무책임한 문체이고, 소시민적인 감상주의와 소시민적인 어설픔으로, 가령 비티코나 증조할아버지의 가방을 읽으면 구역질이 나지요. 바로 이 증조할아버지의 가방은 이미 첫 행에서부터 완전히 안팎으로 오류가 가득한, 가볍게 질질 끄는 감상적이고 진부한 소설을 예술 작품이라고 엉성하게 주장하는 것입니다. 그것은 소시민적인 린츠 사람들이 억지로 짜 맞춘 것 외에는 아무것도 아니지요. 천문학자 케플러 이후로 하늘이 다 아는 시골구석인 그곳에는 사람들이 노래할 수 없는 오페라가 있고, 사람들이 연극을 할 수 없는 극장이 있으며, 그릴 줄 모르는 화가와 쓸 줄 모르는 작가들만이 있습니다. 사람들이 보통 슈티프터를 천재라고 부르지만, 그런 소시민적인 시골구석 린츠에서 갑자기 천재가 나온다는 것은 정말 생각할 수 없는 일입니다. 슈티프터는 천재가 아니지요. 슈티프터는 부자연스럽게 살아가는 속물이며, 마찬가지로 부자연스러운 글을 쓰는 교육가로서 부패한 소시민입니다. 그는 단 한 번도 언어에 대한 아주 사소한 필요조건조차 갖추지 않았는데, 하물며 그것을 넘어서 예술 작품을 창조해 내는 능력이 있었겠습니까 하고 레거는 말했다. 슈티프터는 전체적으로 보아 내가 살아가면서 예술적으로 실망한 사람 중 하나입니다. 슈티프터의 글에서는 세 문장 또는 네 문장마다 꼭 틀린 게 나왔고 그의 소설에 등장하는 묘사도 둘이나 셋 중에 하나는 엉터리지요. 그리고 슈티프터의 정신 자체가, 적어도 그의 문학적인 글 안에서는, 평범합니다. 슈티프터는 지금까지의 작가 중 정말 창조력이 없는 작가 가운데 한 사람이며, 동시에 가장 반시(反詩)적이고 비시(非詩)적인 작가 중 한 사람입니다. 그러나 독자와 문학 연구가들은 항상 이러한 슈티프터에 빠져 있지요. 마지막에 그가 자살한 것도 평범한 그의 삶에 아무런 변화도 주지 않습니다. 나는 슈티프터처럼 소시민적이고 엉성하며 게다가 그렇게 편협하고 고루한 사람이 동시에 그렇게 세계적으로 유명한 작가인 경우를 보지 못했습니다. 비정상적인 경건함 가운데 가톨릭에 도취하여 오버외스터라이히에서 빈으로 옮겨 간 후 황제와 신의 손에 완전히 자신을 바친 안톤 브루크너와 비슷합니다 하고 레거는 말했다. 브루크너도 천재가 아니었지요. 그의 음악은 혼돈스러우며 슈티프터의 작품과 마찬가지로 불명확하고 엉성합니다. 그러나 슈티프터의 작품이 엄밀한 면에서 죽은 독문학 종잇장에 지나지 않은 반면, 부르크너는 모든 사람을 감동시켜 울게까지 합니다. 브루크너식의 소리 홍수는 세계를 정복했다고까지 말할 수 있으며, 그의 승리 안에는 감상주의와 허구의 화려함이 잔치를 벌이고 있습니다. 슈티프터가 엉성한 작가이듯 브루크너도 엉성한 작곡가인데, 둘 다 오버외스터라이히의 허장성세를 공통적으로 지니고 있지요. 이들 두 사람은 소위 독실한 그리고 해독을 끼치는 예술을 만듭니다 하고 레거는 말했다. 그렇지만 케플러는 멋진 인물인데, 그는 오버외스터라이히 사람이 아니라 뷔템베르크 출신입니다 하고 어제 레거는 말했다. 아달베르트 슈티프터와 안톤 브루크너는 결국 문학과 작곡에서 오물만을 만들어 냈습니다. 누군가가 바흐와 모차르트 그리고 헨델과 하이든을 높이 평가한다면, 그는 부르크너와 같은 사람을 당연히 거부해야 합니다. 그런 사람들을 경멸해서는 안 되겠지만 거부해야 합니다. 누군가가 괴테, 클라이스트, 노발리스 그리고 쇼펜하우어를 높이 평가하는 사람이라면 슈티프터를 거부할 게 틀림없습니다. 괴테는 어렵지만 슈티프터는 항상 너무 쉽습니다. 비난해야 할 것은, 슈티프터가 대단한 교육가였고 게다가 높은 지위에 있었음에도 불구하고 그의 학생 중 누구도 그렇게 쓰면 안 될 정도로 엉성하게 글을 썼다는 점입니다. 슈티프터의 글 한 쪽을 그의 학생 중 하나가 제출했다면, 슈티프터는 빨간 연필로 마구 고쳤을 것입니다. 그게 사실이에요 하고 그는 말했다. 만일 우리가 빨간 연필을 들고 슈티프터를 읽기 시작한다면 고치는 것에서 헤어나지 못합니다 하고 레거는 말했다. 천재가 쓴 글이 아니라, 사악하고 무능한 사람이 쓴 글이에요. 만일 정말 어떤 미적 감각이 없는 진부하고 감상적이고 무익한 문학의 개념이 있다면, 바로 슈티프터가 쓴 것이 거기에 해당합니다. 슈티프터의 글은 예술이 아닙니다. 그리고 그가 말하는 것도 정말 불쾌하게도 정직하지 못합니다. 특별히 집에서 하루를 지루하게 보내며 하품이나 하는 공무원의 아내나 미망인들은 당연히 슈티프터를 읽지요. 간호사들은 자유 시간에 그리고 수녀들은 수도원 안에서 읽습니다 하고 그는 말했다. 정말 생각하는 인간은 슈티프터를 읽지 않습니다. 내 생각으로는, 슈티프터를 그렇게 엄청나게 높이 평가하는 사람들은 슈티프터에 대해 아는 바가 전혀 없지요. 예외 없이 우리의 모든 작가는 오늘날 그저 열광적으로 슈티프터에 대해 말하고 쓰며, 마치 그가 이 시대 작가들의 신인 양 애착을 느낍니다. 이 사람들은 멍청하거나 미적 감각이 없거나, 문학에 대해 아주 기본적인 것도 이해하지 못하거나, 아니면 슈티프터를 읽지도 않았다고 생각할 수밖에 없습니다 하고 그는 말했다. 슈티프터와 브루크너 문제를 당신은 내 앞에서 꺼내지 말아야 하는데, 어쨌든 예술과, 내가 예술이라고 생각하는 것과 관련해서 말입니다 하고 그는 말했다. 그 한 사람은 산문 말소자이며, 다른 한 사람은 음악 말소자입니다 하고 그는 말했다. 불쌍한 오버외스터라이히 사람들은 터무니없이 높이 평가된 문학과 작곡의 두 불발탄을 놓았음에도, 위대한 두 명의 천재를 배출했다고 실제로 믿고 있지요. 이 오스트리아 여선생과 수녀가 그들이 슈티프터를 예술적 우상으로 떠받들어 그들의 머리빗과 발톱깎이와 함께 침대머리장 서랍에 둔 것을 생각하면, 그리고 국가 원수들이 브루크너의 교향곡을 들으면서 눈물을 흘린 것을 생각하면 속이 메스꺼워집니다 하고 그는 말했다. 예술은 최고의 것이자 동시에 가장 역겨운 것입니다. 그러나 우리는 높은, 최고의 예술이 있다는 것을 우리 자신에게 설득시켜야 합니다. 그러지 않으면 우리는 실망에 빠지지요. 비록 예술이, 다른 모든 것이 그러하듯이, 졸렬함과 유치함 그리고 역사의 쓰레기 속에 파묻혀 버린다는 것을 우리는 알고 있지만, 그럼에도 우리는 정말 자신 있게 그 높은 예술 그리고 최고의 예술을 믿어야 합니다 하고 그는 말했다. 우리는 예술이 무엇인지 압니다. 그것은 졸렬하게 좌절해 버린 그 무엇이지요. 그러나 우리는 이 사실을 항상 인정해야 하는 것은 아닙니다. 그러면 우리가 불가항력적으로 몰락하기 때문입니다. 다시 한 번 슈티프터의 이야기로 돌아오면 오늘날 슈티프터를 증인으로 끌어내는 많은 작가가 있습니다. 이 작가들은, 슈티프터가 작가 생활을 하는 동안에 자연을 악용한 것 외에 다른 아무것도 한 것이 없는 완전한 아마추어였음을 증거로 끌어냅니다. 슈티프터는 완전히 자연을 악용했다고 비난받을 수 있습니다 하고 어제 레거는 말했다. 그는 작가로서 보는 사람이고자 했으나, 실제로는 작가로서 장님이었습니다. 슈티프터와 관련한 것은 모두 너무 극성스럽고 시대에 맞지 않게 조야했으며, 그는 너무도 촌스러워 비웃음을 사는 산문 외에는 달리 아무것도 쓰지 않았지요 하고 레거는 말했다. 슈티프터의 자연 묘사는 칭찬받을 만합니다. 그러나 단 한 번도 자연은 슈티프터가 묘사하는 대로 그렇게 잘못되어 있지 않으며, 마찬가지로 그가 그의 글로 우리를 끈기 있게 믿도록 한 만큼 그렇게 지루하지 않습니다 하고 레거는 말했다. 슈티프터는 실제로는 생명감이 넘치는 자연을 마비된 듯이 묘사함으로써 당연히 독자까지도 마비시켜 버리는 문학의 심부름꾼 외에는 아무것도 아닙니다. 슈티프터는 그의 소시민적인 베일을 모든 것 위에다 덮어씌우고는 그것을 질식시키지요. 이게 사실이에요. 실제로 그는 나무 하나도, 노래하는 새 한 마리도, 세차게 흐르는 강물 하나도 묘사하지 못합니다. 그게 사실이에요. 그는 우리에게 뭔가 명백히 하려고 했으나, 반대로 방해했을 뿐입니다. 그는 빛남을 드러내려 했으나 오히려 그것을 둔화시켰을 뿐이지요. 이게 사실이에요. 슈티프터는 자연을 천편일률적으로 만들었으며, 인간을 정취도 없고 영혼도 없게 만들었습니다. 그는 아무것도 모르며 아무것도 발견하지 못했습니다. 오직 묘사가일 뿐인데, 그의 묘사는 터무니없이 거친 것뿐입니다. 그는 아무런 이유 없이 유명해졌는데, 이 박물관 여기저기 걸려있는 좋지 않은 화가들의 수준입니다 하고 레거는 말했다. 단지 그들의 액자보다 더 가치 없는 평범한 작품을 그린 이 수백 명의 화가와 뒤러를 생각하면 됩니다. 이 그림들은 모두 주목을 받지요. 그러나 마치 슈티프터의 독자들이 이유도 모른 채 그의 글을 읽고 놀라워하듯이, 그림에 감동하는 사람들은 그 이유를 모릅니다. 슈티프터에게서 불가사의한 것은 그가 유명해졌다는 사실인데, 왜냐하면 그의 문학은 전혀 불가사의하지 않기 때문입니다 하고 레거는 말했다. 위대한 화가, 위대한 음악가, 위대한 작가, 우리는 소위 위대하다는 사람들에 대해 분해해 보고 해체해 보고 다시 생각해 봅니다. 왜냐하면 우리는 그 위대함을 직접 경험해 볼 수 없기 때문이며 그리고 우리는 단지 생각으로밖에 경험할 수 없기 때문이지요 하고 그는 말했다. 그러나 슈티프터는 정말 위대한 사람이 아니었고 지금도 아니기 때문에 그런 과정을 거칠 만한 대상이 아닙니다. 슈티프터는 다만 한 예술가가 어떻게 몇십 년 동안 위대한 사람으로 존경받을 수 있는지를 보여주는 사례일 뿐이지요. 실제로는 전혀 위대하지 않은데도 그저 존경하고 사랑하는 것에 광적으로 중독된 인간에게 사랑받은 것에 불과한 것이지요. 우리가 존경하고 경탄하고 사랑했던 대가들이 전혀 대가가 아니며, 또한 단 한 번도 그런 대가가 아니었고, 단지 상상 속의 대가일 뿐 실제로는 평범하고 비천한 인물이라는 것을 알게 되었을 때 받는 실망 속에서 우리는 이런 기만이 주는 엄청난 고통을 느낍니다. 그러나 만일 우리가 어떤 한 대상을 단순하게 눈감은 채 인정하려고 노력한다면, 그리고 수년, 수십 년, 가능한 한 전 생애 동안 다시 시험해 보지 않고 그냥 존경하고 좋아하려고 노력한다면 우리는 아주 쉽게 그 고통을 잊어버리지요. 만일 내가 삼십 년 전 내지는 적어도 이십 년 전 또는 십오 년 전에 다시 한 번 슈티프터를 시험해 보았다면, 이러한 뒤늦은 실망은 하지 않아도 되었을 텐데. 우리는 결코 이 사람은 어떻고 저 사람은 어떻고, 그리고 그것은 모든 시대를 두고 그러하다고 말해서는 안 됩니다. 우리는 항상 모든 예술가를 재차 시험해 봐야 합니다. 그것은 우리가 바로 우리의 예술학과 우리의 예술 감각을 발전시키기 때문이지요. 그것은 분명합니다. 슈티프터의 글 중 단지 편지들만이 좋을 뿐 다른 것은 모두 전혀 가치가 없습니다 하고 레거는 말했다. 그러나 문학 연구가는 분명히 앞으로도 계속 슈티프터를 다룰 것입니다. 문학 연구가들은 이미 산문의 영원함과는 상관없이 정말 오랫동안 편안하게 그들을 먹고살 수 있게 해주는 그런 아달베르트 슈티프터와 같은 우상들에 빠져 있습니다. 가끔씩 나는 아주 다양한 사람들, 그러니까 대단히 총명한 사람들과 별로 그렇지 못한 사람들에게 슈티프터의 책을 읽어 보도록 했습니다. 예를 들어 수정, 콘돌 내지는 브리기타 또는 그 증조할아버지의 가방을 주고는, 그 책이 그들의 마음에 들었는지 물었으며, 솔직한 대답을 해 달라고 했습니다. 솔직한 대답을 해 달라고 하자 그들은 모두 그 책이 마음에 들지 않았으며 몹시 실망스러웠고 근본적으로 그것은 그들에게 아무것도 아니라고 말했습니다. 그들은 그런 생각 없는 글을 쓰고, 게다가 할 말이라고는 아무것도 없는 사람이 그렇게 유명할 수 있다는 사실에 놀라워했지만 전혀 아무 말도 하지 않았지요. 이 슈티프터 실험은 오랫동안 언제나 되풀이해서 나에게 기쁨을 주었으며, 내가 이 슈티프터 실험을 했다는 것이 기뻤습니다 하고 그는 말했다. 그와 마찬가지로 나는 가끔씩 사람들에게 티치아노, 예를 들어 그의 벚나무 성모 마리아가 정말 마음에 드는지를 묻지요. 내가 물어 본 사람 중 단 한 사람도 그 그림을 마음에 들어 하지 않았으며, 모두 다 단지 그의 유명함 때문에 경탄했을 뿐, 그것에 대해 누구에게도 말하지는 않았습니다. 그러나 내가 슈티프터를 티치아노와 비교한다고 말하고 싶지는 않았습니다. 그것은 정말 허무맹랑한 일입니다 하고 레거는 말했다. 문학 연구가들은 단지 슈티프터를 좋아할 뿐만 아니라, 슈티프터에게 마음을 빼앗겼습니다. 내 생각에 문학 연구가들은 슈티프터에 관한 한 완전히 불충분한 척도로 그를 잽니다. 그들은 슈티프터에 관해서 항상 많이 다루는데, 그렇게 많이 다뤄진 동시대 작가는 아무도 없습니다. 그리고 그들이 쓴 슈티프터에 관한 글을 읽어 보면, 그들이 슈티프터를 전혀 읽지 않았거나 아니면 적어도 표면적으로 읽었다는 생각이 듭니다. 자연은 이제 절정을 이루고 있는데, 그것이 바로 슈티프터가 지금 절정을 이루고 있는 이유도 되지요 하고 레거는 어제 말했다. 요즘 자연과 관련된 것이 최고 유행이며, 따라서 슈티프터는 지금 최고의, 정말 최고 유행입니다 하고 어제 레거는 말했다. 숲이 지금 최고 유행이며, 산과 개천이 지금 최고 유행입니다. 따라서 슈티프터가 지금 최고 유행이지요. 슈티프터는 모두를 몹시 지루하게 하지만 그는 숙명적으로 지금 최고 유행입니다 하고 레거는 말했다. 그 저속성이 최고의 유행이듯이, 가공할 만한 그 감상주의 자체가 바로 지금 최고 유행입니다. 칠십 년대 중반부터 팔십 년대 중반까지 감상주의와 저속성이 문학, 회화 그리고 음악에서 가장 유행하고 있습니다. 팔십 년대처럼 그렇게 감상적이고 저속한 글이 많고 그렇게 감상적이고 통속적인 그림이 많은 적은 없었지요. 작곡가들은 저속함과 감상주의 안에서 서로 경쟁하고 있으며, 연극 공연도 이렇게 감상적이고 극도로 저속한 것밖에는 볼 수 없습니다. 비록 잔인하고 거친 것이 그 연극의 주제라 해도, 그것은 단지 비천하고 저속한 감상주의일 뿐입니다. 전시회를 보러 가면 극도의 저속함과 불쾌한 감상주의만이 전시되고 있습니다. 음악회에 가도 마찬가지로 저속함과 감상주의만들립니다. 책 또한 저속함과 감상주의로 가득 차 있는데, 그것이 바로 슈티프터가 지난날 그렇게 유행시킨 것입니다. 슈티프터는 저속성의 장인(匠人)입니다 하고 레거는 말했다. 슈티프터의 책 곳곳에 저속한 예술성이 가득해서 소설을 좋아하는 수세대에 걸친 수녀와 간호사들이 거기에 만족해할 정도입니다 하고 그는 말했다. 그리고 실제로 정말 브루크너도 단지 감상적이고 저속하며, 멍청하고 기념비적인, 관현악의 감상주의자 외에는 아무것도 아닙니다. 오늘날 글을 쓰는 젊은 작가나 더 어린 작가들은 대부분 정신이 깃들지 않은 저속한 작품을 쓰고 있으며, 그들의 책 안에서 바로 그 견딜 수 없는 격양된 감상주의를 더욱 발전시키고 있습니다. 그들에게도 슈티프터가 바로 큰 유행이라는 것을 잘 알 수 있습니다. 영혼이 없는 저속성을 위대하고 숭고한 문학에 도입하였으며, 그리고 저속한 자살로 삶을 마친 슈티프터가 지금 최고 유행이지요 하고 레거는 말했다. **숲**과 **숲의 죽음**이라는 용어가 한창 유행이고 그 **숲이라는 개념**이 가장 많이 사용되고 악용되고 있는 지금, 슈티프터의 작품 **고원의 숲**이 전에 없이 많이 팔리는 것은 전혀 이상하지 않습니다. 인간의 갈망은 오늘날 **자연**으로 쏠리고 있으며, 사람들은 슈티프터가 자연을 묘사했다고 생각하기 때문에 모두 슈티프터를 따릅니다. 그러나 슈티프터는 자연을 전혀 묘사하지 않았지요. 그는 오로지 자연을 저속하게 만들었습니다. 인간이 얼마나 멍청한지 이제 수십만 명에 이르는 사람들이 슈티프터에게 순례를 가서는, 마치 그의 작품 하나하나가 제단인 양 그 앞에 무릎을 꿇습니다. 바로 이러한 얼토당토않은 감격이 나는 정말 역겨우며 전적으로 반감을 일으킵니다 하고 레거는 말했다. 결국 마지막에는 모든 것이 우스운 것이 되거나 적어도 하찮은 것이 됩니다. 그것은 어쩌면 위대하고 중요할 수도 있지요 하고 그는 말했다. 사실 슈티프터는 나에게 자주 되풀이해서 하이데거를, 반바지를 입은 그 우스꽝스러운 나치 속물을 생각나게 합니다. 슈티프터가 고매한 문학을 파렴치한 방법으로 완전히 저속하게 만들었다면, 하이데거, 슈바르츠발트의 철학자 하이데거 또한 같은 방법으로 철학을 저속하게 만들었습니다. 하이데거와 슈티프터는 각자 자기 방식대로 철학과 문학을 절망적으로 저속화시켜 버렸지요. 전쟁을 겪은 세대와 전후 세대들은 하이데거의 꽁무니를 좇아다니며 그가 살아 있는 동안에도 벌써 그에 대한 멍청하고 역겨운 박사 논문을 써 댔지요. 슈바르츠발트 집에서 비정상적일 정도로 뜨개질에 완전히 미쳐서 끊임없이 겨울 양말을 뜨고 있는 그의 부인 옆 의자에 나란히 앉아 있는 그를 나는 늘 떠올립니다. 평생 동안 그를 완전히 지배하고, 그에게 양말을 짜주며, 모자를 뜨개질해 주고, 빵을 구우며, 이불을 만들고, 샌들을 수선해 준 그의 아내 옆에, 슈바르츠발트의 집 의자에 나란히 앉아 있는 하이데거 외에는 상상이 가지 않습니다. 하이데거는 슈티프터와 마찬가지로 저속한 존재였지만, 비극적이게도 슈티프터보다 더 우스꽝스러운 존재였지요. 하이데거는 항상 괴상하였을 뿐 아니라 슈티프터와 마찬가지로 소시민적이고 파괴적이며 과대망상에 사로잡혀 있었습니다. 내 생각으로는 그는 바로 독일의 철학 잡탕에 꼭 맞는 알프스 변두리의 무능한 사색가입니다 하고 레거는 말했다. 모두가 몇십 년 동안 불타는 지식욕으로 하이데거를 파고들었으며 거기서 퍼낸 것을 다시 독문학자와 철학자들에게 배가 터지도록 마구 쑤셔 넣었습니다. 하이데거는 평범한 얼굴을 하고 있었지 철학자다운 얼굴을 지니지 않았으며, 완전히 비정신적인 인간이었습니다 하고 레거는 말하면서, 그 어떤 상상력도 없고 감수성도 없는 한 원시 독일 철학의 재탕자, 독일 철학에서 풀을 뜯어먹으며 그것으로 수십 년간이나 슈바르츠발트에 그의 교태스러운 쇠똥을 떨어뜨린, 끊임없이 새끼를 밴 철학 암소라고 말했다. 하이데거는 한 세대의 독일 사상가들을 뒤죽박죽 뒤엉켜 놓은, 소위 철학의 결혼 사기꾼입니다. 하이데거는 독일 철학사의 한 삽화일 뿐임에도 불구하고 모든 독일 학문이 그와 관련되었으며 **그리고 여전히 관련되어 있지요** 하고 레거는 어제 말했다. 오늘날에도 하이데거를 완전히 꿰뚫어볼 수 없습니다. 그리고 하이데거 암소가 마르긴 했지만 하이데거 우유는 여전히 나오고 있지요. 토트나우베르크에 있는 통나무 집 앞에서 곰팡이가 핀 헐렁바지를 입고 있는 하이데거는 나에게 정체가 탄로 나는 폭로 기사의 사진으로만 남아 있습니다. 그는 검은 슈바르츠발트 모자를 눌러 쓴 속물 철학자일 뿐이지요. 그렇지만 저 멍청한 독일 사람들은 끊임없이 그런 그를 재탕해 왔습니다 하고 레거는 말했다. 만일 우리가 나이 든 사람이라면 우리는 이미 수없이 많은 이러한 모든 끔찍한 유행, 예술과 철학의 유행 사조들 그리고 일상적인 유행 사조에 함께 참여해 왔을 것입니다. 하이데거는, 한 시대 전 독일을 사로잡은 어떤 철학으로 인해 단지 몇몇 우스꽝스러운 사진과 더 우스꽝스러운 몇 편의 논문 외에 아무것도 남긴 것이 없는 철학 유행의 좋은 보기이지요. 하이데거는 과거에 그러했고 지금도 그렇듯이 단지 훔친 물건만 내놓은 철학의 협잡꾼입니다. 하이데거에게서 나온 것은 모두 중고품이지요. 그는 스스로 생각해 내는 자질이 부족하고 실제로 모든 것이 모자란, 뒤쫓아 생각하는 이의 전형이었으며, 지금도 그러한 사람의 표본입니다. 하이데거 방식의 핵심은 정말 위대한 남의 사상을 전혀 거리낌 없이 왜소하게 만들어 버리는 데 있습니다. 그것이 바로 그의 사상입니다. 하이데거가 위대한 것을 모두 왜소하게 만듦으로써, 그의 사상이 독일어로 가능하게 되었지요. 이해하시겠습니까? 독일어로 가능하게 말입니다. 하이데거는 그의 유치한 잠 모자, 그가 어떤 자리에나 항상 쓰고 다닌 그 모자로 독일 철학을 덮어씌운 독일 철학의 소시민입니다. 그는 독일의 공처가일 뿐 그 이상 아무것도 아닙니다. 이상하게도 나는 슈티프터를 생각할 때마다 항상 하이데거가 생각났고 그 반대로도 마찬가지입니다 하고 어제 레거는 말했다. 하이데거가 슈티프터와 마찬가지로 특별히 무언가에 억압된 여자들에게 사랑을 받았으며 그리고 오늘날에도 여전히 그들로부터 사랑을 받는다는 것은 우연이 아니지요. 지나치게 싹싹한 수녀와 간호사들이 슈티프터를 맛있는 음식으로 먹는 것처럼 그들은 또한 하이데거를 잘 먹습니다. 하이데거는 오늘날에도 여전히 독일 여성에게 인기 있는 철학자입니다. 그러한 **여성전용 철학자**가 곧 하이데거인데 그는 특별히 독일의 철학 입맛에 아주 잘 맞는, 금방 냄비에서 꺼내온 음식 같은, 점심 식사와도 같은 통속 철학자이지요. 만일 당신이 어떤 소시민적인 사회 또는 귀족적이면서도 소시민적인 사회로 온다면 자주 전채 요리로 하이데거가 제공됨을 알게 될 것입니다. 외투를 채 벗기도 전에 이미 당신은 하이데거 한 접시를 받습니다. 당신이 아직 앉지도 않았는데 벌써 여자 주인은 소위 셰리주 하이데거를 은쟁반 위에 받쳐서 가지고 들어옵니다. 하이데거는 그 어떤 집에서도 모든 때에 적절히 제공되는 잘 조리된 독일 철학이지요 하고 레거는 말했다. 오늘날 그 어떤 다른 철학자도 그렇게 격하되지 않습니다. 철학에서도 그는 끝났습니다. 십 년 전만 해도 위대한 철학자였던 그가 이제는 소위 사이비 지성인의 집안에서 그리고 사이비 지성인이 드나드는 사교계에서만 돌아다니고 있으며, 그들에게 모든 자연스러운 거짓말뿐 아니라 조작한 거짓말까지 퍼뜨리고 있습니다. 슈티프터와 마찬가지로 하이데거는 특별한 취향이 없으나 별 어려움 없이 소화할 수 있는 독일의 평범한 사람을 위한, 읽는 푸딩입니다. 슈티프터가 문예와는 아무런 관계가 없듯 하이데거도 정신과는 전혀 관련이 없습니다. 이 두 사람은 철학과 문예와 관련해서는 일말의 가치도 없지만, 나는 항상 반발심을 불러일으키는 하이데거보다는 그래도 슈티프터를 높이 평가합니다. 왜냐하면 하이데거와 관련한 것은 모두 나에게 역겹기 때문인데, 그의 머리 위에 있는 잠 모자와 토트나우베르크에서 자기가 불을 땐 화로 위에 널려 있는 직접 짠 겨울 속바지 그리고 그가 직접 만든 슈바르츠발트 지팡이 또는 직접 쓴 슈바르츠발트 철학 때문만이 아닙니다. 이 희극적이고도 비극적인 남자에 관련한 것 모두가 내게는 언제나 역겨웠으며 생각만 해도 언제나 심한 거부감이 일어났습니다. 하이데거를 읽었을 때 단지 몇 줄만으로도 이미 나는 거부감을 느꼈지요 하고 레거는 말했다. 늘 나는 하이데거를, 자기 주위에 있는 모든 것을 이용할 대로 다 이용했고 자기의 토트나우베르크의 의자에 앉아서는 그것을 즐긴 협잡꾼으로 여겼습니다. 지나치게 영리하다는 사람들까지도 하이데거에 마구 속아 넘어가고 내가 잘 아는 친구 중 하나가 하이데거에 관한 박사 논문을 썼으며 게다가 이 논문을 진지하게 취급했다는 생각을 하면 나는 지금까지도 속이 메스껍습니다 하고 레거는 말했다. 이 모든 것에는 원인이 있다는 하이데거의 철학은 정말 가장 우스꽝스러운 것이지요. 그러나 독일 사람들은 그의 거드름에 감탄을 합니다. 독일 사람들은 거드름 피우는 데 대한 흥미를 갖고 있는데, 그것은 그들의 두드러진 성격 중의 하나입니다 하고 레거는 말했다. 그러면 오스트리아 사람들은 어떻습니까. 그들은 모든 점에서 더 나쁩니다. 나는 탁월한 재능이 있다는 한 여성 사진작가가 찍은, 언제나 살찐 퇴직 장교 같아 보이는 하이데거의 여러 사진을 보았는데, 그 사진을 언젠가는 한번 보여드리지요 하고 레거는 말했다. 이 사진들을 보면, 하이데거는 그의 침대에서 내려

오고 다시 침대로 올라가며, 잠을 자고 잠을 깨며, 바지를 입고 양말을 신으며, 과일즙을 한 모금 마시고는 그의 통나무집에서 나와 지평선을 바라보고, 지팡이를 짚고, 모자를 쓰고 모자를 벗고, 모자를 손에 쥐며, 다리를 벌리고, 머리를 세우며, 머리를 숙이고, 오른손을 자기 아내의 왼손에 놓으며, 그의 아내는 자기의 왼손을 그의 오른손에 놓고, 집 앞에서 서성이고 집 뒤에서 서성이며, 집을 향해 가고 집을 떠나며, 책을 읽고 밥을 먹고, 수프를 떠먹으며 (직접 구운) 빵 한 조각을 자르고, (직접 쓴) 책을 펴며 (직접 쓴) 책을 덮고, 몸을 굽히고 펴고 하지요 하고 레거는 말했다. 그건 정말 구역질이 날 지경이지요. 바그너에 미친 사람도 참을 수 없지만 하이데거에 혼이 빠진 사람은 정말 견딜 수 없습니다. 물론 하이데거는 바그너와 비교할 수 없어요. 하이데거가 정말 보잘것없는 철학의 한 배후 인물인 반면에 바그너는 천재라는 개념에 꼭 들어맞는 확실한 천재였습니다. 실제로 하이데거는 금세기 독일의 최고 응석받이 철학자이자 동시에 가장 하찮은 철학자였습니다. 철학을 요리와 혼동하며, 철학을 정말 독일의 입맛에 꼭 들어맞는 어떤 지지고 굽고 끓이는 음식 같은 것으로 여기는 바로 그런 사람들이 하이데거에게로 순례를 갑니다. 하이데거는 토트나우베르크 호프에 머무르면서 그의 철학의 무대였던 슈바르츠발트에서 항상 성스러운 암소인 양 매번 주목을 끌게 하였습니다. 한 유명한 북독일의 잡지 출판인조차 저녁 무렵 집 벤치에 앉아 있는 하이데거로부터 정신의 빵을 구하였을 때 크게 감격하여 그 앞에 무릎을 꿇었습니다. 이런 사람 모두가 하이데거를 찾아 토트나우베르크로 떠났으며 스스로를 웃음거리로 만들었습니다 하고 레거는 말했다. 그들은 소위 철학적인 슈바르츠발트로 그리고 성스러운 하이데거 산으로 순례를 떠났으며, 그들의 우상 앞에 무릎을 꿇었습니다. 그들의 우상이 완전히 머리가 텅 빈 사람이었다는 사실을 그들은 너무 멍청해서 알 수가 없었습니다. 그들은 단 한 번도 그것을 알지 못했지요 하고 레거는 말했다. 이 하이데거 일화는 독일 사람들의 철학 숭배에 대한 예로서 시사하는 바가 많습니다. 그들은 언제나 엉뚱한 것, 즉 그들에게 어울리는 우둔하고 애매한 것에만 매달립니다 하고 레거는 말했다. 그러고는 이어서 말하기를, 정말 소름 끼치는 것은 내가 이 두 사람과 친척지간이라는 사실이에요. 슈티프터는 외가 쪽으로, 하이데거는 친가 쪽으로 친척입니다. 이것이야말로 정말 끔찍스러운 일이지요 하고 어제 레거는 말했다. 소위 먼 친척 관계이긴 하지만 나는 브루크너와도 친척지간입니다. 비록 내 부모나 식구들처럼 이 친척 관계에 대해 정말 기뻐하지는 않는다 해도 이러한 친척 관계를 부끄러워할 정도로 나는 멍청하지는 않습니다. 오버외스터라이히 아니면 전체 오스트리아 또는 독일의 그 어떤 가계든 상관 없이 내 조상의 대부분은 장사꾼 또는 내 아버지와 같은 실업가 또는 옛날에 그러했듯이 농부들이었는데, 특별히 뵈멘 지방 출신이 다른 곳보다는 월등히 많았으며, 알프스보다는 알프스 근접 지역이 많았고, 진한 유대인의 씨도 있었습니다 하고 그는 말했다. 내 조상 중에는 주

교도 한 사람 있으며 이중 살인자도 있습니다. 나는 내 출신에 관해 신경 쓰지 않을 것이라고 항상 다짐했지요. 그것은 시간이 가면서 어쩌면 점점 더 가공할 만한 끔찍함을 불러일으킬 것 같았기 때문이에요. 솔직히 말해서 나는 그것에 겁이 났습니다. 사람들은 그들의 조상을 들추어내고 모든 것을 다 파내고 나서야 정말 실망하고 그래서 갑절이나 후회하고 절망에 빠지는 그때까지 조상을 파헤칩니다. 나는 단 한 번도 소위 조상을 파헤치지 않았습니다. 그렇게 하기에 꼭 필요한 모든 기본 조건을 나는 갖추고 있지 않습니다. 그러나 서서히 바로 나와 같은 인간조차도 갑자기 그 괴상한 조상 때문에 방해를 받지요. 이러한 상황에서 벗어날 사람은 아무도 없습니다. 소위 이러한 조상 들추기에 반항할 수도 있긴 하지만 대부분의 사람이 그것을 파헤칩니다. 요컨대 나는 정말 흥미로운 혼합물이지요. 소위 말해서 나는 모든 특징을 한데 지니고 있는 존재이지요. 내가 알고 있는 것보다 덜 아는 것이 더 나았을 텐데 나이가 들면서 원하지 않았지만 정말 많은 것을 알게 되었습니다 하고 그는 말했다. 나는 일천팔백사십팔년 카타로에서 읽기와 쓰기를 배우고는 그것을 편지로 린츠에 있는 부모에게 자랑스럽게 알린 그 가구 견습공을 가장 좋아합니다 하고 그는 말했다. 외가 쪽의 이 가구 견습공은 오늘날의 코토르인 카타로의 요새에 포병으로 주둔하고 있었습니다. 이미 말한 대로 열여덟 살에 희색이 만면하여 카타로에서 린츠의 자기 부모에게 쓴 그 편지를 나는 아직도 갖고 있는데, 그 편지를 당시 황제 우편국은 내용이 우려스러운 것이라고 기록했습니다. 우리는 모두 모든 것을 섞어 놓은 것이며 그럼에도 자기 고유의 것을 가지고 있지요. 슈티프터는 내가 한평생 존경할 만한 위대한 작가 내지는 시인이 아니라는 생각을 하기 전까지는 그와 친척이라는 것이 정말 엄청나게 대단한 것이었습니다. 하이데거와 친척 관계라는 것도 알고 있었어요. 나의 부모는 기회가 있을 때마다 그 사실에 대해 떠들어 댔지요. 슈티프터와 친척이며 하이데거와도 그리고 부르크너와도 친척이라는 것을 나의 부모가 시시때때로 말해서 나는 자주 부끄러웠습니다. 슈티프터와 친척 관계라는 사실은 오버외스터라이히에서는 물론이고 전 오스트리아에서도 대단한 것이었는데, 그것은 마치 누군가가 프란츠 요제프 황제와 친척이라고 말하는 것과 비슷한 정도였습니다. 그러나 슈티프터에다 하이데거도 친척이라는 것은 오스트리아와 독일에서는 정말 대단히 실로 놀라운 일이지요. 그리고 적당한 순간에 또한 브루크너와도 친척 관계라고 덧붙여 말하면, 사람들은 기겁을 합니다. 친척 중 유명한 작가 한 사람이 있다는 것도 대단한데, 게다가 유명한 철학자 한 사람까지 친척이라는 것은 엄청난 거지요. 거기다 안톤 브루크너와도 친척이라면 더 말할 것도 없지요 하고 레거는 말했다. 부모는 이 사실을 자주 이용하였으며 당연히 덕을 봤지요. 단지 이 친척 관계를 상황에 맞게 들먹이기만 하면 되었습니다. 물론 그들은 소위 오버외스터라이히 사람들이 항상 의지하고 있던 정부 기관에서와 같이 오버외스터라이히의 덕을 보기 위해서는 아달베르트 슈티프터를 언급했습니다. 또한 빈과 관련해서 어떤 문제가 있을 땐 대부분 안톤 브루크너를 끄집어냈지요. 린츠 내지는 벨스 또는 에퍼딩, 그러니까 소위 오버외스터라이히와 관련한 문제의 경우에는 물론 슈티프터와 친척이라는 이야기를 했습니다. 그러나 빈의 문제인 경우에는 브루크너가 자기들 친척이라는 사실을 말했습니다. 그리고 독일을 여행할 때는 하루에도 수백 번이나 하이데거가 친척이라고 말했는데, 항상 하이데거가 어느 정도 가까운지를 솔직하게 이야기하지 않고 그냥 가까운 친척이라고 했습니다. 하이데거는 이미 말한 대로 친척이긴 하지만 아주 먼 관계입니다. 그러나 슈티프터와는 매우 가까운 그리고 브루크너와는 더 가까운 친척이지요 하고 어제 레거는 말했다. 도나우에 잇닿은 슈타인에서 생의 전반기를 보내고 후반기를 슈타이어 근처의 가르스텐에서 보낸, 즉 오스트리아의 가장 큰 두 감옥소에서 보낸 그 이중 살인자와 친척이라는 것도 똑같이 말했어야 함에도 그들은 물론 단 한 번도 얘기하지 않았습니다. 나는 친척 중 한 사람이 슈타인과 가르스텐에 갇혔었다고 말하기를 결코 부끄러워하지 않았습니다. 그것은 오스트리아 사람이 자기 친척에 관해 말할 수 있는 것 중 분명 가장 불쾌한 것이긴 하지만 나는 반대로, 물론 성격이 나약하기 때문이라고 할 수 있겠지만, 그것을 필요 이상으로 자주 언급했습니다 하고 레거는 말했다. 또한 내가 폐병을 앓았으며 그리고 항상 폐병에 시달리고 있다는 사실을 결코 숨기지 않았습니다. 나는 일생 동안 단 한 번도 이러한 결함이나 결핍 때문에 불안해한 적이 없어요 하고 그는 말했다. 슈티프터와 하이데거 그리고 브루크너, 아울러 슈타이어와 슈타인에서 복역했던 이중 살인자와 친척지간임을 사람들이 묻지 않아도 자주 이야기했습니다 하고 어제 레거는 말했다. 우리는 친척과 함께 살아야 하며, 그 관계는 영원하지요. 우리는 정말 친척 관계이며, 내 안에는 이 모든 것이 함께 들어 있습니다 하고 그는 말했다. 레거는 안개와 침침함을 좋아하며, 햇빛을 두려워한다. 바로 그래서 그는 미술사 박물관에도 가며, 앰배서더 호텔에도 간다. 그것은 이 미술사 박물관이 앰배서더와 마찬가지로 침침하기 때문이다. 그의 말대로, 미술사 박물관에서도 그리고 앰배서더에서도 자신이 중요하게 생각하는 모든 것을 마주할 수 있다는 사실 외에도 그는 오전에 이 미술사 박물관에서 그에게 이상적인 온도인 섭씨 십팔 도를 즐기며 오후에는 섭씨 이십삼 도의 이상적인 기온을 앰배서더에서 즐긴다. 앰배서더와 마찬가지로 이 미술사 박물관도 햇빛이 적게 들어온다. 그것이 그에게는 안성맞춤이다. 왜냐하면 그는 햇빛을 좋아하지 않기 때문이다. 그는 햇빛을 멀리한다. 햇빛만큼 피하는 것도 없다. 나는 햇빛을 증오합니다. 당신이 알다시피 햇빛보다 더 증오하는 것은 이 세상에서 아무것도 없습니다 하고 그는 말했다. 안개가 낀 날을 그는 가장 좋아한다. 안개가 낀 날에는 아침 일찍 집을 나와서, 원래부터 싫어하기 때문에 거의 하지 않는 산책까지 한다. 나는 산책을 증오합니다. 그것은 아무런 의미가 없습니다 하고 그는 말했다. 나는 산책하는 동안에 마냥 걸어가면서, 나는 산책하는 것을 증오한다고 계속해서 생각합니다. 나는 그때 다른 생각은 전혀 하지 않아요. 나는 산책하는 동안에, 산책이 무의미하고 쓸데없는 것이라는 생각 외에 다른 생각을 할 수 있는 사람들이 있다는 것을 정말 이해할 수 없습니다 하고 그는 말했다. 나는 방 안에서 왔다 갔다 하는 것을 가장 좋아하며 그럴 때 최고의 착상을 합니다. 나는 몇 시간 동안이고 창가에 서서 길을 내려다볼 수 있습니다. 그것은 어렸을 때부터 익숙한 나의 습관이지요. 나는 길을 내려다보고 사람들을 주시하면서, 도대체 이 사람들은 무엇인가, 저 아래 길에서 움직이는, 활동하는 저들은 무엇인가 하고 생각합니다. 그것이 소위 나의 주된 일입니다. 나는 항상 전적으로 사람만 다루었습니다. 나는 단 한 번도 자연 그 자체에 관심을 갖지 않았습니다. 내 안의 모든 것은 언제나 사람에게만 관련되어 있습니다. 나는 소위 인간에 미친 사람입니다. 천성적으로 인류에 미쳐 있는 사람은 아니지만 인간에 미친 사람입니다. 오로지 사람만이 언제나 나의 관심거리였는데, 그것은 사람들이 내게 천성적으로 반감을 일으키기 때문입니다 하고 그는 말했다. 나는 사람에게만큼 그렇게 강렬하게 애착을 느낀 것은 달리 없었지만 그러나 동시에 사람 외에 그 무엇에도 그렇게 철저하게 거부 반응을 일으킨 적도 없습니다. 나는 사람을 증오합니다. 그러나 그들은 동시에 나의 유일한 인생의 목적입니다. 밤에 음악회에서 돌아오면 나는 자주 새벽 한 시 또는 두 시까지 창가에 서서 길 아래를 내려다보면서 지나다니는 사람을 관찰합니다. 이렇게 관찰하면서 나는 조금씩 내 일을 해 나갑니다. 나는 창가에 서서 길 아래를 내려다보고 그리고 동시에 글을 씁니다. 새벽 두 시경에 잠자리로 가는 것이 아니라 책상에 앉아서 글을 씁니다 하고 그는 말했다. 새벽 세 시경에 나는 잠자리에 들어서 일곱 시 삼십 분경에 다시 일어납니다. 이 나이에는 자연히 잠이 없지요. 때로는 두 시간 내지 세 시간만 자지만 그것으로도 충분합니다. 사람은 누구나가 밥벌이를 합니다. 내 밥줄은 타임스지입니다 하고 그는 위선자같이 말했다. 우리에게 밥줄이 있다는 것은 좋은 일입니다. 만일 우리가 드러내지 않은 밥줄을 갖고 있다면 더욱 좋지요. 타임스지는 드러내지 않은 나의 밥줄입니다 하고 그는 어제 말했다. 나는 실제로 그를 보지 않은 채 오랫동안 그를 주시했다. 어제 그가 말하기를, 그는 어린 시절과 그 이후의 청소년 시기에, 물론 모든 것은 아니라도 상당히 많은 가능성이 있었으나 결국엔 이러한 가능성 중에서 단 한 가지도 직업 선택으로 이어지지는 않았다고 했다. 그는 부모의 상당한 유산 덕에 꼭 자기 생활비를 벌어들여야 할 필요가 없었기 때문에 오랫동안 걱정 없이 단지 자기가 생각하고 좋아하고 애착이 가는 일을 할 수 있었다. 당초부터 그는 자연에 매혹되지 않았다. 반대로 그는 될 수 있는 대로 자연을 피했다. 그는 예술에 애착을 느꼈다. 모든 인위적인 것, 전적으로 모든 인위적인 것이라고 그는 어제 말했다. 회화에 대해서 그는 이미 초기에 실망을 했다. 회화는 처음부터 그에게는 예술 중 가장 비정신적인 것이었다. 그는 책을 대단히 많이 읽었으나 자기가 직접 글을 쓴다는 생각을 단 한 번도 하지 않았다. 그는 그럴 자신이 없었다. 음악은 처음부터 좋아했다. 결국 그는 음악 안에서 바로 회화와 문학에서 아쉬웠던 것을 추가로 발견하였다. 나는 음악적인 가계 출신이 아닙니다 하고 그는 말하면서, 그 반대로 우리 집안 사람들은 모두 비음악적이었으며 전체적으로 보아 온전히 예술을 싫어하는 사람들이었습니다 하고 말했다. 내 부모가 죽은 후에야 비로소 나는 가장 좋아하는 예술에 전념할 수 있었습니다. 내가 실제로 원하는 것을 하기 위해서는 내 부모가 죽었어야 했습니다. 그들은 내가 좋아하는 것, 내가 열정을 가지고 가려는 길을 막았습니다. 내 아버지는 음악과는 상관이 없는 사람이었으나 어머니는 내가 생각하기에 음악적인 감수성이 있었습니다. 그것도 깊은 감수성이었지요. 그런데 시간이 지나면서 남편이 그녀의 음악성을 꺾어 버렸지요. 내 부모는 기괴한 부부였고, 그들은 전반적으로 서로 미워했으나 헤어질 수 없었습니다. 그들은 재산과 돈을 공유했습니다. 그게 사실이에요. 우리 집 벽에는 아름답고 비싼 그림이 많이 걸려 있었지요. 그러나 그들은 수십 년 동안 단 한 번도 그 그림을 보지 않았습니다 하고 그는 말했다. 책장에는 수천 권의 책이 꽂혀 있었으나 그들은 수십 년 동안 단 한 권의 책도 읽지 않았습니다. 뵈젠도르프 피아노도 한 대 있었으나 수십 년 동안 그 피아노는 연주되지 않았습니다. 이 피아노의 덮개가 용접되어 있었다 해도 그들은 수십 년 동안이나 그 사실조차 알지 못했을 겁니다 하고 그는 말했다. 내 부모는 귀가 있었으나 아무것도 듣지 않았습니다. 그들은 눈이 있었으나 아무것도 보지 않았습니다. 그들은 분명 가슴이 있었지만 아무것도 느끼지 않았습니다. 이러한 차가움 속에서 나는 자랐지요 하고 그는 말했다. 나는 괴로워할 필요까지는 없었으나 그럼에도 매일 깊은 절망 속에 빠져 있었습니다. 내 어린 시절은 절망의 시간 외에 달리 아무것도 아니었습니다 하고 그는 말했다. 부모는 나를 사랑하지 않았으며 나도 그들을 좋아하지 않았지요. 그들은 자신들이 나를 원하지 않았음에도 내가 태어났다는 것 때문에 나를 용납하지 않았습니다. 한평생을 두고 그들은 나를 낳았다는 사실 때문에 나를 견디지 못했지요. 만일 지옥이 있다면, 물론 지옥이 있지만, 나의 어린 시절은 지옥이었습니다. 분명 그 어린 시절은 항상 지옥입니다. 어린 시절은 지옥입니다. 어떤 어린 시절이든 모두 똑같이 어린 시절은 지옥입니다 하고 그는 말했다. 사람들은 자기들은 좋은 어린 시절을 보냈다고 말하지요. 그러나 실제로는 지옥이었습니다. 사람들은 모든 것을 위조합니다. 심지어 그들이 보낸 어린 시절도 위조합니다. 그들은 좋은 어린 시절을 보냈다고 말하지만 그러나 실제로는 지옥이었습니다. 나이가 들면 들수록 더 쉽게, 실제로는 지옥이었음에도, 좋은 어린 시절을 보냈다고 말합니다. 지옥이 오는 게 아니라 지옥이 그냥 있었습니다. 왜냐하면 지옥이 어린 시절이기 때문입니다. 이 지옥에서 빠져나오는 데 얼마나 많은 노력이 필요했는지 모릅니다 하고 어제 그는 말했다. 내 부모가 살아 있던 동안은 바로 지옥이었습니다. 내 부모는 내 안의 모든 것을 그리고 내 주변의 모든 것을 방해했습니다 하고 그는 말했다. 나는 그들의 끊임없는 억압 때문에 거의 죽을 뻔했습니다. 내가 살 수 있기 위해서는 부모가 죽었어야 했습니다. 부모가 죽었을 때 나는 살아났지요. 마지막에 나를 살게 했던 것은 음악이었습니다 하고 어제 그는 말했다. 그러나 나는 창조적인 예술가가 되고자 하지 않았고 물론 그렇게 될 수도 없었습니다. 또한 아울러 전문 예술가일 수 없었습니다. 아무튼 창조적인 또는 전문 음악 예술가가 아니라 그저 비평가입니다. 나는 비평 예술가입니다 하고 그는 말했다. 나는 평생 동안 비평 예술가였습니다. 이미 어린 시절부터 나는 비평 예술가였습니다. 내 어린 시절의 상황이 나를 아주 당연하게 비평 예술가로 만들었습니다. 나는 자신을 철저하게 예술가라고 생각하는데, 곧 비평 예술가입니다. 그리고 비평 예술가로서의 나는 당연히 또한 창조적인 그러니까 능숙하고 창조적인 비평 예술가이지요 하고 그는 말했다. 게다가 창조적이고 능숙한 타임스지의 비평 예술가입니다. 나는 타임스지에 쓰는 나의 글을 전적으로 예술 작품으로 생각하며 그리고 이러한 예술 작품의 필자인 나는 언제나 화가이자 음악가이자 동시에 작가를 겸한 사람이라고 생각합니다. 타임스지에 이러한 예술 작품을 쓰는 내가 화가이자 음악가이자 작가라는 사실을 아는 것은 나의 최고의 기쁨이지요. 그것은 나의 최고의 향락입니다. 따라서 나는 다른 화가들처럼 그냥 화가가 아니며, 다른 음악가처럼 그냥 음악가가 아니고, 다른 작가처럼 그냥 작가가 아닙니다. 당신은 알아야 합니다. 나는 한꺼번에 화가이자 음악가 그리고 작가입니다. 모든 예술을 망라하는 한 예술가, 그러면서 한 예술에 남아 있다는 것을 나는 가장 큰 행운이라 생각합니다 하고 그는 말했다. 어쩌면 비평 예술가가 바로 모든 예술 분야에서 자신의 유일한 예술을 행하며 그리고 그것을 알고 있는, 잘 알고 있는 사람일 것입니다. 이러한 자의식 안에서 나는 행복합니다. 이러한 점에서 나는 천성적으로 불행한 인간이긴 하지만, 삼십 년 이상을 행복하게 지냈습니다. 생각하는 사람은 천성적으로 불행한 사람이지요 하고 어제 그는 말했다. 그러나 이러한 불행한 사람조차도 진정한 의미의 즐긴다는 개념 속에서 다시 한 번 행복해질 수 있습니다. 어린 시절이란, 부모가 밀쳐 버려 떨어졌지만 아무런 도움 없이 다시 빠져나와야 하는 암흑의 구렁텅이입니다. 사람들은 대부분 어린 시절의 구렁텅이에서 다시 빠져나오지 못합니다. 한평생 그들은 이 구렁텅이 안에 있으면서 빠져나오지 못하고는 비참해집니다. 그래서 어린 시절의 구렁텅이에서 빠져나오지 못한 대부분의 사람은 불행합니다. 어린 시절의 구렁텅이에서 빠져나오기 위해서는 초인간적인 노력이 필요하지요. 그리고 만일 우리가 이 암흑의 동굴인 어린 시절의 구렁텅이를 충분히 일찍 빠져나오지 않으면 우리는 결코 벗어나지 못합니다 하고 그는 말했다. 이 암흑의 어린 시절 구렁텅이에서 빠져나오기 위해서는 부모가 죽어야 했습니다 하고 그는 말했다. 어린 시절의 구렁텅이에서 빠져나오기 위해서는 그들이 결정적으로, 정말 영원히 죽어야 했습니다. 내 부모는 마음 같아서는 나를 낳자마자 바로 그들의 귀금속과 증권이 들어 있는 금고 속에 쑤셔 넣고 싶었을 것입니다 하고 그는 말했다. 나는 한평생 스스로 비참함에 시달렸던 그런 불행한 부모를 두었습니다. 부모가 준 사진을 볼 때마다 나는 그들의 비참함을 봅니다. 이 세상의 아이들은 거의 다 불행한 부모의 아이들뿐입니다. 그래서 모든 부모가 그렇게 불행하게 보입니다. 비참함과 실망이 모든 얼굴에 깔려 있지요. 다른 얼굴은 거의 볼 수가 없습니다. 가령 몇 시간이고 빈의 거리를 다녀 보면 모든 얼굴에서 오로지 비참함과 실망만을 볼 뿐입니다. 시골에서도 다르지는 않습니다. 시골 사람의 얼굴은 완전히 비참함과 실망으로 가득 차 있지요. 내 부모는 나를 낳고 그들이 무슨 짓을 저질렀는지를 보았을 때 경악하였고 마음 같아서는 나를 낳았던 일을 없었던 것으로 하고 싶었을 것입니다. 그들은 나를 금고 안에 숨겨 놓을 수 없었기 때문에 그들이 살아 있는 동안에 빠져나올 수 없었던 그 암흑의 구렁텅이로 나를 몰아넣었습니다. 부모는 아이를 무책임하게 낳고는, 자기들이 무엇을 해 놓은 것인지를 보면 경악합니다. 그러므로 우리는 언제나 아이가 태어나면, 깜짝 놀라는 부모들만 보게 됩니다. 대개 위선적으로 하는 말인, 한 아이를 낳는 것 그리고 한 생명을 선물한다는 것은 어떤 짐만 되는 불행을 세상에 데려와서는 그 세상에 그냥 내버려두는 것 외에 정말 아무것도 아니며, 그러고는 이 엄청난 불행에 대해 그들은 모두 경악합니다. 천성적으로 부모는 멍청하며, 그렇기 때문에 어두운 어린 시절의 구렁텅이 안에 머무르는 불행한 아이가 생깁니다. 실제로는 무한한 노력으로 벗어날 수 있었던 그 불행한 어린 시절을 보냈음에도 불구하고 아주 거리낌 없이 사람들은 자신의 어린 시절은 행복했노라고 말하는데, 바로 그들이 이 어린 시절의 지옥에서 빠져나왔다는 그 이유 때문에 그들은 행복한 어린 시절을 보냈다고 말합니다. 어린 시절이 지났다는 것은 곧 지옥을 벗어났다는 말인데, 그러고도 그는 행복한 어린 시절을 보냈다고 말을 하며, 그것으로 자기를 낳은 사람, 즉 부모를 보호해 줄 필요가 없음에도 불구하고 그들을 보호합니다 하고 그는 말했다. 어린 시절을 행복하게 보냈다고 말을 하는 것과 그로 인해 부모가 용서받는 것은 정말 사회 정책상의 야비함이 아닐 수 없습니다. 우리는 부모를 인간 생산의 범행을 들어 종신형으로 고발하지 않고 오히려 그들을 관대하게 봐줍니다 하고 어제 그는 말했다. 삼십오 년 동안 부모는 나를 그 어린 시절 구렁텅이에 가두었습니다 하고 그는 말했다. 삼십오 년 동안 그들은 할 수 있는 모든 수단을 동원해서 나를 억압하였으며, 온갖 소름 끼치는 방법으로 나를 괴롭혔습니다. 나는 내 부모를 조금도 생각할 필요가 없습니다. 모든 것이 다 인과응보이지요 하고 그는 말했다. 그들은 나에게 두 가지 범행, 두 가지 가장 큰 범행을 저질렀습니다. 그들은 나를 낳았고 그리고 억압했습니다. 그들은 나에게 물어 보지도 않고 나를 낳았으며, 그리고 나를 낳아 세상에 내던져 버린 것과 마찬가지로 나를 억압하였습니다. 그들은 나를 태어나게 한 범행과 나를 억압하는 범행을 나에게 저질렀습니다. 그리고 그들은 부모로서 극도로 무관심하게 나를 그 어두운 어린 시절의 구렁텅이 속으로 밀쳐 넣었지요. 당신도 알다시피 나에게는 일찍 죽은 누나가 하나 있었습니다. 그녀는 일찍 죽어서 부모에게서 벗어날 수 있었지요. 부모는 나에게 했던 것과 마찬가지로 그녀를 무관심하게 키웠습니다. 자기들이 저지른 일에 대한 좌절과 공포 때문에 그들은 나와 누나를 억압했습니다. 누나는 오래 견딜 수 없었지요. 사월의 어느 날 누나는 갑자기, 그 당시 청소년에게 흔히 볼 수 있듯이 정말 갑작스럽게 부모를 떠났습니다. 열아홉 살에 그녀는 소위 급성 심장마비로 죽었습니다. 그때 어머니는 위층에서 아버지 생일잔치 준비를 하느라 정신이 없었지요. 오로지 생일잔치를 빈틈없이 치르기 위해서 위층에서 분주하게 뛰어다녔습니다. 접시랑 유리잔이랑 식탁보 그리고 빵 등 있는 대로 다 들고 뛰어다니면서, 아침 일찍부터 생일잔치 준비에 광분하여 나와 누나를 거의 혼이 빠질 정도로 만들었습니다. 아버지가 집을 나가자마자 곧 어머니는 모든 히스테리를 부리며 우리가 이미 알고 있는 이 생일잔치 광란을 시작했습니다. 어머니가 오로지 생일잔치가 완벽해야 한다는 일념 하나로 나와 누나를 계단으로 오르락내리락하게 하고 지하 창고로 그리고 여기저기 다른 방으로 들어갔다 나왔다 하게 하면서 몰고 다닐 때, 그러니까 나와 누나를 이 생일잔치 준비로 정신없이 집안일을 하도록 몰아대는 그 순간 내내 나는, 지금도 생생하게 기억이 나지만, 이번이 아버지의 쉰여덟 번째 생일인가 아니면 쉰아홉 번째 생일인가를 생각했습니다. 그러는 동안 나는 내내 온 집 안과 모든 방을 왔다 갔다 하면서 이번이 쉰여덟 번째인가 쉰아홉 번째인가, 아니면 예순 번째 생일잔치인가 하고 생각했습니다. 아버지는 예순 번째 생일을 맞지 못했습니다. 그것은 아버지의 쉰아홉 번째 생일이었지요 하고 레거는 말했다. 나는 창문을 모두 열고 신선한 공기가 들어오게 해야 했습니다. 나는 어렸을 때부터 이미 통풍시키는 것을 싫어했으나, 어머니의 명령에 따라 계속 창문을 모두 열어 바람이 들어오게 해야 했습니다. 그래서 나는 언제나 내가 싫어하는 것을 해야만 했습니다. 나는 신선한 바람이 창문을 통해 집 안으로 들어오는 것을 무엇보다 싫어했습니다. 온 사방에서 집 안으로 몰려들어오는 통풍만큼 싫어한 것은 없었지요 하고 그는 말했다. 그렇지만 천성적으로 부모의 명령을 거역할 수 없었습니다. 나는 언제나 부모의 모든 명령을 철저하게 따랐습니다. 어머니의 명령이든 아버지의 명령이든 상관없이 나는 단 한 번도 부모의 명령을 거스를 용기를 내지 못했습니다. 나는 자동적으로 아버지나 어머니의 명령을 철저하게 완수했지요. 왜냐하면 나는 부모가 주는 벌을 받지 않으려 했기 때문인데, 그 벌은 언제나 무자비하고 잔인했습니다 하고 레거는 말했다. 내 부모의 고문을 나는 무서워했습니다. 그래서 그 명령이 무엇이든, 내 생각에 정말 무의미한 명령이든 아니든 상관없이 언제나 부모의 모든 명령을 철저하게 이행했지요. 그러므로 내가 아버지의 생일날 창문을 모두 열고 바람이 집 안으로 들어오도록 한 것은 아주 당연한 일이었습니다. 어머니는 우리 모두의 생일날마다 잔치를 열었습니다. 잔치를 열지 않은 생일은 단 한 번도 없었습니다. 당신이 알다시피 내가 축제라는 것을 싫어하듯 그런 생일잔치 또한 증오합니다. 나는 지금도 잔치와 축제라는 것은 모두 증오합니다. 나는 잔치를 여는 것 그리고 잔치가 열리는 것, 그것보다 싫어하는 것은 없습니다. 나는 축제 증오자입니다 하고 그는 말했다. 어렸을 때부터 나는 축제나 잔치를 증오했습니다. 특히 나는 누구의 생일잔치든 생일잔치라면 치를 떨었는데, 그 중에서도 부모의 생일잔치를 가장 증오했습니다. 도대체 이 세상에 살고 있다는 그 자체가 불행일 뿐인데 어떻게 인간이 생일이라는 것을 축하할 수 있는지. 생일에 좀 생각할 시간을 갖는다면, 그러니까 소위 그들의 부모가 저지른 비행에 대해 반성하는 시간을 갖는다면 나는 충분히 이해할 수 있습니다. 그런데 축제라니! 하고 그는 말했다. 아버지의 생일에는 모든 유치한 일이란 다 벌어졌으며, 게다가 언제나 내가 증오하는 모든 이가 초대받아 왔습니다. 사람들은 많이 먹고 흠뻑 취합니다. 가장 견딜 수 없는 것은 당연히 잔치의 주인공에게 하는 인사말과 그가 받는 선물입니다. 생일잔치의 허위와 생일잔치의 위선보다 더 불쾌한 것은 없지요 하고 그는 말했다. 누나가 죽은 그날은 아버지의 쉰아홉 번째 생일이었지요 하고 레거는 말했다. 나는 차가운 맞바람을 피하기 위해 위층의 한구석에 서서 어머니가 생일날 히스테릭하게 온 방을 분주히 다니는 것을 바라보고 있었습니다. 방에서 꽃병을 들고 나와서는 그것을 다른 방으로 옮겨 놓고, 탁자 위에 있는 설탕 그릇을 다른 탁자에 놓고, 이 식탁보는 여기에다 다른 식탁보는 저기에다, 어떤 책은 이곳에 다른 책은 저곳에, 어떤 꽃다발은 여기에 다른 꽃다발은 저기에 놓았습니다. 바로 그때에 나는 갑자기 아래층에서 들려오는 둔중한 소리를 들었습니다. 어머니가 멈추어 섰습니다. 왜냐하면 그녀도 아래층에서 나는 그 둔중한 소리를 들었기 때문이었습니다. 그 쾅 하는 소리를 듣고 어머니는 순간적으로 그 자리에 멈추어 섰으며 얼굴이 창백해졌지요 하고 레거는 말했다. 어떤 끔찍한 일이 벌어졌다, 그것은 나와 어머니에게 그 순간 너무도 명백했습니다. 나는 위층에서 현관 쪽으로 내려갔으며 그러고는 죽은 채 현관에 쓰러져 있는 누나를 보았습니다. 사실 급성 심장마비는 부러워할 만한 죽음이지요 하고 레거는 말했다. 만일 우리 자신도 그런 급성 심장마비를 한 번만이라도 겪게 된다면 가장 큰 행운을 얻는 것인데, 하고 그는 말했다. 우리는 갑작스럽고 고통이 없는 죽음을 원하지만 그런데도 때에 따라서는 아주 오랜 병상 생활에 들어갑니다 하고 레거는 어제 말했다. 때에 따라서는 그렇지 않은 경우도 있지만 아무튼 아내가 오랜 세월 동안 시달리지 않은 것은 정말 큰 위로가 아닐 수 없습니다 하고 그는 말했다. 물론 한평생 가장 가까웠던 사람을 잃은 데 대해서 위로할 수 있는 것은 아무것도 없다. 나는 지금, 그러니까 하루가 지난 지금 그를 옆쪽에서 관찰하고, 그 뒤에서 나를 보지 않고 여기 세바스티아노 홀 안을 들여다보았던 이르지글러를 본다. 그러면서 여전히 틴토레토의 하얀 수염의 남자를 주시하고 있는 레거를 계속 보고 있는 동안에 어제 그가 한 말이 떠올랐다. 모든 것을 희화화(戱畵化)하는 것이야말로 한 방법입니다 하고 그는 말했다. 어떤 위대하고 귀중한 그림도 단지 우리가 그것을 희화화했을 경우에만 계속 견뎌 낼 수 있습니다. 어떤 위대한 사람 그리고 소위 중요한 인물은 그 위대한 사람을 우리가 위대하지 않은 사람으로, 그 중요한 인물을 중요하지 않은 인물로 볼 때에만 견뎌 낼 수 있습니다. 우리는 그들을 희화화해야 합니다 하고 그는 말했다. 우리가 어떤 그림을 진지하게 아주 오랫동안 볼 때에는, 우리는 그 그림을 계속 견뎌 내기 위해서 그것을 희화화해야 합니다. 그러니까 부모를 희화화해야 하고 윗사람을, 온 세계를 희화화해야 합니다 하고 그는 말했다. 오랫동안 렘브란트의 자화상을 주시해 보면 그 그림은 시간이 흐르면서 희화화되고 그리고 당신은 그것을 외면하게 됩니다. 만일 당신 아버지의 얼굴을 오랫동안 쳐다보면 그는 희화화되고 당신은 그로부터 돌아섭니다. 칸트의 글을 간절하게 그리고 더욱 간절하게 읽으면 갑자기 히스테릭한 웃음이 나옵니다 하고 그는 말했다. 원화는 모두 그 자체로 실제로 이미 모조품입니다. 내 말을 이해하시지요. 물론 이 세계와 그리고 자연에는 우리가 웃음거리로 만들 수 없는 현상이 있습니다. 그러나 예술 안에서는 모든 것이 웃음거리가 될 수 있습니다. 만일 우리가 원한다면 그리고 그것이 필요하다고 생각한다면 사람은 누구나 웃음거리가 될 수 있고 또 희화화할 수 있습니다 하고 그는 말했다. 우리는 언제나 그렇게 할 수 있는 처지는 아니지만, 만일 우리가 어떤 예술 작품을 웃음거리로 만들 수 있다 해도, 우리는 지옥 같은 좌절감을 느낄 것입니다. 어떤 예술 작품이건 간에 모두 다 정말 웃음거리가 될 수 있습니다. 그런 이유로 그것은 당신에게 크게 다가오지만, 당신은 그것을 순식간에 웃음거리로 만들 수 있지요. 그것은 마치 당신이 웃음거리로 만들어야 하는 어떤 사람을 달리 어떻게 할 수 없기 때문에 그를 순식간에 웃음거리로 만드는 것과 같습니다. 정말 대부분의 사람은 우스꽝스럽습니다. 그리고 대부분의 예술 작품도 우스꽝스럽지요. 당신은 웃음거리로 만들고 희화화하는 일에 너무 인색합니다 하고 그는 말했다. 대부분의 사람이 희화화하는 데 소질이 없지요. 그들은 모든 것을 마지막까지 아주 진지하게 관찰합니다. 그들은 희화화하려는 생각을 전혀 하지 못합니다 하고 그는 말했다. 그들은 교황을 알현하러 갑니다. 그리고 교황과의 알현을 죽을 때까지도 진지하게 생각합니다. 우스운 일이 아닐 수 없습니다. 오직 희화만이 교황의 역사를 가득 채우고 있습니다 하고 그는 말했다. 물론 성베드로 성당은 대단하지요. 그러나 그것도 우스꽝스러울 뿐입니다 하고 그는 말했다. 한번 성베드로 성당에 들어가서 그 수백, 수천 그리고 수백만의 가톨릭 교회의 거짓 역사를 완전히 잊어버려 봐요. 오래지 않아 성베드로 성당은 우스꽝스럽게 보일 것입니다. 개인 알현을 하러 가서 교황을 기다려 보면 그가 채 오기도 전에 그가 우스꽝스럽다는 생각이 들고, 흰색의 유치한 비단 의례복을 걸치고 등장하는 그를 보면 정말 우스꽝스럽지 않을 수 없습니다. 당신이 원하는 그곳을 둘러볼 수도 있습니다. 만일 가톨릭 교회의 거짓 역사와 감상적인 역사 그리고 가톨릭 교회가 지나치게 자상하게 쓴 세계사에서 벗어난다면 그곳 바티칸에 있는 모든 것은 우스꽝스러울 것입니다 하고 레거는 말했다. 교황은 잔뜩 치장을 한 채 잡힌 새와 같은, 세계 여행이나 하는 인형입니다. 이 세계 여행 인형은 역시 치장을 하고 새장에 갇혀 있는 그의 높고 낮은 인형에 둘러싸인 채 속이 뒤집힐 만큼 우스꽝스럽게 꾸며진 새장의 방탄유리 뚜껑 안에 앉아 있습니다. 우리의 마지막 비운의 왕 중 한 사람과 이야기해 보십시오. 얼마나 우스꽝스러운지. 우매한 어떤 공산주의 지도자와 이야기해 보십시오, 얼마나 우스꽝스러운지. 국부(國父)나 되는 양 떠드는 허튼소리로 모든 것을 망치는 우리 연방 대통령의 신년 접견 때 가 보십시오. 그러면 당신은 우스꽝스럽다 못해 불쾌해집니다. 카프친 수도사들이 사는 동굴, 오, 그 궁성, 얼마나 밥맛 떨어지는 우스꽝스러움입니까 하고 그는 말했다. 말타의 교회에 가서, 교회의 등불 밑에서 번쩍이고 있는, 검은 말타인의 예복을 입고 품위 있는 체하는 멍청이인 그 말타 사람을 쳐다봐요. 그저 우스꽝스러울 따름이지요. 가톨릭 교회의 추기경이 하는 강연회에 가 보십시오. 대학의 교수 취임식에 가 봐요. 우스꽝스러울 따름이지요. 오늘날 우리가 이 나라의 어느 곳에서나 오로지 우스꽝스러움으로 가득 찬 하수구를 볼 뿐입니다 하고 레거는 말했다. 이런 우스꽝스러움 때문에 부끄러워 우리는 매일 아침 얼굴이 붉어져요, 아츠바허 씨, 그게 사실이에요. 한번 시상식에 가 봐요, 아츠바허 씨, 얼마나 우스꽝스러운지. 우스꽝스러운 사람들, 화려하게 등장하면 할수록 더욱 우스꽝스럽지요 하고 그는 말했다. 모든 것이, 정말 그 모든 것이 희화일 따름이지요 하고 그는 말했다. 어떤 훌륭한 사람이 당신의 친구라면, 그런데 그가 갑자기 교수가 되었다고 가정해 봅시다. 그리고 그는 그 순간부터 교수이며 자기 편지지에 교수라는 명칭을 박아 놓습니다. 그의 아내는 정육점에서도 갑자기 교수 부인으로 대우받고 그 덕에 교수 남편을 두지 않은 여자들과는 달리 그렇게 오래 기다릴 필요가 없어집니다. 얼마나 우스꽝스러운 일입니까 하고 그는 말했다. 황금 계단, 황금 소파, 궁성에 있는 황금 의자 그리고 사이비 민주주의의 바보들만이 그 위에 앉으니, 얼마나 우스꽝스럽습니까 하고 그는 말했다. 당신이 이 케르트너 거리를 따라가 보면 모든 것이 우스꽝스럽게 보일 것입니다. 모든 사람이 우스꽝스럽게만 보이지요. 당신이 빈 시내를 두루 다녀 보면 갑자기 빈이 모두 우스꽝스럽게 보일 것입니다. 당신이 마주치는 사람 모두가 우스꽝스러운 사람뿐이지요. 당신이 마주치는 모든 것이 우스꽝스럽지요. 당신은 완전히 우스꽝스럽고 타락한 도시에 살고 있습니다 하고 그는 말했다. 당신은 이 세계 모두를 단번에 희화화해야 합니다. 당신은 이 세계를 희화화할 수 있는 힘, 그것을 위해 필요한 최고의 정신력, 그 유일한 생존력을 갖고 있지요 하고 그는 말했다. 단지 우리가 마지막에 우스꽝스럽다고 여기는 그것만을 우리는 유지할 수 있습니다. 우리가 이 세계와 이 세계에서의 삶을 우스꽝스럽게 생각할 때에만 우리는 계속 살아갈 수 있습니다. 다른 방법, 더 나은 방법은 없습니다 하고 그는 말했다. 우리는 감격하고 경탄하는 상태에서는 삶을 계속해 갈 수 없습니다. 만일 우리가 그 상태를 적절한 때 중단하지 않으면 우리는 멸망합니다 하고 그는 말했다. 나는 한평생 동안 언제나 경탄하는 자가 아니었습니다. 경탄과는 거리가 멀지요. 기적이라는 것은 없으므로 경탄은 언제나 나에게 낯설었습니다. 경탄하는 사람들, 그 어떤 경탄에 미친 사람들을 보는 것만큼 불쾌한 것은 없습니다. 사람들은 교회에서, 박물관에서 그리고 음악회에서 경탄합니다. 그것은 역겨울 따름이지요. 진정한 이해는 경탄이 아닙니다. 진정한 이해는 인식이며, 존중하는 것 그리고 주의 깊게 고려하는 것입니다. 그것뿐이지요 하고 그는 말했다. 사람들은 모두 한 배낭 가득히 경탄을 지고 있는 듯 교회나 박물관으로 들어가서는, 그것 때문에 교회와 박물관 안에서 모두 역겹게 몸을 굽히며 다닙니다 하고 그는 말했다. 나는 아직 교회나 박물관에 아주 정상적으로 들어가는 사람을 한 명도 보지 못했습니다. 그리고 가장 역겨운 것은 경탄하기 위한 여행의 마지막 코스인 크노소스 또는 아그리젠토에서 사람들을 보는 것입니다. 그들은 경탄을 하기 위한 여행 외에는 전혀 여행하지 않기 때문입니다 하고 그는 말했다. 경탄은 눈을 멀게 합니다. 경탄은 경탄해 마지않는 사람을 멍청하게 만듭니다 하고 레거는 어제 말했다. 대부분의 사람이 한번 경탄에 빠지면 더 이상 그 경탄에서 벗어나지 못하며, 그로 인해 그들은 멍청해지지요. 대부분의 사람이 단지 경탄하는 그것만으로도 평생 동안 멍청해집니다. 경탄할 만한 것은 아무것도 없습니다. 아무것도, 전혀 아무것도 없지요 하고 어제 레거는 말했다. 존경하고 중시하는 것이 너무 어렵기 때문에 사람들은 경탄합니다. 그것이 그들에게는 더 쉽기 때문이지요 하고 레거는 말했다. 경탄은 존경하고 중시하는 것보다 더 쉽습니다. 경탄은 멍청한 사람의 특징입니다 하고 레거는 말했다. 단지 멍청한 사람만이 경탄하고, 영리한 사람은 경탄하지 않습니다. 그는 존경하고 주의를 기울이며 이해합니다. 그러기 위해서는 어떤 정신이 필요한데, 대부분 사람들은 이 정신이 없습니다. 사람들은 정신없이, 실제로 완전히 정신을 내놓은 채 피라미드로, 시칠리아의 신전으로 그리고 페르시아의 사원으로 여행하며, 감화를 받고 경탄함으로써 더 멍청해지지요 하고 그는 말했다. 경탄의 상태는 곧 저능한 상태인데, 이러한 저능한 상태에 거의 모든 것이 존재하고 있습니다 하고 어제 레거는 말했다. 이러한 저능한 상태에서 그들은 모두 이 미술사 박물관으로 들어옵니다. 사람들은 어렵게 자기들의 경탄을 끌고 들어오지요. 그들은 외투를 맡기듯 그들의 경탄을 그 아래 휴대품 보관소에 맡길 만한 그런 용기가 없습니다. 그렇게 그들은 구역질이 날 정도로 경탄을 가득 지고 힘들게 박물관을 다닙니다. 그러나 경탄이 꼭 무식을 말하는 것은 아니지요. 정반대입니다. 경탄은 무서울 만큼, 정말 실제로 무서운 특히 소위 지식인의 표징인데, 그것은 더욱 불쾌합니다. 무식한 사람은 경탄하지 않기에는 너무 멍청하기 때문에 경탄해 합니다. 그러나 지식인은 경탄하지 않기에는 너무 비정상적입니다 하고 레거는 말했다. 소위 무식한 사람의 경탄은 아주 자연스럽습니다. 그러나 지식인의 경탄은 바로 비정상적인 도착증입니다 하고 레거는 말했다. 보십시오. 만성 우울증 환자, 국가적인 예술가, 순전한 국가적인 작곡가인 베토벤에게 사람들은 경탄합니다. 그러나 근본적으로 베토벤은 완전히 거부감을 일으키는 현상입니다. 베토벤에 관한 모든 것은 좀 괴상하지요. 베토벤을 들으면 천둥이 울리는 것, 거대한 것 그리고 실내악의 멍청한 행진 음악 등 끊임없이 괴상하고 알 수 없는 것을 듣는 것입니다. 만일 우리가 베토벤의 음악을 들으면 우리는 음악보다는 어떤 굉음을 더 많이 듣는데, 그건 완전히 우둔한 악보의 행진입니다 하고 레거는 말했다. 나는 한동안 베토벤을 듣습니다. 예를 들어 영웅 교향곡. 주의를 기울여 들으면 실제로 나는 어떤 철학적-수학적인 상태에 접어듭니다. 그리고 나는 오랫동안 그 철학적-수학적인 상태에 머무르지요. 그러다 갑자기 나는 영웅 교향곡의 창조자를 보게 되고 그러고는 모든 것이 망쳐져 버리는데, 왜냐하면 실제 베토벤의 음악에서는 모든 것이 행진하기 때문입니다. 나는 실제로 철학적인 음악인 그 영웅 교향곡을 듣습니다. 철학적-수학적인 음악이지요 하고 레거는 말했다. 그러다 갑자기 나는 모든 것이 싫어지고 내게서 모든 것이 부서집니다. 왜냐하면 나는, 관현악단이 그것을 연주하는 동안, 갑자기 베토벤의 실수를 듣기 때문입니다. 아시겠습니까, 그의 실수를 듣고 그의 행진 음악의 음표 머리를 보지요 하고 레거는 말했다. 그러면 나는 베토벤이 견딜 수 없어집니다. 그것은 마치 내가 어떤 뚱뚱

하거나 야윈 성악가가 그 겨울 나그네를 불러 망치는 것을 보고는 견딜 수 없어하는 것과 마찬가지입니다. 왜냐하면 연미복을 입고는 피아노에 기댄 채 까마귀 소리로 노래하는 가수가 언제나 나에게는 견딜 수 없고 우스꽝스러울 따름이기 때문입니다. 그는 처음부터 이미 하나의 희화인데, 연미복을 입고 피아노에 기댄 채 노래하는 성악가보다 더 우스꽝스러운 꼴은 없지요 하고 레거는 말했다. 만일 우리가 슈베르트의 음악이 연주되는 것을 보지 않는다면, 철저하게 저능하고 우쭐거리는 곱슬머리 연주자들을 보지 않는다면 슈베르트의 음악은 위대합니다. 그러나 당연히 우리는 음악회장에서 그들을 봅니다. 그로 인해 모든 것이 불쾌해지고 우스꽝스러워질 뿐이며, 보고 듣는 것을 견딜 수 없게 됩니다. 피아노 연주자가 실제 피아노 곁에 있는 성악가보다 더 우스꽝스럽고 불쾌한지에 대해서 나는 모릅니다. 그것은 우리가 지금 이야기한 그 정신 상태의 문제이지요 하고 레거는 말했다. 음악이 연주될 때 우리가 보는 것은 당연히 우스꽝스러운 희화입니다. 그로 인해 그것은 불쾌할 따름이지요 하고 그는 말했다. 성악가는 우스꽝스럽고 불쾌합니다. 그는 원하는 대로 노래할 수 있습니다. 테너이든 베이스이든 상관없이 성악가들은 모두 단지 우스꽝스럽고 불쾌할 뿐입니다. 그들은 옷을 잘 입고 싶어 하고 그들이 원하는 대로 노래합니다 하고 그는 말했다. 무대 위에 있는 현악주자, 그는 너무 우스꽝스럽지요 하고 그는 말했다. 소위 토마스 교회의 오르간 곁에 있는 그 뚱뚱하고 구린내 나는 바흐조차도 단지 우스꽝스럽고 아주 불쾌한 한 현상이었습니다. 그것에 관해서는 정말 전혀 논의의 여지가 없습니다. 아무것도 아닙니다. 가장 중요하고 그리고 소위 가장 위대하다는 예술가, 그들은 오로지 유치하고 불쾌하며 우스꽝스러울 따름이지 정말 아무것도 아닙니다. 토스카니니와 푸르트벵글러, 한 사람은 너무 작고 다른 한 사람은 너무 큰 그들도 유치하고 우스꽝스러울 뿐이지요. 당신이 연극을 보러 가면 너무 우스꽝스럽고 불쾌하고 유치하여 금방 속이 메스꺼워질 것입니다. 배우가 말하는 내용과 그 방법을 보면 속이 메스꺼워집니다. 그들의 말이 고전적인 것이든 통속적인 것이든 속이 메스꺼워집니다. 도대체 이 고전과 현대의, 소위 수준 높고 통속적인 연극이라는 것이 모두 연극적인 우스꽝스러움과 수치스러울 정도의 저속함이 아니고 무엇입니까 하고 그는 말했다. 오늘날 전 세계는 우스꽝스럽고 수치스러울 정도도 저속한 세계이다. 그게 사실이다. 이르지글러가 레거에게 가서는 다시 뭔가 이야기한다. 레거가 일어서서는 주위를 둘러보고 이르지글러와 함께 보르도네 홀을 나간다. 나는 시계를 보았다. 열한 시 이십 분이었다. 내가 열 시 삼십 분에 벌써 박물관에 갔던 것은 실제로 약속 시간을 지키기 위해서였다. 그것은 나 스스로도 그러하고 레거도 오로지 약속 시간을 지키길 바라기 때문이다. 시간 엄수는 정말 사람과의 관계에서 가장 중요한 문제라고 나는 생각한다. 시간은 꼭 지켜야 하고 시간을 지키지 않는 것을 참을 수 없다. 시간 엄수가 나의 본질적인 자질이듯 레거에게는 근본적인 특징이다. 레거가 그의 모든 약속을 정확히 지키듯, 나도 정말 정확하게 약속을 지킨다. 시간 엄수에 대해서는 바로 신뢰성에 대해서와 마찬가지로 자주 나에게 이야기했다. 시간 엄수와 신뢰성은 사람에게 가장 중요한 것이라고 레거는 자주 말했다. 나는 철저하게 정확한 사람이라고 말할 수 있다. 정확하지 않은 것을 나는 언제나 증오했으며 실제로도 항상 시간을 엄수하였다. 레거는 내가 아는 사람 중 가장 정확한 사람이다. 그는 그의 말대로, 일생 동안에 단 한 번도 자기 사정 때문에 약속 시간보다 늦은 적이 없다. 그와 마찬가지로 나도 내 생애에, 적어도 어른이 되어서는 내 잘못으로 늦은 적은 한 번도 없었다. 시간을 지키지 않는 것을 나는 견딜 수 없다. 시간을 지키지 못하는 사람과 나는 아무것도 함께하지 않으며, 교제하지 않고 관계하지 않으며 관계하고 싶지도 않다. 시간을 지키지 못하는 것은 내가 경멸하고 싫어하는 아주 잘못된 습성이며, 그것은 인간에게 오로지 불행과 무관심만을 가져다줄 뿐이다. 시간을 지키지 못하는 것은 그 시간을 지키지 못하는 사람을 죽음으로까지 몰고 가는 병이라고 레거는 말했다. 레거는 일어서서 보르도네 홀을 나갔다. 내가 단번에 알아차린 러시아 노인들 일행이, 역시 이내 알아차린 우크라이나 출신의 여자 안내원과 함께 내 옆을 지나, 그것도 나를 옆쪽 구석으로 밀어붙이며 이 보르도네 홀을 들어섰을 때였다. 그들은 다른 사람을 떼밀어 내며 보르도네 홀로 들이닥쳤으나 단 한 마디도 미안하다는 말을 하지 않았다. 나는 이미 벽으로 밀려났다. 이르지글러가 레거의 귀에다 대고 뭔가 이야기하자 그는 보르도네 홀을 빠져나갔으며, 그 순간에 그 러시아인 단체 관람객이 보르도네 홀로 들어와서는 진을 쳤다. 그들이 보르도네 홀로 들어와서 진을 치는 바람에 나는 더 이상 세바스티아노 홀에서 보르도네 홀을 들여다볼 수 없었다. 그 러시아인 단체 관람객은 내가 보르도네 홀을 들여다보는 것을 완전히 막아 버렸다. 나는 단지 그들의 뒷모습만 보았으며, 그 우크라이나 여자 안내원이 있는 힘을 다해 하는 설명을 들었다. 그녀는 여기 미술사 박물관의 다른 안내원과 똑같이 터무니없는 것을 이야기했다. 그것은 예술에 대한 통상적이고 불쾌한 수다 외에 아무것도 아니었는데, 그녀는 그것을 이 불쌍한 러시아 사람들의 머릿속으로 집어넣었다. 그녀는 말했다. **저기 보세요, 저 잎을 보세요, 저기, 아주 크게 붙어 있는 귀를 보세요, 저기, 천사의 뺨에 있는 아주 온화한 장밋빛을 보세요, 저기, 그 뒤에 그려져 있는 지평선을 보세요.** 그것은 마치 사람들이 이 멍청한 가리킴 없이는 틴토레토의 그림 안에 있는 모든 것을 볼 수 없다는 듯하였다. 박물관의 안내원은 그가 맡은 사람들을 언제나 멍청한 사람 취급을 한다. 그 사람들은 전혀 그런 멍청이가 아닌데도 안내원은 그들을 언제나 가장 멍청한 사람 취급을 한다. 안내원은 그 중에서도 특히 아주 잘 볼 수 있는 것을, 그래서 전혀 설명할 필요가 없는 것을 사람들에게 이야기한다. 그들은 줄줄이 설명하고, 계속해서 가리키며 끊임없이 말한다. 박물관의 안내원들은 단체 관람객을 데리고 이 박물관을 다니는 동안에 거만한 수다 기계 외에 아무것도 아니다. 이 수다 기계는 해마다 항상 같은 이야기만 반복한다. 박물관 안내인은 예술이라고는 아는 것이 조금도 없이 지긋지긋한 수다로 예술을 마구 착취하는 거만한 예술 수다쟁이 외에는 아무것도 아니다. 박물관의 안내인은 한 해를 온통 예술 수다로 재잘재잘대며 그것으로 큰돈을 벌어들인다. 나는 그 러시아인 단체 관람객 때문에 한쪽 구석으로 밀려나 버려 그들의 뒷모습 외에는 아무것도 보지 못했다. 그것은 곧 코를 찌르는 듯한 나프탈렌 냄새가 나는 무거운 러시아제 겨울 외투 외에는 아무것도 보지 않았다는 말이다. 왜냐하면 그 러시아인 일행은 실제로 니젤레겐 근교에 있는 회화 전시장에서 버스로 곧장 이 박물관으로 왔기 때문이다. 수십 년 전부터 나는 호흡 곤란에 시달리고 있으며, 더군다나 매일 몇 번씩이나 숨 막혀 죽는다는 생각을 심지어 밖에서조차도 하기 때문에 실제 그 러시아인 단체 관람객 뒤에 있던 몇 분 동안 정말 힘들었다. 나는 보르도네 홀 한쪽 구석으로 밀려나서는 계속해서 나프탈렌 냄새가 나는 역겨운 공기를 들이마셨는데, 내 약한 폐엽으로 그것을 견디는 것은 너무 힘들었다. 정말 나는 이미 이 미술사 박물관 안에서조차도 숨쉬기가 매우 어려운 지경인데, 러시아인 단체 관람객이 들어왔을 때는 더 말할 나위 없었다. 그 우크라이나 여자 안내원은 내가 대부분 이해할 수 있는 소위 표준 모스크바 러시아어로 말하였다. 그런데 그녀는 정말 듣기 거북할 만큼 지독한 발음을 구사했으며, 사투리 발음의 독일어도 했는데 그것은 정말 못 들어줄 정도였다. 처음에는 그 여자 안내원이 이 러시아인 단체 관람객과 함께 직접 러시아에서 여기로 왔는지, 아니면 전쟁 이후 빈으로 왔거나 지금도 계속 빈으로 오고 있는, 빈의 지성 사교계에 좋은 영향을 주었고 그래서 오래전부터 빈의 분위기를 주도한 유대계 러시아인 이주자 중 한 사람인지 알 수 없었다. 이 유대계 러시아인 이주자들이야말로 정말 빈의 사교계를 이루는 지적인 뿌리이다. 그들은 항상 그런 위치에 있었으며 그들이 없었다면 빈 사교계의 모습은 별로 흥미롭지 않았을 것이다. 물론 그들이 소위 과대망상에 빠져 모든 것을 다 지배하고자 할 때에는 우리의 신경을 날카롭게 한다. 그러나 이 여자 안내원은 내가 생각하는 전형적인 러시아 이주자가 아니었다. 그녀 말대로 정말 그런 러시아 이주자의 한 사람이라기보다는 오히려 이 러시아인 단체 관람객과 함께 러시아에서 빈으로 온 것 같다. 러시아인 단체 관람객 앞에서 러시아어로 말하는 모습으로 보아 그녀는 러시아에서 온 이주자 같지는 않았다. 오히려 이 단체 관람객과 함께 빈에 온 것 같으며, 어쩌면 그것도 바로 오늘 러시아에서 빈에 도착한 것 같다. 나는 그녀의 옷과 특히 구두를 보고는 바로 그 생각이 들었다. 그녀는 정말 서구적인 어떤 것을 한 가지도 걸치고 있지 않았다. 기회가 있어 소위 위에서 아래로 그녀를 관찰하는 동안 나는 그녀가 분명히 예술사 공부를 한 공산당원이라고 생각했다. 앞에서 말한 여기 빈에 러시아 이주자들은 비록 실제 서구인들과 똑같다고는 할 수 없지만 그래도 서구적으로 우아하게 옷을 입는다. 정말 서구적으로 입는다. 아니야, 이 여자 안내원은 러시아 출신의 이주자가 아니야 하고 나는 생각했다. 그녀는 간밤에 이 러시아인 단체 관람객과 함께 국경을 넘어왔으며 그녀를 따라다니는 러시아인 일행과 마찬가지로 어젯밤 한숨도 자지 않았다. 그러니 곧장 러시아에서 그 더러운 버스를 타고 곧바로 여기 미술사 박물관에 온 것이라고 나는 생각하였다. 그 여자 안내원과 단체 관람객이 그렇게 보인다. 이제 나는 이 러시아인 단체 관람객이 시선을 막아 버려 보르도네 홀의 비로드 의자조차 보이지 않는다. 그러니 레거가 아직도 밖에서 들어오지 않았는지 아니면 벌써 들어와 있는지를 볼 수 없었다. 내가 벽으로 밀려났던 그 세바스티아노 홀은 여기 미술사 박물관 안에서 가장 통풍이 안 되는 방이다. 바로 이런 세바스티아노 홀에서 나는 마늘과 똥오줌 냄새로 코를 찌르는 러시아인 단체 관람객에게 떼밀려 한쪽 벽으로 밀려나야 했다고 나는 생각했다. 사람들이 무리 지어 있는 것을 나는 언제나 싫어했다. 나는 평생 동안 그것을 피했다. 레거가 그러듯 나는 어떤 모임이든 간에 무리 짓는 것이 싫어서 단 한 번도 가지 않았다. 무리, 군중, 그것보다 더 깊이 증오하는 것은 없다. 굳이 찾아 나선 것도 아닌데 나는 끊임없이 무리나 군중에 의해서 내가 짓눌려 죽을 것이라고 생각한다. 아주 어릴 때부터 이미 나는 그런 무리를 피했다. 나는 군중을 증오했다. 비열함과 무지 그리고 거짓이 한데 모여 있는 그런 인간의 무리를 나는 증오했다. 내 생각으로는 한 사람 한 사람을 정말 사랑하면 할수록 우리는 무리를 증오할 것이다. 물론 이 러시아인 단체가 이곳 미술사 박물관에서 나를 급습하고 한쪽 벽으로 밀어붙인 첫 번째 단체는 아니다. 최근에는 러시아인 단체 관람객이 이 미술사 박물관에 모여들고 있다. 이제는 이탈리아인 단체 관람객보다는 러시아인 단체 관람객이 더 많이 이곳에 오는 것 같다. 러시아 사람과 이탈리아 사람은 언제나 무리를 이루어 미술사 박물관에 들어오는 반면에 영국 사람은 단체로는 전혀 오지 않으며 개인적으로 관람한다. 프랑스 사람도 언제나 혼자서 들어온다. 어떤 날에는 러시아 안내인이 이탈리아 안내인과 경쟁하여 마구 소리를 지른다. 그로 인해 미술사 박물관은 수라장이 된다. 그런 일은 대부분 토요일에 일어나는데, 그 때문에 레거와 나는 토요일에는 아예 미술사 박물관에 가지 않는다. 레거와 내가 토요일인 오늘 이 미술사 박물관에 온 것은 정말 예외적인 일이다. 비록 토요일이 일요일처럼 무료 입장일임에도 불구하고 우리는 언제나 현명하게 토요일에는 미술사 박물관에 오지 않았다. 어느 날 레거는 말했다. 이 무서운 관람객 무리를 참고 견뎌 내기보다는 차라리 입장료를 이십 실링을 내는 것이 낫습니다. 박물관에 단체로 오는 관람객을 견뎌 낸다는 것은 천벌이며, 이것보다 더 무서운 것은 아무것도 없지요 하고 언젠가 레거는 말했다. 하필이면 이런 토요일에 그가 이 미술사 박물관에서 나와 약속한 것은 아무리 자청한 일이라 해도 분명 그에게는 하나의 천벌이라고 생각했다. 도대체 무엇 때문에 그랬을까? 나는 곰곰이 생각해 보았지만 알 수 없었다. 당연히 나는 이르지글러가 벌써 두 번씩이나 레거의 귀에 대고 속삭인 말이 무엇인지 궁금했다. 그가 전혀 관심이 없는 듯 보인 첫 번째 이야기와, 레거가 곧장 의자에서 일어나 보르도네 홀을 나가 버리게 한 두 번째 이야기의 내용이 궁금했다. 이그지글러는 기회가 있을 때마다 확실한 직업이 있다고 말한다. 그가 그렇게 말을 할 때면 정말 가슴에 와 닿는데, 자주 그렇게 말을 해서 이제는 그것이 더욱 감동적이다. 이르지글러는 레거가 오거나 레거를 보면 머리를 끄덕인다. 그러나 내가 오거나 나를 보아도 그러지 않는다. 이르지글러는 가구를 장만하기 위하여 몇 년에 걸쳐 갚는다는 조건으로 벌써 세 번씩이나 레거에게서 돈을 빌렸는데 나중에는 그 돈을 갚지 않아도 되었다. 레거는 입지 않는 옷을 이미 여러 번 이르지글러에게 선물했는데, 그 옷들은 레거가 나에게 언젠가 내가 입고 다니는 것은 모두 스코틀랜드의 헤브리드 것이라고 말한 대로 트위드 천으로 만든 최고품이었다. 그러나 이르지글러는 레거의 이 값비싼 옷을 입을 기회가 거의 없다. 왜냐하면 그는 월요일을 제외하고는 일주일 내내 이 미술사 박물관에서 제복을 입고 일을 하기 때문이다. 그리고 월요일에는 집에서 작업복을 입고 있는데, 월요일에는 언제나 집안일을 하기 때문이다. 그는 모든 것을 손수 다 한다. 오스트리아 사람의 팔십 퍼센트가 여가 시간에 작업복을 입고 돌아다니고 그들 중 대다수는 일요일과 공휴일에도 그러하다. 오스트리아 사람의 대다수가 일요일과 공휴일에도 작업복을 입고서 칠하고 못질하며 땀을 흘린다고 레거는 주장한다. 오스트리아 사람의 여가 시간은 실제로 일하는 시간이라고 레거는 주장했다. 오스트리아 사람은 대부분 여가 시간을 어떻게 보내야 할지를 몰라서 멍청하게 그 시간을 일하면서 보내 버리지요. 한 주일 내내 그들은 관청에 앉아 있거나 일터에 서 있다가 일요일과 공휴일에는 예외 없이 작업복을 주섬주섬 걸치고는 집안일을 시작합니다. 그들은 자기 집을 칠하거나 지붕에 못을 박고 차를 닦습니다 하고 레거는 말한다. 이르지글러는 전형적인 오스트리아 사람인데, 곧 그 부르겐란트의 사람들이 바로 전형적인 오스트리아 사람입니다. 부르겐란트 사람은 일주일에 단 한 번 두 시간에서 최대한 두 시간 반 정도 교회에 가기 위해 외출복을 입지요. 나머지 시간에는 평생 동안 작업복을 입고 다닙니다 하고 레거는 말한다. 부르겐란트 사람은 한 주일 내내 작업복을 입고 일을 하며, 분명 많지는 않지만 그런대로 넉넉히 잠을 자고, 일요일과 공휴일에는 신을 찬미하는 노래를 부르기 위해 외출복을 입고 교회에 갑니다. 그런 다음 곧장 다시 외출복을 벗고 작업복으로 갈아입지요. 부르겐란트 사람들은 오늘날과 같은 산업화 사회에서도 여전히 확실한 농부예요. 비록 그들이 수십 년 전부터 공장에 일을 하러 가고 있다 해도 그의 선조들이 그랬던 것처럼 농부로 남아 있습니다. 부르겐란트 사람은 언제나 농부이지요 하고 레거는 말했다. 이르지글러가 벌써 오랫동안 빈에서 살고 있지만 그는 변함없이 농부입니다 하고 레거는 말했다. 농부는 제복이 어떤 것이든 상관없이 언제나 어울립니다. 농부는 농부가 되거나 아니며 제복을 입지요. 아이가 여러 명이면 하나는 농부가 되어 농부로 머물러 버리며 나머지 아이는 국가나 가톨릭의 제복을 입게 됩니다. 항상 그래 왔습니다 하고 레거는 말했다. 부르겐란트 사람은 농부가 되거나 아니면 제복을 입어요. 만일 농부도 안 되고 제복도 입지 못하면 그는 정말 비참해지지요. 농민 계급은 수백 년 전 이래로 그 농민 계급을 벗어나면 제복을 입지요 하고 레거는 말했다. 이르지글러는 그의 말대로 행운을 얻었다. 왜냐하면 국가 공무원인 미술사 박물관의 감독관 자리는 소위 감독관 중 한 명이 정년이 되거나 죽었을 경우, 단지 몇 년 만에 한 번씩 나기 때문이다. 부르겐란트 사람은 박물관의 감독관으로 잘 고용된다. 왜 그런지 이르지글러는 말하지 않지만 빈의 박물관 감독관 중 다수가 부르겐란트 출신이라는 건 사실이다. 이르지글러는 분명 부르겐란트 사람이 특별히 정직하고 또한 특별히 멍청하며 욕심이 없다고 알려졌기 때문이라고 말했다. 그것은 부르겐란트 사람이 오늘날에도 여전히 흠 없는 성격을 가지고 있기 때문이다. 경찰관을 희망했던 일을 다시 생각해 보고 그는 받아 주지 않은 것에 대해 다행으로 생각한다. 또한 그는 한 번 수도원에 들어갈 생각을 했다고 말했다. 그곳에도 옷은 항상 있으며 그리고 오늘날의 수도원은 옛날과는 달라 계속 일손을 찾고 있다. 그렇지만 그는 아마 수도원에서도 수련 수사로 있는 사람들이 높은 자리에 있는 이들, 즉 그의 표현대로 수도원에서 그들의 완벽한 노예인 수련 수사 덕택에 정말 편안한 삶을 누리는 그런 신부들에게 완전히 이용당했을 것이다. 그는 그곳에서 그저 장작을 패고 돼지를 키워야만 했을 것이고 여름에는 뜨거운 햇볕 아래에서 잡초를 뽑고 겨울에는 수도원 길을 다 치워야 했을 것이라고 말했다. 수도원에 있는 수련 수사는 불쌍한 구더기이며, 자기는 불쌍한 구더기가 되고 싶지 않았다고 언젠가 이르지글러는 말했다. 그가 수도원에 들어가는 것을 그의 부모도 원했기 때문에 정말 즉시 들어갈 수도 있었으며 티롤의 어떤 수도원은 그가 오기를 기다리고 있었다고 그는 말했다. 수련 수사, 그것은 감옥소의 죄수보다 더 나쁩니다 하고 이르지글러는 말했다. 사제 수사는 잘살지만 수련 수사는 오직 노예일 따름입니다 하고 그는 말했다. 수도원에서 수련 수사에 대해서는 아직도 중세 시대의 노예 제도가 적용되고 있습니다. 수련 수사는 웃어도 안 되고 음식도 남은 것만 먹습니다 하고 그는 말했다. 그는 살찐 신학자, 레거 말대로 수도원에서 사치스럽게 삶을 즐기는 신 모독자에게 봉사하지 않기 위해 제때에 거절하였다고 한다. 레거는 언젠가 한 번 이르지글러 가족과 함께 프라터 공원에 간 적이 있다. 그때 레거의 부인은 몹시 병들어 있었다. 레거는 아이들과 어울리는 것이 항상 힘들어 아주 잠깐 동안만 아이들과 함께했다. 그는 작업 과정 중에 아이에게 가서는 안 되었다. 이르지글러 가족을 프라터 공원으로 초대한 것은 모험이었다. 레거는 이미 몇 년 전부터 그가 표현한 대로 이르지글러에게 어떤 빚을 지고 있다고 생각해 왔다. 실제로 나는 정말 미술사 박물관에서 내 권한이 아닌 어떤 것을 누리고 있기 때문입니다. 나는 생각하고 사색하기 위해서 그리고 더군다나 책과 글을 읽기 위해서 몇 시간이고 보르도네 홀의 그 의자에 앉아 있지요. 나는 이미 삼십 년 이상이나, 나만을 위한 것이 아니라 박물관 방문객을 위해 마련되어 있는 보르도네 홀의 의자에 앉습니다 하고 레거는 말했다. 나는 이르지글러에게 내가 일일이 말하지 않아도 이틀에 한 번씩 그 보르도네 홀의 의자에 앉을 수 있게 해 달라고 요구합니다. 보르도네 홀에서 자주 사람들이 그 의자에 앉으려 하지만 앉을 수가 없습니다. 왜냐하면 내가 앉아 있기 때문이지요 하고 레거는 말했다. 그 보르도네 홀의 의자는 이제는 내가 사색하기 위한 전제가 되었습니다 하고 그는 어제 다시 한 번 말하면서, 나는 다른 이상적인 자리인 앰배서더 호텔보다는 이 보르도네 홀의 의자가 더 만족스럽습니다. 나는 앰배서더 호텔에서도 명상하지만 그곳보다는 이 보르도네 홀의 의자에서 더 철저하게 집중하여 생각하지요. 그것은 내가 명상을 단 한 순간도 멈추지 않기 때문입니다 하고 레거는 말했다. 당신이 알다시피 나는 온종일 생각을 합니다. 정말 잠을 자는 동안에도 생각하지요. 그렇게 나는 이 보르도네 홀의 의자에 앉아 생각합니다. 그러니 생각할 것이 있으면 명상을 위해 이 브로도네 홀의 의자에 앉습니다. 이틀에 한 번씩 나는 보르도네 홀의 의자에 앉지요. 물론 매일은 아니에요. 그렇다면 정말 그것은 파괴적일 겁니다. 만일 내가 매일 보르도네 홀의 의자에 앉는다면 그것으로 나는 나에게 중요한 모든 것을 망치게 될 것입니다. 나에게는 천성적으로 생각하는 것보다 더 중요한 것은 아무것도 없어요. 나는 생각합니다, 그러므로 나는 존재하지요, 나는 존재합니다, 그러므로 나는 생각합니다 하고 레거는 말했다. 이렇게 나는 매일 이 보르도네 홀의 의자에 적어도 세 시간 내지는 네 시간 동안 앉아 있습니다. 바로 이것은 내가 세 시간 내지는 네 시간 동안, 때로는 다섯 시간 동안이나 보르도네 홀의 의자를 완전히 점령한 채, 그 누구도 이 보르도네 홀에서는 의자에 앉을 수 없게 한다는 말입니다. 완전히 지칠 대로 지쳐 이 보르도네 홀로 들어와 의자에 앉으려 했던 기진맥진한 관람객에게는 당연히 내가 그 의자에 앉아 있는 것이 운이 없는 일이지요. 그러나 나는 어쩔 수가 없습니다. 나는 정말 집에서 눈을 뜨는 그 순간부터 내가 절망에 빠지지 않도록 가능한 한 빨리 보르도네 홀의 의자에 앉아야 한다고 생각합니다. 만일 내가 그 보르도네 홀의 의자에 앉지 못한다면 나는 가장 절망스러운 인간이 될 것입니다 하고 레거는 말했다. 삼십 년이 넘는 기간 동안 이르지글러는 이 보르도네 홀의 의자를 언제나 비워 놓았지요 하고 레거는 말했다. 단 한 번 내가 보르도네 홀에 왔을 때 그 의자에 누군가 앉아 있었습니다. 불룩한 바지를 입은 한 영국인이 보르도네 홀의 의자를 차지하고는 전혀 일어나려고 하지 않았어요. 이르지글러와 내가 강요하다시피 부탁을 해도 소용이 없었습니다. 그 영국인은 보르도네 홀의 의자에 계속 앉아서는 나와 이르지글러를 전혀 개의치 않았지요. 그는 틴토레토의 **하얀 수염의 남자**를 보기 위해서 특별히 영국에서, 정확히 말해서 웨일스에서 이곳 빈의 미술사 박물관에 왔다는 거예요. 그는 틴토레토의 **하얀 수염의 남자**에 관심이 있는 박물관 관람객을 위해 마련된 그 의자에서 일어나야 할 이유가 전혀 없다고 생각한 겁니다 하고 레거는 말했다. 나는 오랜 시간 동안 그 영국인을 설득해 보았지만 그는 내 말에 전혀 귀 기울이지 않았습니다. 내가 그에게 이 보르도네 홀의 의자가 나에게 얼마나 중요한지 그리고 그 자리가 나에게 무슨 의미를 주는지를 알려 주기 위해 설명을 했지만 그는 전혀 관심이 없었습니다. 최고품의 스코트 외투를 입고 있는 그 영국인에게 이르지글러는 몇 번씩이나 그가 앉아 있는 의자가 나를 위해 예약되어 있다고 말했는데, 사실 그것은 규정에 어긋나는 말이었지요. 미술사 박물관 안의 그 어떤 의자도 예약할 수 없기 때문입니다. 이 말로 이르지글러는 자신이 부당 행위로 몰릴 수 있는데도 정말 그 의자가 예약되어 있노라고 말했어요. 그러나 그 영국인은 계속 이르지글러가 말하는 것도, 내가 이 보르도네 홀의 의자에 대해 하는 말도 전혀 알아듣지 못했습니다. 그는 우리가 떠들도록 내버려 둔 채 작은 메모지에다, 내 생각에 분명 그 하얀 수염의 남자와 관련된 듯싶은 뭔가를 써넣었습니다. 나는 웨일스에서 온 영국인이 어쩌면 흥미로운 사람일지도 모른다고 생각하고는, 그 보르도네 홀의 의자가 내게 어떤 의미가 있는지를 그에게 설득하지 못하면서 선 채로 그와 쓸데없고 무의미한 승강이를 오래 벌이기 전에, 그의 옆자리에 앉아야겠다고 생각했습니다. 물론 나는 아주 공손하게 그 웨일스에서 온 영국인 옆에 앉는 것이 당연하다고 생각하고는 그냥 그의 옆으로 가서 의자에 앉았지요 하고 레거는 말했다. 웨일스에서 온 그 영국인이 오른쪽으로 조금 옮겨 앉았기 때문에 나는 그 왼쪽에 앉을 수 있었습니다. 나는 지금까지 단 한 번도 둘이서 보르도네 홀의 의자에 앉아 본 적이 없었어요. 정말 처음이었습니다. 내가 의자에 앉음으로써 상황이 마무리된 것에 대해 이르지글러는 분명 기뻐했으며, 내가 짧은 신호를 보내자 나와 그 영국인이 다시 한 번 하얀 수염의 남자를 보는 동안에 사라져 버렸지요 하고 레거는 말했다. 이 하얀 수염의 남자에 정말 관심이 많으십니까? 하고 나는 그 영국인에게 물었는데, 그 영국인은 주저하는 듯하며 머리를 조금 끄덕여 대답했습니다. 내 질문은 무의미했으며 그런 질문을 한 것을 잠시 후회했어요. 방금 나는 물어볼 필요가 없는 가장 멍청한 질문을 했다고 생각하고는, 더 이상 아무 말도 않고 그 영국인이 일어나서 가는 그때까지 완전히 침묵하면서 기다리기로 결심했습니다 하고 레거는 말했다. 그러나 그 영국인은 전혀 일어날 생각을 하지 않았습니다. 그 반대로 그는 검은 가죽으로 제본된 두꺼운 책을 외투 주머니에서 꺼내 뭔가를 읽었지요. 그는 책을 여기저기 읽고는 번갈아 가면서 하얀 수염의 남자를 쳐다보았습니다. 그러는 동안에 나는 그가 내가 싫어하지 않는 향수인 아쿠아 브라바를 사용하고 있다는 것을 알게 되었습니다. 이 영국인이 아쿠아 브라바를 사용한다면 그는 감각이 좀 있는 편이라고 생각했지요. 아쿠아 브라바를 사용하는 사람은 모두 감각이 좋은 편이지요. 한 영국인이, 그것도 웨일스에서 온 한 영국인이 아쿠아 브라바를 사용하고 있다면 나는 당연히 그에게 호감을 안 가질 수 없다고 생각했습니다 하고 레거는 말했다. 가끔씩 이르지글러는 혹시 그 영국인이 가 버렸는지를 보기 위해 나타났지요. 그러나 그 영국인은 일어날 생각을 전혀 하지 않았습니다. 그는 검은 가죽으로 장정된 책을 계속해서 여러 군데 읽었으며 그러고는 다시 몇 분 동안 하얀 수염의 남자를 보았습니다. 그는 그런 동작을 계속 반복했지요. 마치 그는 아주 오랫동안 이 보르도네 홀의 의자에 앉아 있으려 하는 것처럼 보였습니다. 영국 사람은 예술에 관한 한 꼭 독일 사람처럼 철저하게 접근합니다. 그리고 예술과 관련해서 이보다 더 철저한 영국인은 내 생애 한 번도 보지 못했어요 하고 레거는 말했다. 의심할 여지없이 내 옆에는 소위 한 예술 전문가가 앉아 있었으며, 나는 생각했습니다. 너는 예술 전문가를 정말 언제나 증오했다. 그리고 지금 너는 바로 그런 예술 전문가 옆에 앉아 있으며, 그가 아쿠아 브라바를 사용했다거나 값비싼 스코트 옷을 입고 있어서가 아니라 그냥 그에게 점점 호감이 간다. 그 영국인은 적어도 반 시간 내지는 더 오랫동안 그의 검은 가죽으로 장정된 책을 읽었으며 마찬가지로 그 시간만큼 그 하얀 수염의 남자를 쳐다보았습니다. 그러니까 그가 갑자기 일어서서 내게 도대체 이곳 보르도네 홀에서 무엇을 찾고 있는지를 물은 그때까지 그는 한 시간 내내 보르도네 홀 의자의 내 옆에 앉아 있었지요. 누군가가 한 시간 이상을 이 보르도네 홀과 같은 곳에 머무르면서 이 몹시 불편한 의자에 앉아서는 그 하얀 수염의 남자를 응시하는 것은 분명 평범한 일은 아닙니다. 그때 나는 물론 완전히 당황했습니다 하고 레거는 말했다. 나는 그 순간 내가 그 영국인에게 무슨 대답을 해야 할지 몰라 그냥 예, 라고 대답하면서, 내가 이곳에서 무엇을 찾고 있는지 나 스스로도 모릅니다 하고 말했지요. 나는 달리 할 말이 없었습니다. 그 영국인은 마치 그가 보기에 내가 완전히 바보인 것 같다는 듯이 아주 복잡한 표정으로 나를 쳐다보았지요. 보르도네, 보잘것없지 하고 그 영국인은 말한 후 이어서 틴토레토, 그래 이제는 하고 말했습니다. 그 영국인은 왼쪽 바지 주머니에서 휴지를 꺼내 그것을 오른쪽 바지 주머니에 집어넣었습니다. 당황함을 감추기 위한 전형적인 행동이라고 나는 생각했지요. 갑자기 내 마음에 든 그 영국인은 검은 가죽으로 장정된 책과 메모지를 집어넣고는 가려고 했기 때문에 나는 그에게 다시 한 번 이 보르도네 홀의 의자에 잠깐만이라도 앉아서 나와 이야기해 보자고 했습니다. 나는 그가 흥미롭다고 거리낌 없이 말하고는, 어떤 매혹적인 것이 당신에게 풍긴다고 그에게 말했지요 하고 레거는 나에게 말했다. 그런 식으로 나는 처음으로 정말 내가 호감을 가졌던 웨일스 출신의 한 영국인을 알게 되었지요. 왜냐하면 영국인은 대개 나에게 호감을 주지 않기 때문입니다. 마찬가지로 프랑스 사람도, 폴란드 사람도, 러시아 사람도 그리고 항상 마음에 들지 않았던 스칸디나비아 사람은 두말할 필요도 없지요. 그 영국인이 일어서자 나도 그를 따라 함께 일어선 이후에 다시 그와 함께 앉아 얘기할 정도로 그렇게 호감이 가는 영국인은 정말 드물지요. 그 영국인이 실제로 저 하얀 수염의 남자 때문에 이 미술사 박물관에 왔는지 궁금했습니다 하고 레거는 말했다. 그래서 나는 정말 그래서인지를 물었고, 그 영국인은 고개를 끄덕였지요. 그가 영어로 말을 해서 좋았습니다. 그러다 갑자기 독일어로, 영국 사람들이 모두 자신이 할 수 있다고 착각하는 그 엉터리 독일어로 말입니다. 분명히 그 영국인은 독일어를 더 잘하기 위해서 영어로 말하지 않고 독일어로 말하려고 했을 것입니다. 그래요, 잘못된 것은 아니지요. 외국에서 사람들은 바보가 아닌 이상 대부분 외국어로 말하지요. 그래서 그도 영어가 뒤섞인 엉터리 독일어로 자기는 실제 틴토레토 때문이 아니라 단지 이 하얀 수염의 남자 때문에 오스트리아로 그리고 빈으로 왔다고, 정말 이 하얀 수염의 남자 때문에 왔다는 이야기를 했어요 하고 레거는 말했다. 이 박물관의 어느 것에도 그는 전혀 흥미가 없었으며, 이 박물관에 대해서는 최소한의 관심도 없었지요. 그는 박물관을 싫어하고 언제나 마지못해 박물관에 들어갔지요. 그는 이 빈의 미술사 박물관에도 다만 이 하얀 수염의 남자를 연구하기 위해서 들어왔던 것입니다. 왜냐하면 그는 웨일스에 있는 자기 집의 침실 벽난로 위에 바로 똑같은 또 다른 하얀 수염의 남자를 걸어 놓고 있었기 때문입니다. 정말 똑같은 하얀 수염의 남자라고 그가 말했다고 레거는 말했다. 그 영국인은 빈의 미술사 박물관에 웨일스의 자기 침실에 있는 것과 똑같은 하얀 수염의 남자가 있다는 사실에 마음의 안정이 안 되어서 빈에 왔다고 했어요. 이 년 동안 나는 어쩌면 내 침실에 있는 것과 똑같은 틴토레토의 하얀 수염의 남자가 실제 빈의 미술사 박물관에도 걸려 있을 거라는 생각 때문에 늘 마음의 안정이 안 되어 어제 나는 빈으로 왔지요. 당신이 혹시 믿으실지 모르겠지만, 여기 걸려 있는 틴토레토의 하얀 수염의 남자와 똑같은 것이 웨일스의 내 침실에도 걸려 있습니다 하고 그 영국인이 말했다고 레거가 말했다. 내가 이 하얀 수염의 남자가 내 침실에 있는 것과 똑같은 것이라는 확신이 섰을 때 나는 내 눈을 믿을 수가 없었으며 매우 경악했습니다, 라고 그 영국인은 계속해서 영어로 말을 했습니다. 그러나 당신은 이 충격을 아주 잘 숨겼군요 하고 나는 그 영국인에게 말했지요, 라고 레거는 나에게 이야기했다. 영국인은 정말 언제나 억제하는 힘이 매우 강하며 최고의 흥분 상태에서조차도 아주 침착한 태도를 유지한다고 그 웨일스에서 온 영국인에게 말했다고 레거는 말했다. 나는 침실에 걸린 나의 틴토레토의 하얀 수염의 남자와 이 방에 걸려 있는 틴토레토의 하얀 수염의 남자를 내내 비교했습니다 하고 그 영국인은 말했습니다. 그리고 그는 외투 주머니에서 검은 가죽 장정이 된 책을 꺼내서는 거기 있는 그의 틴토레토의 그림을 나에게 보여 주었지요. 나는 그 영국인에게 정말 이 책에 있는 틴토레토는 여기 벽에 걸린 것과 똑같군요 하고 말했습니다. 그러자 그렇죠, 당신도 그렇게 생각하지요! 하고 웨일스에서 온 그 영국인은 말했습니다. 아주 세세한 부분까지 똑같군요. 당신 책에 있는 틴토레토의 하얀 수염의 남자는 이곳 벽에 걸린 것과 같습니다 하고 나는 말했지요. 말씀대로 가장 세세한 부분까지 그렇습니다. 모든 것이 기막히게 일치합니다 하고 그 영국인은 말했습니다. 그러나 그 영국인은 전혀 흥분하지 않았습니다 하고 레거는 말했다. 만약 보르도네 홀의 그림이 내 침실에 있는 그림과 똑같다면 나는 그렇게 침착할 수 없었을 거예요, 라고 레거는 말했다. 그 영국인은 검은 가죽 장정이 된 책 안에 한 면 가득 컬러 사진으로 들어 있는 웨일스 자기 침실의 하얀 수염의 남자를 보고는 다시 보르도네 홀의 하얀 수염의 남자를 쳐다보았지요. 내 조카가 이 년 전에 빈에 왔었는데, 그는 사실 전혀 관심이 없었지만 매일 음악회에 가는 것이 지겨워 어느 화요일에 이 미술사 박물관에 왔었습니다. 그 조카는 해마다 유럽이나 아메리카 또는 아시아를 두루 다니며 여행을 하지요. 그때 그는 이곳에 걸린 저 틴토레토의 하얀 수염의 남자를 보았습니다. 그는 몹시 흥분해서 나의 틴토레토가 이 미술사 박물관에 걸려 있다고 내게 말했습니다. 물론 나는 믿지 않았으며 내 조카를 비웃었습니다 하고 그 영국인은 말했습니다. 나는 그 얘기가 단지 듣기 싫은 농담이라고, 한 해 내내 조카들이 나를 놀리며 즐거워하던 불쾌한 농담 중 하나라고 생각했습니다. 빈의 미술사 박물관에 있는 나의 틴토레토? 하고 나는 말하면서 착각이니 뚱딴지같은 소리 하지 말라고 조카에게 말했습니다. 그러나 조카는 빈의 미술사 박물관에 걸린 나의 틴토레토를 보았다고 했습니다. 당연히 조카가 해준 믿을 수 없는 이야기는 내 마음에 걸렸습니다. 그러고는 몹시 불안해졌습니다 하고 그 영국인은 말했지요. 조카가 착각에 빠진 것이라고 나는 계속 생각했습니다. 그래도 나는 이 사실을 더 이상 모른 체할 수가 없었죠. 맙소사, 이 틴토레토가 얼마나 값비싼 것인지 당신은 상상할 수 없을 겁니다. 이건 상속받은 것입니다. 외가 쪽의 종조모, 그러니까 글래스고 숙모가 나에게 이 틴토레토를 물려주었습니다 하고 그 영국인은 말했습니다. 나는 그 그림을 내 침실에다 걸었습니다. 왜냐하면 그곳이 가장 안전할 것 같았기 때문이지요. 그 그림은 내 침대 위에 걸려 있는데, 조명 상태가 아주 나쁘지요 하고 그 영국인은 말했다고 레거는 이야기했다. 영국에서는 매일 수천 폭의 옛 거장들 그림이 도난당합니다. 영국에는 유명한 그림을 훔치는 전문적인 조직이 수백 개 있는데, 그중에서도 특히 영국에서 특별히 인기 있는 이탈리아 그림을 훔치는 조직이 있습니다. 나는 전문 예술가가 아닙니다. 그래서 예술에 대해 아는 바가 전혀 없지만 대작의 가치는 충분히 압니다 하고 그 영국인이 말했다고 레거는 이야기했다. 나는 그림을 벌써 몇 번이나 팔 수도 있었습니다만 서두를 필요가 없었지요. 아직 그럴 필요가 없지요. 그렇지만 물론 틴토레토의 하얀 수염의 남자를 팔아야 할 순간이 올 수도 있습니다 하고 그 영국인은 말했습니다. 내겐 그 틴토레토의 하얀 수염의 남자만 있는 것이 아닙니다. 나는 여러 이탈리아 화가의 그림을 가지고 있지요. 로토의 그림 하나, 크레스피, 스트로치, 조르다노 그리고 바사노의 그림도 하나 있습니다. 아시다시피 모두 유명한 거장이지요. 전부 글래스고 숙모가 물려준 것입니다 하고 그 영국인이 말했다고 레거는 이야기했다. 내 조카도 어쩌면 그랬겠지만 만일 나의 틴토레토가 빈의 미술사 박물관에 걸려 있다는 의심이 계속해서 나를 괴롭히지 않았다면 나는 빈으로 오지 않았을 것입니다. 나는 전혀 빈에 관심이 없었지요. 나는 음악 전문가도 아니며 더군다나 음악 애호가는 더욱 아니기 때문이지요 하고 그 영국인은 말했다고 레거는 이야기했다. 만일 그런 의심이 들지 않았다면 나는 오스트리아에 올 이유가 전혀 없었습니다. 단지 그 이유로 지금 나는 이곳에 앉아서 나의 틴토레토가 여기 미술사 박물관 벽에 걸려 있는 것을 보고 있습니다. 한번 보십시오, 웨일스의 내 침실에 걸려 있고 이 책에도 있는 하얀 수염의 남자는 바로 여기 미술사 박물관에 있는 틴토레토의 그림입니다 하고 그 영국인이 말했다고 레거는 이야기했다. 그리고 그 영국인은 다시 한 번 책을 내 눈앞에서 펼쳐 보였지요. 같은 그림이 아니라 완전히 그 그림 자체인 것 같습니다 하고 그 영국인이 말했습니다. 그는 의자에서 일어나 하얀 수염의 남자 앞에 가까이 다가가서 얼마 동안 서 있었습니다. 그 영국인을 관찰하고는 그에게 놀랐습니다. 왜냐하면 나는 지금까지 그렇게 초인적으로 침착한 사람을 한 번도 보지 못했기 때문이지요 하고 레거는 말했다. 나는 웨일스에서 온 그 영국인을 주시하면서 생각했지요. 만일 그 영국인처럼 내가 웨일스의 내 침실에 있는 그림과 완전히 똑같은 그림이 이 미술사 박물관에 걸려 있는 엄청난 일을 당했다면 나는 완전히 정신을 잃었을 것입니다. 나는 하얀 수염의 남자 앞에서 뚫어지게 그림을 바라보는 그를 지켜보았습니다. 물론 그를 뒤에서 보았기 때문에 얼굴은 볼 수가 없었지요. 그러나 나는 비록 뒤에서 보았지만 그가 그 하얀 수염의 남자를 응시하면서 정말 조금은 당황해한다는 것을 알았습니다. 그 영국인은 오랫동안 그림을 보고 있었는데, 돌아섰을 때 얼굴이 백지장같이 창백했습니다 하고 레거는 말했다. 나는 그렇게 창백한 얼굴을 평생 몇 번 보지 못했으며, 더군다나 영국인이 그렇게 창백해지는 것은 정말 처음이었습니다. 그 영국인이 일어서서 그 하얀 수염의 남자를 뚫어지게 보기 전에는 정말 불그레하게 상기된 전형적인 영국인 얼굴을 하고 있었지요. 그의 얼굴은 백지장같이 창백해졌다고 레거는 말했다. 당황해한다는 말은 그 영국인에 대한 적절한 표현이 아니라고 레거는 말했다. 이르지글러는 이 장면을 처음부터 끝까지 지켜보았으며 말없이 베로네제 그림으로 가는 구석에 서 있었습니다 하고 레거는 말했다. 그 영국인은 내가 앉아 있던 보르도네 홀의 의자에 다시 앉아, 웨일스의 자기 침실 침대 위에 걸려 있는 그림과 여기 미술사 박물관 보르도네 홀의 벽에 걸려 있는 그림은 실제로 같은 그림이라고 이야기했습니다. 그는 조카가 추천한 임페리얼 호텔에 묵고 있다며, 나는 사치를 증오하지만 기분이 나면 즐기기도 하지요. 나는 최고급 호텔에만 머무르기 때문에 당연히 빈에서는 임페리얼 호텔, 마드리드에서는 리츠 호텔, 타오르미나에서는 티메오 호텔을 찾습니다 하고 그 영국인이 말했다고 레거는 이야기했다. 그러나 나는 여행을 좋아하지 않아 몇 년에 한 번 정도 가는데, 그건 여행이 즐겁지 않기 때문이지요 하고 그 영국인이 말했다고 레거가 이야기했다. 틴토레토의 두 그림 중 하나는 모조품인 것이 확실합니다. 이 미술사 박물관 것이 모조품이거나 웨일스의 내 침실에 걸려 있는 것이 모조품입니다 하고 그 영국인은 말했습니다. 이 둘 중 하나는 분명히 모조품이라고 그 영국인은 말하면서 무거운 머리를 잠시 보르도네 홀의 의자 등받이에 기댔지요. 그러고는 다시 일어서며 말했습니다. 내 조카 말이 정말 맞았습니다. 나는 내 조카를 저주했지요. 왜냐면 가끔씩 갖은 수단을 다 써 나를 불안하게 하거나 모욕을 주는 것이 그의 버릇이라 나는 그것이 터무니없는 농담이라고 확실히 믿었기 때문입니다. 그러나 비록 그가 언제나 견딜 수 없을 정도로 나를 귀찮게 하고 근본적으로 아무 쓸모가 없다 하더라도 그는 내가 가장 좋아하는 조카입니다. 그는 내가 가장 좋아하는 조카예요. 그는 내 조카 중 가장 혐오스러운 조카이지만 동시에 가장 좋아하는 조카입니다. 그는 정말 제대로 보았지요. 실제로 여기 있는 틴토레토는 웨일스에 있는 내 것과 같습니다 하고 그 영국인은 말했습니다. 그 영국인은 정말 두 개의 틴토레토가 있다고 말하고는 다시 보르도네 홀의 의장에 기댔습니다. 둘 중 하나는 위조입니다. 당연히 나는 나의 것이 모조품인지 아니면 이 미술사 박물관의 것이 모조품인지를 생각합니다. 미술사 박물관이 모조품을 소장하고 있고, 나의 틴토레토가 원화일 가능성도 분명 있지요. 어쩌면 내 글래스고 종조모를 생각해 볼 때 정말로 그럴 수 있습니다. 틴토레토가 하얀 수염의 남자를 그린 직후에 그 그림은 영국으로 팔렸는데, 처음에는 켄트 공작의 가문에, 그런 다음 나의 글래스고 종조모에게 팔렸습니다. 켄트 공작은 오스트리아 여자와 결혼했지요. 당신도 아시지요 하고 그 영국인은 갑자기 나에게 말했습니다 하고 레거는 이야기했다. 잠깐 이야기를 딴 데로 돌리다가 곧이어 말했습니다. 분명히 이 틴토레토, 그러니까 이 미술사 박물관에 있는 이 하얀 수염의 남자가 모조품입니다. 아주 탁월한 모조품이지요 하고 그 영국인은 말했습니다. 나는 아주 빠른 시일 안에 어떤 틴토레토의 하얀 수염의 남자가 원화인지를 알아낼 것입니다, 라고 말하고는 이어서, 그러나 두 하얀 수염의 남자가 모두 원화일 가능성도 분명 있습니다. 그러니까 둘 다 틴토레토가 그렸을 가능성이 있기 때문에 둘 다 원화일 수도 있습니다 하고 그 영국인은 말했습니다. 실제로 두 번째 그림을 정말 똑같이 그린 그림이 아니라 완전히 같은 그림으로 그리는 일이 틴토레토와 같은 위대한 화가로서는 가능할 수도 있습니다 하고 그 영국인이 말했다고 레거는 이야기했다. 그러고 나서 그는 그렇다면 그것은 어쨌든 이목을 끄는 사건입니다 하고 말하고서는 보르도네 홀을 나갔다고 레거는 말했다. 그는 나에게 안녕히 계십시오, 라는 짧은 말만 남기고 가 버렸으며, 모든 장면을 보고 있던 이르지글러에게도 똑같이 안녕히 계십시오, 라고 말하고는 나가 버렸습니다 하고 레거는 말했다. 그 후 일이 어떻게 진행되었는지 나는 모릅니다. 더 이상 그 일에 신경을 쓰지 않았지요 하고 레거는 말했다. 어쨌든 그 영국인은 내가 어느 날 이 보르도네 홀에 들어왔을 때 그 의자에 먼저 앉은 바로 그 사람이었습니다 하고 레거는 말했다. 그 어떤 사람도 그곳에 앉지 않았다. 레거는 이 보르도네 홀의 의자에 앉지 않으면 제대로 생각할 수 없다고, 다시 말해서 그의 머리에 상응하는 생각을 할 수가 없다고 삼십 년 이상 믿고 있다고 말한다. 앰배서더 호텔에서 나는 깊은 사색에 잠길 수 있지만 그 어디보다도 이 미술사 박물관의 보르도네 홀 의자에서 가장 깊은 사색에 잠길 수 있습니다. 앰배서더에서는 소위 철학적인 사색을 거의 할 수 없지만 이 의자에서는 그런 철학적인 사색을 하는 건 아주 당연한 일이지요. 앰배서더에서 나는 다른 사람도 생각하는 일상적인 것과 일상적으로 필요한 것을 생각하지만, 보르도네 홀의 의자에서는 평범하지 않은 것과 이상한 것을 더 많이 생각합니다. 예를 들어 폭풍 소나타를 보르도네 홀의 의자에서처럼 그렇게 집중해서 설명하는 것이 앰배서더에서는 불가능하지요. 그리고 푸가에 대해 이야기할 때도 앰배서더에서는 푸가의 심오하고 특별하고 독특함에 대해 모두 얘기하는 것이 거의 불가능해요. 앰배서더에서는 그럴 수 있는 여건이 부족합니다 하고 레거는 말했다. 보르도네 홀의 의자에서는 가장 복잡한 생각조차도 이해하고 추적하며 마지막에 어떤 흥미로운 결과를 이끌어 낼 수 있지만, 앰배서더에서는 그러지 못합니다. 그러나 최근에 새로 만든 앰배서더의 화장실에 대해 내가 매번 대단히 기뻐하는 것 말고도 앰배서더 호텔은 이 미술사 박물관이 갖고 있지 않은 몇 가지 장점이 있지요. 실제로 유럽의 다른 큰 도시와는 달리 빈의 화장실은 전부 손보지 않은 채 팽개쳐져 있어, 속이 메스껍지 않고 안에 있는 동안 내내 눈과 코를 막지 않아도 되는 화장실을 빈에서 발견하기란 아주 드문 일입니다. 빈의 화장실은 한마디로 불쾌함 그 자체입니다. 저 아래 발칸 지역에도 그렇게 내팽개쳐진 화장실은 단 하나도 없습니다 하고 레거는 말했다. 빈에는 화장실 문화가 없습니다. 빈은 유일하게 화장실 때문에 불쾌해지는 곳입니다. 도시의 유명한 호텔에조차도 끔찍한 화장실이 있습니다. 그 어떤 도시에도 없는 가장 소름 끼치는 변소를 빈에서 볼 수 있지요. 당신이 용변을 본다면 파랗게 질릴 것입니다 하고 그는 말했다. 빈은 겉으로 보자면 오페라 때문에 유명합니다. 그러자 실제로는 파렴치한 화장실 때문에 섬뜩하고 가증스러울 뿐입니다. 빈 사람, 아니 오스트리아 사람 모두에게 화장실 문화가 없습니다. 전 세계 어디에도 그런 식의 더럽고 악취를 풍기는 변소는 없습니다 하고 레거는 말했다. 빈에서 변소에 가는 일은 대부분 일종의 대참사입니다. 곡예사가 아닌 이상 우리는 그 안에서 오물로 더럽혀지며, 악취가 너무 심해 몇 주일 동안이나 냄새가 배어 있습니다. 원래부터 빈 사람은 지저분하며 그보다 더 더러운 유럽의 대도시 사람은 없습니다. 잘 알려진 대로 유럽에서 가장 더러운 집은 바로 빈의 집들인데, 빈의 화장실보다도 더 더럽습니다. 빈 사람들은 발칸 지역이 아주 더럽다고 계속해서 말합니다. 그러나 빈은 발칸 지역보다 몇백 배나 더 더럽습니다 하고 레거는 말했다. 빈 사람과 그의 집에 한 번만 가 보면 대부분 너무 더러워서 그만 생각이 멈춰 버립니다. 물론 예외가 있긴 합니다만 일반적으로 빈의 집이 세계에서 가장 더럽습니다. 나는 항상 도대체 외국인이 빈의 화장실에 가서 무슨 생각을 할까, 정말 깨끗한 화장실에만 익숙한 그들이 전 유럽에서 가장 더러운 빈의 화장실을 보고 무슨 생각을 할까를 생각합니다. 사람들은 너무 더러워 얼른 용변을 보고는 당황하며 나옵니다. 공중변소도 악취로 가득 차 있는데, 당신이 역에 있는 변소에 가든 지하철 안에서 소변이 마렵든 상관없이, 당신은 분명 유럽에서 가장 더러운 화장실 하나를 발견하게 될 것입니다. 더군다나 빈의 카페에 있는 화장실은 정말 더러워 참을 수가 없습니다 하고 레거는 말했다. 한편에서는 과대망상적일 만큼 어마어마하게 케이크를 숭배하고, 다른 한편에서는 진저리 날 정도로 더러운 화장실이 있습니다 하고 그는 말했다. 화장실을 들여다보면 마치 몇 년 동안 한 번도 청소를 안 한 것 같다는 생각을 하게 됩니다. 카페 주인은 한편으로는 케이크가 상하지 않도록 통풍을 시키면서 보호하지만, 다른 한편으로 변소를 깨끗이 하는 일은 전혀 염두에 두지 않습니다. 아, 유명한 카페에서 케이크를 먹기 전에 화장실에 갔다가 돌아왔을 때 우리는 거기 마련되어 있거나 아니면 식탁에 이미 준비된 음식을 먹고 싶은 생각이 싹 가십니다. 빈은 식당도 지저분합니다. 내 생각에는 유럽에서 가장 더럽습니다. 어디를 가나 당신은 얼룩진 식탁보를 볼 수 있습니다. 만일 당신이 종업원에게 얼룩진 식탁보를 가리키며 여기서 식사하고 싶지 않다고 하면, 그때서야 마지못해 더러운 식탁보를 치우고 새것으로 갈아줍니다. 당신이 더러운 식탁보를 갈아 달라고 하면 그들은 화가 난 듯한 그리고 정말 불쾌한 듯한 눈초리를 보냅니다. 대부분의 음식점에는 그런 식탁보조차 없습니다. 만일 당신이 그 더럽고 종종 술에 젖은 탁자의 지독한 오물을 닦아 달라고 부탁하면 당신은 상스러운 소리를 듣게 됩니다 하고 레거는 말했다. 빈의 화장실과 식탁보 문제는 해결되지 않았습니다 하고 레거는 말했다. 나는 세계의 대도시를 거의 모두 여행했습니다. 대부분의 도시를 그냥 겉으로만이 아니라 자세히 알게 되었는데, 어떤 대도시에서는 당연히 식사를 하기 전에 깨끗한 식탁보를 씌웁니다. 여기 빈에서는 깨끗한 식탁보, 아니면 적어도 깨끗한 식탁으로 손님을 맞는 일은 결코 당연한 것이 아닙니다. 화장실 사정도 마찬가지예요. 빈에 있는 화장실은 유럽뿐만 아니라 전 세계에서 가장 더럽습니다. 맛있는 음식을 기다리면서 그것을 먹기도 전에 벌써 화장실에서 입맛을 잃어버리고, 음식을 맛있게 먹고 난 후 화장실에서 구역질이 나면 그게 다 무슨 소용이 있습니까 하고 그는 말했다. 빈 사람에게는 모든 오스트리아 사람과 마찬가지로 화장실 문화가 없습니다. 오스트리아의 변소는 언제나 혐오 그 자체입니다 하고 레거는 말했다. 빈은 정말 좋은 요리로 이미 이름이 나 있으며, 적어도 케이크에 관한 한 의심의 여지가 없습니다만 화장실에 있어서만은 대단히 수치스럽게 알려져 있습니다. 앰배서더 호텔에도 얼마 전까지 말로 표현할 수 없는 화장실이 있었는데, 어느 날 지배인이 그걸 깨닫고는 새로 화장실을 지었습니다. 이 화장실은 예외적으로 아주 잘 만들었는데, 실제로 건축학적으로뿐만 아니라 위생학적으로도 세세한 부분에 이르기까지 완벽한 화장실입니다. 원래부터 빈 사람은 유럽에서 가장 더러우며 일주일에 단 한 번 비누를 사용한다는 사실이 입증되었지요. 또한 그들은 속바지를 일주일에 한 번 갈아입으며, 속내의도 일주일에 많아야

두 번 그리고 침대보는 한 달에 한 번 바꾼다는 것도 입증되었다고 레거는 말했다. 더구나 양말은 대개 십이 일 동안을 신고 다닙니다 하고 레거는 말했다. 그렇게 보면 유럽 어디를 둘러봐도 이곳 빈과 전 오스트리아에서처럼 비누 공장과 속옷 산업이 안 되는 곳은 없다고 레거는 말했다. 그 대신에 엄청난 양의 값싼 향수를 사용하여 멀리서부터 제비꽃, 패랭이꽃, 은방울꽃 또는 회양목 냄새로 코를 찌릅니다. 겉이 더러운 걸로 미루어 빈 사람들이 속도 더러울 것이라는 생각에서 나온 것인데, 실제로 빈 사람은 속도 겉만큼이나 불결합니다. 어쩌면, 내가 어쩌면이라고 말하는 것은 이것이 절대적으로 확실한 이야기는 아니기 때문입니다, 라고 정정하면서 레거가 말하기를, 빈 사람은 겉으로 보이는 것보다 안으로는 더 더럽습니다. 모두가 입을 모아 말하듯이 그들은 겉으로 보이는 것보다 안이 훨씬 더 더럽습니다. 그 문제에 대해서는 깊이 생각하고 싶지 않습니다. 이 일은 전적으로 그런 문제를 연구하는 소위 사회학자의 과제입니다 하고 그는 말했다. 이러한 연구를 통해서도 분명 빈 사람들이 유럽에서 가장 더러운 사람으로 드러날 것이라고 레거는 생각하고 있다. 앰배서더 호텔에 새 화장실이 있다는 것은 정말 기쁜 일입니다. 그러나 미술사 박물관에는 아직도 낡은 화장실뿐이지요 하고 그는 말했다. 나이가 들어가면서 최근에는 부쩍 미술사 박물관에서도 화장실에 가는 일이 빈번한데, 이 미술사 박물관의 화장실이 아직 형편없기 때문에 화장실 가기는 정말 신경을 날카롭게 하는 번거로운 일입니다. 음악협회에 있는 화장실도 마찬가지로 정말 더럽습니다 하고 레거는 말했다. 언젠가 한 번 나는 타임스에, 빈 최고의 문예 전당인 음악협회의 화장실이 말로 표현할 수 없을 정도이며, 이런 파렴치한 화장실 문제 때문에 매번 나는 음악협회에 들어가는 데 대단한 극기가 필요하다는 것, 그리고 내가 나이가 들고 신장이 나빠 음악협회에 있는 동안 적어도 두 번은 화장실에 가야 하기 때문에 정말 그곳에 가야 할지를 자주 집에서 고민한다고 기고했어요. 그럼에도 나는 매번 모차르트와 베토벤 그리고 베르크와 쇤베르크, 바르토크와 베베른 때문에 그곳에 갔으며 화장실 공포를 이겨 냈습니다. 음악협회에서 연주하는 음악은 분명 특별하기 때문에 나는 하루 저녁에 적어도 두 번은 화장실에 가야 함에도 불구하고 그곳에 갔습니다 하고 레거는 말했다. 음악협회에 들어갈 때마다 나는 예술은 자비롭지 않다고 생각합니다 하고 레거는 말했다. 나는 눈을 감은 채 그리고 가능한 한 코를 막고 예술협회에서 소변을 보는데, 그것은 내가 오래전부터 보지 않고도 해내는 일종의 특별한 예술입니다 하고 그는 말했다. 빈의 화장실이 소위 개발도상국들을 제외하고 통틀어 세계에서 가장 더럽다는 사실을 차치하고, 하수 시설만 해도 화장실에서 제대로 작동하는 것은 아무것도 없습니다. 물이 나오지 않거나 혹은 빠지지 않으며, 아니면 아예 물이 나오지도 빠지지도 않아요. 어떤 때는 몇 달 동안이나 아무도 화장실이 제대로 작동하고 있는지 살피지 않습니다. 이 황당스러운 빈의 화장실을 개선하기 위해서는 국가나 시에서 누군가가 아주 엄격한 화장실 법을 만들어 호텔 주인, 음식점 주인 그리고 카페 주인이 화장실을 제대로 관리하도록 해야 합니다. 호텔, 음식점 그리고 카페의 주인은 화장실을 개선하려 하지 않습니다. 시나 국가가 화장실을 제대로 관리하도록 강요하지 않으면, 그들은 이 불결한 화장실 문제를 분명 언제까지라도 미룰 것입니다. 나는 언젠가 타임스지에 빈은 음악의 도시이지만 아울러 가장 더러운 화장실의 도시라고 쓴 적이 있습니다. 런던에서는 이제 이 사실을 알고 있지요. 그러나 빈 사람들은 타임스를 읽지 않기 때문에 당연히 모릅니다. 빈 사람들은 가장 천하고 상스러운 잡지를 즐겨 읽는데, 이러한 잡지야말로 이 세상에서 오로지 사람을 우둔하게 만들려는 목적으로 나온 것으로 비꼬인 빈 사람의 감정과 정신 상태에 정말 이상적으로 꼭 맞는 잡지들이지요. 러시아인 단체 관람객은 가고 없으며 보르도네 홀의 의자는 비어 있었다. 레거는 이르지글러가 귀에다 대고 뭔가 수군거리자 일어서서는 들고 있던 검은 모자를 쓰고는 나가 버렸다. 열한 시 이십팔 분이었다. 러시아인 단체 관람객은 베로네제 홀에 있었으며 그 우크라이나 여자 안내원은 이제 베로네제에 대해 이야기했다. 그러나 베로네제에 관한 그녀의 말은 조금 전에 보르도네와 틴토레토에 관한 이야기와 마찬가지로 중요하지 않은 수다였다. 그녀는 똑같은 말투로 그리고 그냥 듣기 싫은 러시아 여자 목소리로, 뿐만 아니라 근본적으로 신경을 날카롭게 하는 불쾌한 목소리로 말했다. 그녀는 특히 시종일관 거의 참기 힘든 소위 칼날 같은 목소리로 말을 하여 실제로 나는 온종일 귀 안을 쿡쿡 찔러 대는 듯한 아픔에 시달렸다. 나는 청각이 아주 예민하여 정말 이런 칼날 같은 소리를 내는 여자 목소리를 거의 견뎌 내지 못한다. 대개는 규정대로 언제나 보르도네 홀 안을 둘러보던 이르지글러조차도 이미 오래전에 보이지 않았는데 나는 그 이유를 알지 못했다. 또 그와 레거가 함께 이 보르도네 홀을 빠져나가서는 한참 동안이나 돌아오지 않는 것이 아주 이상했다. 그렇지만 나는 레거와 열한 시 삼십 분에 이곳 보르도네 홀에서 만나기로 약속하였고 레거가 철저하게 약속 시간을 지키는 신뢰할 수 있는 사람임을 알기 때문에, 레거는 정각 열한 시 삼십 분에 다시 이 보르도네 홀로 돌아올 것으로 생각했는데, 생각을 마치기도 전에 레거가 보르도네 홀로 들어섰다. 그는 보르도네 홀의 의자에 앉기 전에 사방을 한 번 둘러보았다. 그것을 미리 알고 있었다는 듯 그가 보르도네 홀로 다시 돌아왔을 때 나는 세바스티아노 홀로 쑥 들어가 버렸다. 나는 활보하는 러시아인 단체 관람객 때문에 밀려났던 세바스티아노 홀의 한구석으로 다시 들어가서는 그곳에서 보르도네 홀로 다시 돌아온 레거를 관찰할 수 있었다. 안전을 위해서 항상 사방을 둘러보는 의심 많은 레거, 그는 그 자신이나 다른 사람에게는 실제로 전혀 해를 끼치지 않은 채 자기 자신에게 쓸모가 있었던 피해망상에 한평생 시달려 왔다고 나는 생각했다. 레거는 이제 다시 보르도네 홀의 의자에 앉아 틴토레토의 하얀 수염의 남자를 보고 있다. 정각 열한 시 삼십 분에 그는 외투에서 번개같이 회중시계를 꺼내 보았으며, 바로 그 순간 나는 세바스티아노 홀에서 나와 보르도네 홀로 들어가서 레거에게 인사를 했다. 오, 러시아인 단체 관람객이 얼마나 무서운지 하고 레거는 말했다. 나는 그 러시아인 단체 관람객을 증오합니다 하고 그는 다시 한 번 말했다. 그는 내게 보르도네 홀의 의자에 앉으라고 정중하게 권했다. 자, 여기 내 옆에 앉으십시오 하고 그는 말했다. 나는 약속을 잘 지키는 사람을 보면 기쁩니다. 대다수의 사람이 시간을 지키지 않는데, 정말 경악스러운 일입니다. 하지만 당신은 언제나 시간을 정확히 지키죠. 그건 당신의 훌륭한 장점 중 하나입니다 하고 그는 말했다. 이어서 그는, 아, 내가 지난밤 얼마나 잠을 제대로 못 잤는지 당신은 모르실 것입니다. 나는 평소보다 약을 두 배나 먹었는데 잠을 거의 자지 못했습니다. 계속해서 나는 내 아내 꿈을 꾸었지요. 아내 꿈을 꾸는 악몽에서 벗어날 수가 없었습니다. 그리고 나는 최근 들어 당신이 어떻게 발전했는지에 대해 생각했습니다. 당신의 발전은 놀랄 만합니다 하고 그는 말했다. 근본적으로 당신은 특이하게 살아갑니다. 어느 정도 완전히 독립적으로 말입니다. 얽매이지 않는 사람, 그것도 완전히 얽매이지 않은 사람은 이 세상에 한 명도 없다는 사실을 고려해 보면 정말 드문 일입니다. 만일 앰배서더가 없었던들 나는 오후 시간을 견뎌 내지 못했을 것입니다 하고 그는 말했다. 최근에는 아랍 사람이 정말 많이 옵니다. 전에는 이곳이 항상 유대인, 유대인과 헝가리인, 특히 유대계 헝가리인의 호텔이었는데, 이제는 곧 아랍인을 위한 호텔이 될 것입니다. 그래서 나는 이 호텔에 묵는 것이 좋아졌습니다. 앰배서더 호텔에서 양탄자를 거래하는 페르시아 상인은 단 한 번도 나를 불쾌하게 하지 않았습니다. 그러나 점차로 여기 앰배서더에 앉아 있는 것이 위험하다는 생각이 들지 않습니까. 한번 상상해 보십시오. 이 호텔이 이스라엘 유대인과 이집트 아랍 사람으로만 꽉 찬다면 언젠가는 이 호텔에서 폭탄이 터질 수도 있을 겁니다. 순식간에 그런 일이 일어난다면 내가 밖으로 나가든 안 나가든 전혀 상관이 없지요. 오, 끔찍스러운 일입니다. 오전에는 미술사 박물관에서 그리고 오후에 앰배서더 호텔에서 시간을 보내고, 점심때에 아스토리아나 브리스톨에서 맛있게 밥을 먹는 것을 나는 아주 소중하게 생각합니다 하고 그는 말했다. 타임스지에 기고하는 것만으로는 물론 지금 내가 사는 수준으로는 못 살 겁니다. 타임스지는 나에게 용돈 정도를 보내 줄 뿐이죠 하고 그는 말했다. 그런데 주식 경기가 좋지 않아요. 주식 시장은 붕괴 단계입니다. 오스트리아는 하루가 다르게 물가가 오릅니다. 내가 계산을 해보았어요. 만일 제삼차대전이 일어나지 않는다면 나는 별문제가 없이 지금 가지고 있는 것으로도 이십 년 정도는 무난히 살 수 있을 겁니다. 나날이 모든 것이 차차 줄어들긴 하지만 그래도 이 사실은 위안이 됩니다. 아츠바허 씨, 당신이야말로 전형적인 자유로운 지식인입니다 하고 그는 내게 말했다. 당신은 자유로운 지식인의 표본입니다. 당신은 온전히 시대에 상관없이 전적으로 자유로운 인간의 표본입니다 하고 레거는 말했다. 다시 온 힘을 다해 이 가파른 계단을 걸어 보르도네 홀로 오는 동안에, 당신은 분명 내가 아는 유일하게 전형적이고 본질적인 자유로운 인간이라고 생각했습니다. 나는 자유로운 인간을 많이 알고 있습니다. 그러나 당신이야말로 바로 전형적이고 본질적인 자유로운 인간입니다. 당신이 수십 년 동안 유일하게 한 작품에만 몰두하면서도 그것을 출판하지 않은 것은 정말 대단한 일입니다. 나는 그럴 수 없을 겁니다. 나는 적어도 한 달에 한 번은 내 작업을 발표해야 기쁩니다. 이 습관은 이제 포기할 수 없는 욕구가 되었습니다. 그러기 때문에 나는 타임스지에 글을 씀으로써 욕구를 채울 수 있고 더군다나 수입도 생기므로 타임스지를 높이 평가합니다 하고 그는 말했다. 나는 글을 씀으로써 확실히 기쁨을 느낍니다. 매번 두 면도 안 되는 이 짧은 예술 작품은 타임스지의 지면을 언제나 세 단 반밖에 차지하지 않습니다. 당신은 글을 쓰면서 얼마 안 되는 부분이라도 출판해 볼 생각은 해본 적이 없습니까 하고 그는 말하면서, 일부분이면 어떻습니까, 당신이 글과 관련하여 넌지시 던지는 말을 들어 보면 모두 아주 뛰어납니다. 한편으로는 아무것도, 정말 전혀 발표하지 않는 그것도 일종의 쾌락입니다 하고 그는 말했다. 그러나 언젠가는 당신도 당신의 글에 대한 반응이 궁금해질 것이며 그래서 적어도 일부분을 발표하게 될 것입니다 하고 그는 말했다. 한편으로는 소위 한평생의 작업을 평생 동안 드러내지 않고 출판하지 않는 것이 위대합니다만 한편으로는 발표하는 것도 그와 마찬가지로 중요합니다. 당신이 천성적으로 공개하지 않는 사람이라면 나는 천성적으로 공개하는 사람입니다. 그러나 당신은 자신이 쓴 글을 결코 공개해서는 안 된다고 다짐했을 겁니다. 왜냐하면 당신은 글을 쓰면서, 그 글을 출판하지 않겠다는 강박 관념에 분명 시달리고 있기 때문입니다. 나는 그것이 사실이라고 생각합니다. 오로지 당신 스스로가 이러한 비공개 강박 관념에 시달리고 있다는 사실을 인정하지 않을 따름입니다. 나는 내 작업을 발표하지 못한다면 괴로워할 것입니다. 물론 당신의 작업은 내 일과 비교가 안 됩니다. 나는 자기의 글을 오랫동안 발표하지 않고, 사람들이 자기가 쓴 글에 어떤 반응을 보일까 하는 데 호기심을 보이지 않는 작가나 아니면 적어도 글을 쓰는 사람을 보지 못했습니다. 나는 언제나 그것을 갈망합니다 하고 레거는 말하면서, 비록 내가, 나는 그것을 열망하지 않아, 그것에는 전혀 관심이 없어, 대중의 생각에 대해서는 전혀 호기심이 없어, 라고 늘 이야기하지만 그래도 나는 그것을 갈망합니다. 끊임없이 갈망하는 그 순간에 내가 그것에 관심이 없다고 이야기하면 거짓말입니다. 솔직히 말해서 나는 언제나 그것을 부단히 갈망합니다 하고 그는 말했다. 나는 항상 사람들이 내가 쓴 글에 대해 뭐라고 하는지 알고 싶어 하는데, 사람들이 내 글에 대해 뭐라고 말하든 나는 그것에 관심이 없다고 말하는 그 순간에도 그 모든 것을 알고 싶어 합니다. 관심이 없다고 하고 아무래도 상관없다고 말하지만, 그래도 나는 내내 그것을 갈망하는데 그보다 더 큰 긴장을 주는 것은 아무것도 없습니다 하고 그는 말했다. 만일 내가 대중의 생각에 관심이 없다고 하면, 또 내 독자에 대해 관심이 없다고 말하면 나는 거짓말을 하는 것입니다. 만일 내 글이 어떻게 받아들여지고 있는지 알고 싶지 않고 내 글에 대한 평가를 읽지 않는다고 말하면 나는 거짓말을 하는 겁니다. 바로 그럴 때에 나는 아주 교묘한 방법으로 거짓말을 합니다. 왜냐하면 나는 내 글에 대해 사람들이 말하는 것을 끊임없이 알고 싶어 하기 때문입니다 하고 레거는 말했다. 나는 그것을 늘 언제나 알고 싶어 합니다. 나는 사람들이 내가 쓴 글에 대해 어떻게 말하든 상관없이 언제나 놀랍니다. 그게 사실이에요. 물론 나는 타임스지 사람들이 말하는 것만 듣는데, 그들이 듣기 좋은 말만 하는 것은 아닙니다. 그런데 당신을 보면, 소위 철학하는 작가로서 당신은 사람들이 당신이 쓴 철학에 대해 어떻게 얘기하는지, 그리고 어떻게 생각하는지에 대해 궁금할 텐데 말입니다, 왜 당신은 대중이 어떻게 생각하는지를 한번 알아보기 위해 한 부분이라도 발표하려 하지 않는지 이해할 수 없습니다. 나는 그런 대중의 권한이라는 것은 없다고 늘 말을 하지만, 그래도 그런 소위 대중의 생각이 어떤지 한번 알아보기 위해서 말입니다. 사실 그런 권한이라는 것은 정말 없습니다. 그리고 그것은 그 이전에도 없었으며 앞으로도 결코 없을 것입니다. 그렇지만 당신이 글을 쓰고 또 글을 쓰고, 사색하고 또 사색하고, 그리고 그 생각해 낸 것을 쓰고 그리고 다시 또 쓰고, 그러면서 그 어떤 반응도 모른 체한다면 당신은 우울하지 않겠습니까 하고 그는 말했다. 분명 당신은 비공개라는 우매한 생각 때문에 많은 것을 모르고 지나갈 것입니다. 어쩌면 결정적인 것조차 말입니다 하고 그는 말했다. 당신은 이미 수십 년 동안이나 작업에 매달리고 있으면서도 자신을 위해서만 글을 쓴다고 말합니다. 그것은 정말 지독한 일입니다. 그 누구도 자기 자신만을 위해 글을 쓰지는 않습니다. 어떤 사람이 자기가 쓰는 글을 단지 자기 자신만을 위해 쓴다고 말한다면 그것은 거짓입니다. 그런데 글을 쓰는 사람보다 더 거짓말을 잘하는 사람은 아무도 없다는 사실을 당신도 나만큼이나 잘 아시지요. 세상이 있어 온 이래로 글 쓰는 사람보다 거짓말을 더 잘하는 사람, 더 망상에 빠진 사람은 없습니다 하고 레거는 말했다. 지난밤이 얼마나 괴로웠는지 당신은 모를 것입니다. 심장이 나빠 먹어야 했던 약 때문에 발가락에서부터 장딴지 위로 흉곽에 이르는 심한 고통으로 여러 번 깨어났습니다. 나는 지금 최악의 상태에 놓여 있습니다. 밤마다 나는 소름이 끼칠 정도로 괴로워합니다. 이제는 잠을 잘 수 있겠다고 생각하기만 하면 다시 고통이 엄습하고 그러면 또 일어나서는 방 안을 왔다 갔다 해야 합니다. 어쨌든 온 밤을 나는 왔다 갔다 하며 잠을 이루지 못했어요. 그리고 잠이 들어도 당신에게 말한 악몽으로 다시 잠이 깹니다. 이 악몽 속에서 나는 아내 꿈을 꾸는데 그건 정말 무서울 따름이에요. 그녀가 죽은 이후로 나는 끊임없이 이 악몽으로, 매일 밤 시달립니다. 내가 거의 언제나 아내가 죽었을 때 나도 같이 죽었다면 좋았을 텐데 하고 생각한다면 당신은 믿을 수 있겠습니까. 그러지 못한 나의 비겁함을 나는 용서할 수 없습니다. 그 이후로 계속해서 이제는 병적인 이 자기 비관을 나는 견딜 수가 없습니다. 그러나 나는 이것으로부터 벗어나지 못합니다 하고 그는 말했다. 그래도 음악협회에서 어떤 괜찮은 연주회라도 있으면 좋으련만, 하고 그는 말하면서, 하지만 동계 프로그램은 경악스러울 따름이지요. 이젠 진저리가 날 정도인 모차르트와 브람스 그리고 베토벤 음악 같은 그저 한물가고 낡은 것만 연주합니다. 모차르트, 브람스 그리고 베토벤의 순환은 정말 더 이상 견딜 수가 없습니다. 그리고 오페라에는 달레탕티슴이 주도하고 있습니다. 적어도 이 오페라만이라도 흥미롭다면야, 그러나 지금은 이 오페라도 전혀 재미가 없습니다. 작품도 나쁘고 오페라 가수도 나쁘며 게다가 교향악단도 엉망이지요. 이삼 년 전만 해도 이 필하모니가 어떠했습니까! 그리고 오늘날은 도대체 어떠합니까, 세계 최고의 교향악단이라 하지 않습니까. 한번 들어 보십시오. 지난주에 나는 라이프치히에서 온 베이스가 부르는 겨울 나그네를 들었습니다. 그 사람이 당신과는 전혀 상관이 없으니 그 사람 이름은 들먹이지 않겠습니다. 당신은 사실 이론적인 음악에는 거의 관심이 없으니 다행입니다. 그 베이스는 완전히 엉터리였습니다. 완전히 까마귀 소리 같았지요. 정말 견딜 수가 없었습니다. 그런 음악회를 위해서는 옷을 갈아입을 가치조차 없습니다. 새 와이셔츠를 입은 것이 너무 아까웠습니다. 그렇지만 나는 그런 시시한 것을 타임스지에 쓰지는 않습니다, 라면서 말러, 말러, 말러, 그도 아무런 의미가 없지요 하고 그는 말했다. 말러 유행은 이미 내리막길로 들어섰습니다. 다행히도 말입니다 하고 그는 말했다. 말러는 정말 이 시대에 너무 과대평가를 받는 작곡가입니다. 그는 힌데미트나 클

렘페러와 같은 뛰어난 지휘자이기는 했으나 그저 평범한 작곡가였을 뿐이지요. 말러가 유행하던 그 시기 내내 나는 절망적이었습니다. 온 세계가 말러에 완전히 도취되어 있었는데, 그 사실 자체를 나는 견딜 수가 없었습니다. 혹시 당신은 내 아내의 무덤이 말러의 무덤 바로 옆에 있다는 것을 아십니까? 나도 그곳에 묻히게 되어 있지요, 아 물론, 묘지에서 누구 옆에 묻히든 사실 똑같습니다. 말러 옆에 묻힐 거라는 사실은 전혀 중요하지 않습니다. 아마도 캐슬린 페리어가 불렀던 그 대지의 노래와 그밖에 말러가 작곡한 모든 곡을 나는 거부합니다. 그건 아무런 가치가 없으며, 조금 더 자세하게 살펴보면 견딜 수가 없습니다. 그에 반해 베베른은 정말 천재이며, 쇤베르크와 베르크에 대해서는 두말할 필요도 없습니다. 말러는 그 자체가 오류입니다. 말러는 전형적인 유겐트풍의 유행 작곡가인데, 많은 점에서 그와 함께 비판을 받는 브루크너보다 훨씬 더 나쁩니다. 지금 빈은 지적인 사람들을 위해 아무것도 하지 않으며, 유감스럽게 음악에 관심이 많은 사람에게도 거의 아무것도 제공하지 않습니다 하고 그는 말했다. 그런데 이 도시로 오는 관광객은 아주 쉽게 조그마한 것으로도 만족합니다. 그들은 무엇이 공연되는가에는 상관없이 그리고 그것이 정말 시시한 것이라 해도 어쨌든 오페라에 갑니다. 그들은 가장 형편없는 음악회에 가서는 환호합니다. 또한 그들은 당신이 보다시피 자연사 박물관과 미술사 박물관으로 밀려옵니다. 문명화한 인류의 문화 욕구는 엄청난데, 이런 사실에서 볼 수 있는 이 도착증은 세계에 널리 퍼져 있습니다. 빈은 이미 오래전부터 거의 문화가 없음에도 불구하고 문화를 상징하는 도시로 남아 있습니다. 어느 날 빈에는 그 어떤 문화도 더 이상 남지 않을 테지만 그래도 계속해서 문화를 상징하는 도시로 남아 있을 것입니다 하고 레거는 말했다. 빈은 영원히 문화를 상징하는 도시가 될 것입니다. 빈이 점점 더 확고하게 문화를 상징하는 도시가 될수록 빈에서는 문화가 사라질 것입니다. 그러다 곧 이 도시에는 정말 문화라고는 완전히 없어질 것입니다 하고 그는 말했다. 오스트리아 정부는 점점 더 멍청해져 얼마 있지 않아 오스트리아에서 문화를 완전히 몰아내고 오로지 저속한 것만 남게 할 것입니다 하고 레거는 말했다. 오스트리아는 점점 더 문화를 적대시하는 쪽으로 기울어 가는데, 해가 갈수록 더 그렇습니다. 사람들은 오래지 않아 오스트리아가 완전히 문화를 상실할 것이라고 입을 모아 말합니다. 그러나 이 슬픈 종말을 나는 다행히도 보지 않을 것입니다. 그렇지만 어쩌면 당신은 체험할지도 모르지요 하고 레거는 말했다. 아마도 당신은, 그러나 나는 아니지요. 나는 이제 너무 늙어 그 종말을 그리고 더 이상 문화가 없는 오스트리아의 모습을 보지 못할 겁니다. 문화의 빛이 오스트리아에서는 꺼져 갑니다. 이 나라에 만연하고 있는 우매함으로 인해 머지않아 문화의 빛은 사라져 버릴 것입니다. 그렇게 되면 오스트리아는 암흑의 시기를 맞이합니다 하고 레거는 말했다. 당신은 이에 대해 뭔가를 말할 수 있겠지만 아무도 당신의 말을 듣지 않을 겁니다. 만일 당신의 말을 듣는다면 사람들은 당신을 바보 취급할 것입니다. 내가 타임스지에 오스트리아에 대해 생각하는 것 그리고 언젠가, 아니 머지않아 오스트리아가 어떻게 되리라는 것을 쓴들 무슨 소용이 있겠습니까? 전혀 의미가 없지요 하고 레거는 말했다. 오스트리아 사람들이 꺼져 버린 문화의 빛 때문에 어둠 속에서 더듬어 대는 모습을 보지 못하는 것이 아쉬울 따름입니다. 그것을 볼 수 없는 것이 정말 안타깝습니다 하고 그는 말했다. 당신은 내가 왜 오늘 또다시 당신에게 여기로 와 달라고 했는지 궁금하시겠지요. 다 이유가 있습니다. 그 이유는 나중에 이야기하지요. 나는 어떻게 말을 해야 좋을지 모르겠습니다. 정말 모르겠습니다. 온종일 그것에 관해 생각해 보았지만 잘 모르겠습니다. 나는 정말 벌써 몇 시간이나 그 문제를 깊이 생각하고 있지만 그래도 모르겠습니다. 이르지글러가 나의 증인입니다 하고 레거는 말했다. 나는 벌써 오랫동안 이 의자에 앉아서는, 오늘 당신에게 이 미술사 박물관으로 와 달라고 했는데 그것을 어떻게 이야기해야 할지에 대해 깊이 생각하고 있습니다. 시간을 좀 주십시오, 나중에 말씀드리지요 하고 레거는 말했다. 우리는 범행을 저지르고 있습니다. 그리고 우리는 그 사실을 간단히 전할 수가 없습니다 하고 레거는 말했다. 내가 진정될 때까지 시간을 좀 주십시오. 이르지글러에게는 이미 말했지만 당신에게는 아직 말할 수가 없습니다. 정말 부끄러운 일이죠. 아 참, 내가 어제 말한 폭풍 소나타에 대한 이야기는 정말 흥미롭습니다. 이 폭풍 소나타에 대해 내가 이야기한 것은 분명한 사실이라고 나는 확신하는데, 아마 당신보다는 내가 그것에 흥미가 많을 겁니다. 어떤 문제로 이야기할 때면 항상 그런 식입니다. 이야기하는 사람은 그 주제에 온통 빠져 상대방을 고려하지 않은 채 온갖 방법으로 퍼부어 대지만 듣는 사람은 그 사람보다 덜 감동하기 때문입니다. 나는 어제 당신에게 폭풍 소나타에 대한 견해를 얘기했는데, 그것은 사실입니다. 푸가에 대해 얘기하면서 나는 폭풍 소나타를 꼭 한번 다룰 필요가 있다고 생각했습니다. 바로 어제가 아주 적절한 시기라 생각하여 당신을 내 음악 이론적인 열정의 제물로 삼았습니다. 내가 당신과 함께 자주 음악 이론에 대해 심오하게 이야기하는 것은 당신 외에는 적합한 사람을 보지 못했기 때문입니다. 당신은 나와 정말 꼭 맞습니다. 당신이 없었다면 난 도대체 무엇을 했겠습니까! 하고 나는 자주 생각합니다. 어제 나는 폭풍 소나타로 당신을 괴롭혔습니다. 모레는 내가 어떤 음악으로 당신을 귀찮게 할지 어떻게 알겠습니까. 내가 설명하고 싶은 음악 이론에 관한 문제가 내 머릿속에 꽉 차 있습니다. 나는 들어줄 사람이 필요한 것입니다. 소위 음악 이론에 관해 말해야 한다는 나의 압박감을 해소해 줄 희생자가 필요한 것입니다. 왜냐하면 나의 음악 연구에 관해 계속해서 말하는 것은 정말 음악 이론에 관해 말해야 한다는 압박 때문입니다. 우리는 모두 말을 해야 한다는 자신만의 강박 관념이 있는데, 나는 바로 이 음악 이론에 관한 강박 관념이 있는 것입니다. 음악 이론에 전념한 이후 음악 이론에 관해서 말해야 한다는 강박 관념을 계속 가지고 있습니다. 그것은 곧 당신의 삶이 철학하는 사람의 삶이듯 나의 삶은 의심할 여지없이 오로지 음악 이론적인 삶이기 때문입니다. 물론 내가 어제 폭풍 소나타에 관해 이야기한 것이 오늘은 모두 무의미한 것이라고 나는 오늘 말할 수도 있습니다. 곧 이미 말한 대로 모든 것이 정말 무의미하듯 말입니다. 그럼에도 우리는 이 무의미한 것을 확신을 가지고 말을 합니다 하고 레거는 말했다. 모든 이야기가 조만간 무의미한 것으로 드러납니다. 그러나 우리가 가능한 한 최고의 열정으로 확신에 차 말한다면, 그러면 그것은 범죄가 아닙니다 하고 그는 말했다. 우리는 생각을 말하고 싶어 합니다. 우리는 말하기 전까지는 진정할 수가 없습니다. 우리는 침묵하면 숨이 막혀 죽습니다 하고 레거는 말했다. 만일 인류의 역사가 진행되면서 떠오른 생각에 대해 침묵했더라면 인류는 벌써 숨이 막혀 죽었을 것입니다. 너무 오랫동안 침묵하는 사람은 숨 막혀 죽습니다. 인류도 숨 막혀 버릴 수 있기 때문에 너무 오래 침묵해서는 안 됩니다. 비록 개개인의 생각과 인류의 생각이 그리고 개개인이 생각했던 것과 인류가 생각했던 것이 모두 무의미한 것뿐이었다 해도 말입니다. 우리는 한 번은 연설가요 한 번은 침묵가입니다. 우리는 이 재주를 마지막 순간까지 완벽하게 써먹습니다. 우리의 삶은 우리가 침묵하는 재주와 말하는 재주를 함께 발전시킬 수 있었기 때문에 아주 흥미롭습니다. 폭풍 소나타는 사실 뛰어난 작품이 아닙니다. 자세히 살펴보면 다른 부수 작품 중 하나로, 따지고 보면 저속한 작품입니다. 이 작품의 의미는 작품 자체보다는 오히려 그것에 대해 많이 토론할 수 있다는 데 있습니다.

베토벤은 전적으로 폭력적이고 천편일률적이며 발작적인 예술가였는데, 나는 그것을 반드시 높게 평가하지는 않습니다. 폭풍 소나타를 규정하는 일을 나는 즐겨 했습니다. 그것은 베토벤 작품 중 가장 숙명적인 작품입니다. 폭풍 소나타를 통해 베토벤은 그의 실체, 천재성, 저속성 그리고 한계를 명확하게 보여 주었습니다. 내가 폭풍 소나타에 관해 말한 것은 바로 푸가에 대해서 어제 당신에게 좀 더 자세하게 설명하고자 했기 때문인데, 그것을 위해 폭풍 소나타를 끌어와야 했습니다 하고 레거는 말했다. 사실 나는 폭풍 소나타나 영웅 또는 미완성 그리고 팀파니 리듬에 맞춰와 같은 표현을 증오합니다. 그런 식의 표현은 정말 불쾌합니다. 사람들의 표현대로 북쪽의 마술사는 정말 불쾌합니다 하고 레거는 말했다. 당신은 이론적으로 음악에 전혀 관심이 없기 때문에 내가 음악에 대해 토론하는 데 이상적인 제물입니다 하고 레거는 말했다. 당신은 주의 깊게 귀를 기울이며, 반대하지 않습니다. 당신은 내가 말하는 것이 가치가 있든 없든 상관없이 내 말을 끝까지 들어 줍니다. 나는 그것이 필요하지요 하고 그는 말했다. 실제로 기쁨이라고는 전혀 없는 이 가증스러운 음악이 있음으로 해서 나의 앞길이 열립니다. 내 생각은 나를 힘 빠지게 만들고 파멸하게 합니다 하고 그는 말하면서, 다른 한편으로 나는 너무 지쳐 더 이상 그것에 대해 겁을 낼 필요가 없어졌습니다. 나는 당신이 시간을 정확히 지킬 거라고 생각했는데, 당신은 정확합니다. 당신에게서 내가 기대하는 것은 정확함 외에 아무것도 없습니다. 당신도 알다시피 나는 정확함에 가장 큰 비중을 두지 않습니까. 인간에게는 정확함과 함께 그와 어우러진 신뢰성이 우선해야 합니다, 라고 그는 말했다. 열한 시 삼십 분, 당신이 나타났습니다. 나는 시계를 보았습니다. 열한 시 삼십 분이었지요. 그때 당신은 이미 내 앞에 서 있었습니다. 나에게는 당신 외에 더 유익한 사람이 없습니다 하고 그는 말했다. 내가 살아남을 수 있는 것도 오로지 당신 때문일 것입니다. 이 말을 하지 말아야 했는데 하고 레거는 말했다. 그 말을 하는 것은 뻔뻔스러운 일이지요, 비할 데 없이 뻔뻔스러운 일 말입니다. 그럼에도 나는 당신이 바로 내가 계속 살아갈 수 있게 해주는 그 장본인이라는 것을 말해 버렸습니다. 실제로 나는 달리 아무도 없습니다. 당신은 혹시 내 아내가 당신을 좋아한 것을 알고 있습니까? 당신에게는 그 이야기를 하지 않았지만 나에게 말했습니다. 그것도 한 번이 아닙니다. 당신은 자유로운 사고를 지니고 있습니다. 그것은 이 세상에서 가장 귀중한 것입니다 하고 레거는 말했다. 당신은 혼자서 무엇인가를 해 나가는 사람이며, 그 독자적인 삶을 잘 지켜왔습니다. 살아 있는 한 당신이 그것을 지켜 나가기를 바랍니다 하고 레거는 말했다. 나는 삶에서 벗어나기 위해 예술 안으로 들어갔습니다. 나는 이렇게 이야기할 수 있습니다 하고 그는 말했다. 나는 예술로 살짝 도망가 버렸습니다. 나는 가장 좋은 순간을 기다렸으며 그리고 그 가장 좋은 순간을 이용했습니다. 그래서 나는 세상에서 나와 예술의 세계로 슬쩍 도망쳐 갔습니다. 음악으로 말입니다. 곧 다른 사람들이 조형 미술로 또는 연극 예술로 들어

가듯이 말입니다 하고 그는 말했다. 나와 마찬가지로 원래는 정말 세상을 증오하는 사람인 이들은 순식간에 그 증오하는 세상에서 나와 완전히 이 증오스러운 세상 밖에 있는 예술로 들어갑니다. 나는 음악으로 슬쩍 들어갔습니다. 아무도 모르게 말입니다 하고 그는 말했다. 그것은 대부분의 사람에게는 없는 어떤 가능성이 내게는 있기 때문입니다. 당신은 철학으로 그리고 작가 생활로 들어갔습니다. 그렇지만 당신은 철학자도 아니요 작가도 아닙니다. 왜냐하면 당신에겐 철학자나 작가가 지녀야 할 어떤 결정적인 것이 결여되어 있기 때문입니다. 당신은 철학자라고 하기에는 철학자임을 나타내는 것이 없으며, 작가라고 하기에도 마찬가지로 그 모든 것이 빠져 있기 때문입니다. 비록 당신이 내가 철학적인 작가라고 말하는 바로 그런 사람임에도 말입니다. 당신의 철학은 당신 것이 아니며 당신의 글도 당신 것이 아닙니다 하고 그는 반복했다. 그리고 자기가 쓴 글을 발표하지 않는 작가는 사실 작가도 아닙니다. 당신은 분명히 출판 공포증에 시달리고 있을 겁니다. 당신이 발행하는 데 대해 두려워하는 것은 당신이 한 번도 발표를 해보지 않았기 때문입니다. 어제 앰배서더에서 당신은 모양새가 좋은 양모 외투를 입었더군요. 그건 분명히 폴란드제이지요 하고 갑자기 그가 말했으며, 나는 예, 그렇습니다 하고 대답했다. 저는 폴란드제 양모 외투를 입었습니다. 당신도 아시다시피 저는 여러 번 폴란드에 갔습니다 하고 나는 레거에게 말했다. 폴란드는 제가 가장 좋아하는 두 나라 중 하나입니다. 저는 폴란드를 좋아하며 포르투갈도 좋아합니다. 그러나 저는 폴란드를 포르투갈보다 더 좋아합니다. 지난번 크라쿠프에 갔을 때, 그러니까 그곳에 간 지가 벌써 팔 년 아니면 구 년이 되었군요, 이 양모 외투를 샀습니다. 저는 이걸 사기 위해 특별히 러시아 국경까지 갔습니다. 폴란드와 러시아 국경에만 이런 모양의 양모 외투가 있기 때문입니다 하고 나는 말했다. 그렇죠 하고 말한 레거는, 가끔씩 옷을 잘 입은 사람, 옷을 잘 입은 잘생긴 사람을 보는 것은 즐거운 일입니다. 더군다나 날씨가 매우 흐리고 머리가 조금 어지럽고 기분이 정말 좋지 않을 때는 더욱 그렇지요. 가끔씩 당신도 이 황폐한 빈에서 옷을 잘 입은 잘생긴 사람을 보았을 것입니다. 그러나 오랫동안 당신은 빈에서 정말 멋없이 옷을 입은 사람만 보았습니다. 사람을 침울하게 만드는 대량 생산된 옷들 말입니다. 그런데 요즘 들어서는 다시 옷 색깔이 다양해지기 시작한 것 같습니다 하고 말했다. 그러나 정결한 사람이 너무 적습니다. 이 황폐한 빈 시내를 가다 보면 정말 침울하게 하는 얼굴과 멋이라고는 전혀 없는 옷만 보게 됩니다. 마치 계속해서 무언가 위축된 사람만 지나가는 듯이 말입니다. 빈 사람의 무미건조함과 단조로움은 나를 수십 년 동안이나 침울하게 하였습니다. 나는 언제나 독일 사람만 단조롭고 멋이 없다고 생각했습니다. 그런데 빈 사람도 마찬가지로 단조롭고 멋이 없습니다. 최근에 들어서야 그 모습이 바뀌어 갑니다. 사람들이 더 전반적으로 좋아 보이며, 개성 있게 옷을 입고 다닙니다. 당신이 이 양모 외투를 입고 있으면 화려한 인상을 줍니다 하고 그는 말했다. 옷을 잘 입고 그러면서도 지적인 사람이 너무 없습니다 하고 그는 말했다. 여러 해 동안 머리를 움츠린 채 이 황폐한 빈 시내를 다녔습니다. 거리에서 마주치는 그 많은 추한 무리를 견딜 수 없었기 때문입니다. 마주치는 이 멋없는 무리를 그냥 견딜 수가 없습니다. 거리에 한 발짝을 내디디자마자 벌써 대량 생산된 옷을 입은 수십만의 사람들 때문에 숨이 막힙니다 하고 그는 말했다. 소위 노동자가 사는 지역에서만이 아닙니다. 소위 시내 중심가에서도 나는 침울한 공장에서 대량으로 생산된 옷을 입은 사람들 때문에 숨이 막힐 지경이었습니다. 그러나 이제는 바뀌는 듯합니다. 사람들은 다시 개성 있게 옷을 입으려는 용기가 생긴 것 같습니다 하고 그는 말했다. 젊은이들은 아직 멋을 모르긴 해도 색깔 있는 옷을 입고 거리를 활보합니다. 마치 전쟁이 끝난 지 사십 년이 지난 지금에야 그 전쟁을 모두 이겨낸 듯이 말입니다. 거의 사십 년 동안이나 침울하고 초라하게 했던 전쟁으로 인한 마음의 타격 말입니다 하고 레거는 말했다. 이미 말한 대로 당신은 이 황폐한 빈에서 종교 축제일에만 옷을 잘 입은 사람을 볼 수 있습니다. 물론 그것은 기쁨을 줍니다 하고 말하고는 곧이어 말하기를 그 폭풍 소나타는 단지 굴드만이 들어줄 만하게 잘 연주했지 누구도 그러지 못했습니다. 다른 사람은 정말 들어줄 수 없을 정도입니다. 매우 졸렬하지요. 베토벤이 쓴 다른 많은 곡과 마찬가지로 그 폭풍 소나타도 말입니다 하고 레거는 말했다. 사실 모차르트도 정말 저속함에서 벗어나지 못하고 있지요. 특히 그의 오페라는 정말 저속합니다. 깊이가 없는 그 오페라 음악은 우스꽝스럽고 익살로 가득해 정말 들어줄 수 없을 정도입니다. 간지러운 사랑 행각이 여기저기에 나타나고 그러다 갑자기 여기저기서 도덕이 나타납니다. 그것이 바로 모차르트이지요 하고 레거는 말했다. 모차르트의 음악은 완전히 저속한 속치마 속바지 음악이기도 합니다. 그리고 국가적인 작곡가 베토벤은 특히 폭풍 소나타가 보여 주는 것처럼 정말 우스울 정도로 진지합니다. 그러나 만일 우리가 이것저것 할 수 없이 모든 것을 이렇게 극단적으로 관찰해 버린다면 우리는 도대체 어디에 이르게 되겠습니까 하고 레거는 말했다. 익살스러움과 저속함은 수백 년, 수천 년 동안 유일하게 그로테스크한 모습으로 잘 다듬어진, 문명화한 인간의 두 가지 주된 성격이 아니겠습니까 하고 그는 말했다. 인간적인 것은 모두 저속합니다. 그것은 의심할 여지가 없습니다. 고귀한 예술 그리고 최고의 예술도 그렇습니다. 빈에서보다 런던에서 더 편안함을 느낀 사람이라면 런던에서 빈으로 돌아오는 것은 일종의 충격일 겁니다. 그러나 나는 어떤 경우에도 나의 불안정한 건강이 병을 깊게 하여 죽을병이 될 우려가 있기 때문에도 런던에서 머무를 수가 없었을 겁니다 하고 레거는 말했다. 런던에서 나는 편안히 지냈습니다. 그러나 빈에서는 단 한 순간도 편안하게 지내지 못했습니다. 런던에서는 사색하기가 좋았습니다. 그러나 빈에서 나는 단 한 번도 제대로 사색을 할 수 없었습니다. 런던에서 나는 깊은 사색을 했습니다 하고 그는 말했다. 런던에 있던 때가 최고의 시기였습니다. 런던에서는 빈에서는 전혀 없던 모든 가능성이 있었습니다. 부모가 세상을 떠난 후에 빈으로 돌아오는 것은 당연한 일이었습니다. 전쟁으로 한물간 생기 없는 이 암울한 도시 그리고 내가 처음 여러 해 동안을 공포에 질려 살았던 이 도시로 말입니다 하고 그는 말했다. 그러다 내가 더 이상 어찌해야 할지 갈피를 못 잡던 바로 그 순간에 내 아내를 알게 되었습니다 하고 그는 말했다. 내 아내는 나를 구원했습니다. 언제나 그는 여자를 두려워했으며 정말로 여자를 철저하게 증오했다. 그런데도 그의 아내가 그를 구원했다. 내 아내를 어디서 알게 되었는지 혹시 아십니까? 당신에게 언제 이야기했던가요? 하고 그는 말했다. 나는 그가 이미 자주 이야기했다고 생각했지만 그것에 대해 말하지 않았다. 그리고 그는 말했다. 내 아내를 나는 이 미술사 박물관에서 알게 되었습니다. 혹시 이 미술사 박물관 어디에서였는지 아십니까? 하고 그가 물었다. 이 미술사 박물관 안 어디인지 물론 안다고 나는 생각했다. 그리고 그는 말했다. 여기 이 보르도네 홀의 의자에서였지요. 그는 자기 아내를 이 보르도네 홀의 의자에서 사귀었다는 것을 벌써 백번도 더 말한 사실을 모른다는 듯이 그렇게 말했다. 그리고 나는, 그가 다시 그 말을 했을 때 마치 한 번도 듣지 않은 듯이 했다. 그는 말했다. 그날은 몹시 날씨가 흐렸지요. 나는 비관에 빠져 있었습니다. 나는 데카르트에 흥미를 잃어버린 이후에, 그러니까 그 당시에 완전히 프랑스 철학자에게 등을 돌린 이후에 아주 집요하게 쇼펜하우어에 빠져 있었습니다. 나는 여기 이 의자에 앉아서 쇼펜하우어의 어떤 글을 골똘히 생각하고 있었습니다. 어떤 문장이었는지는 기억이 안 납니다 하고 그는 말했다. 그때 갑자기 안하무인격인 한 여자가 내가 앉아 있는 의자 옆쪽에 앉아서는 일어나지 않았습니다. 나는 이르지글러에게 신호를 보냈습니다. 그러나 이르지글러는 나의 신호가 무슨 뜻인지 선뜻 이해하지 못했으며 또한 내 옆에 있는 여자에게 일어나도록 지시할 수 있는 능력이 없었습니다. 그 여자는 이곳에 앉아 저 하얀 수염의 남자를 뚫어지게 쳐다보았는데, 내 생각으로는 한 시간 동안이나 응시했습니다 하고 레거는 말했다. 정말 이 하얀 수염의 남자가 그렇게 마음에 드십니까? 하고 나는 내 옆에 앉아 있는 그 여자에게 물었지요 하고 레거는 말했다. 그런데 나는 처음에는 내 질문에 대한 답을 듣지 못했습니다. 한참 지난 후에야 그 여자는 나를 정말로 매혹하는 말투로 아니오, 라고 말했습니다. 그런 투의 아니오, 라는 말을 그때까지 단 한 번도 듣지 못했습니다 하고 레거는 말했다. 그러면 이 틴토레토의 하얀 수염의 남자가 마음에 들지 않는군요? 하고 나는 그 여자에게 물었습니다. 그래요, 이 그림은 내 마음에 들지 않아요 하고 그 여자는 내게 대답했습니다. 예술, 그중에서도 그림에 관해 그리고 옛 거장에 관해 이야기해 보고 싶은 생각이 서서히 일어났습니다. 그 이야기를 중단하고 싶지는 않았습니다. 이야기를 하는 동안 내게 흥미로웠던 것은 이야기의 내용이 아니라 그 대화가 어떻게 진행되어 가는가 하는 것이었습니다 하고 레거는 말했다. 마지막에, 그러니까 내가 오랫동안 망설이며 생각한 끝에 나는 그 여자에게 아스토리아에서 점심을 같이 먹자고 제안했으며 그녀는 그 제안을 받아들였고 오래지 않아 우리는 결혼하였습니다. 그때 그녀도 재산이 아주 많다는 사실이 드러났습니다. 시내 중심가에 여러 개의 상점이 있었고, 징어가와 슈피겔 골목에도 집이 있어 세를 받고 있었으며 콜 광장에 있는 집에서도 세를 받았지요 하고 그는 말했다. 다른 나머지를 모두 제외하고도 말입니다. 지적이고 부유한 한 여성 세계주의자가 갑자기 나의 아내가 되었는데, 그녀는 나를 그녀의 지성과 재산으로 구원했습니다. 왜냐하면 나는 이미 말씀드린 대로 내 아내를 알게 되었을 때 완전히 절망적인 상태였습니다 하고 그는 말했다. 당신도 알다시피 나는 이 미술사 박물관에 매우 감사하고 있습니다, 라고 그는 말했다. 어쩌면 내가 이틀에 한 번씩 이 미술사 박물관에 오는 것도 다 감사의 표시인지도 모릅니다. 그러나 물론 그것 때문은 아니지요 하고 그는 미소를 지으며 말했다. 그린칭의 소위 힘멜 거리에 있는 내 아내 소유의 집에 사람이 몇 명이나 들어갈 만한 큰 금고 방이 있었는데, 혹시 알고 있습니까? 하고 그는 말했다. 이 금고 방에 그녀는 값비싼 스트라디바리, 과르네리 그리고 마기니의 바이올린을 갖고 있었습니다. 다른 모든 것을 제외하고도 말입니다 하고 그는 말했다. 전쟁 때 아내는 나와 마찬가지로 런던에 있었는데, 그녀를 런던에서는 보지 못했다는 사실이 정말 놀라울 따름입니다. 왜냐하면 내 아내는 그 당시에, 그러니까 같은 시기에 내가 들어 있던 런던의 한 모임에 참여했기 때문입니다. 여러 해 동안을 우리는 런던에서 서로 스쳐 지나가 버렸습니다 하고 레거는 말했다. 아, 그 외에 내 아내는 결혼하기 전에 이 미술사 박물관에다 몇 폭의 그림을 기증했었습니다. 그중에서도 전혀 이름을 날리지 못한 푸리니의 그림 하나를 바로 치골리와 엠폴리 그림 옆에서 볼 수 있습니다. 그러니까 내가 전혀 좋아하지 않는 그 엠폴리와 치골리 사이에서 말입니다. 결혼 이후에 그녀는 그림을 기증하지 않았습니다. 나는 선물한다는 것은 전혀 무의미하다는 것을 그녀에게 확실하게 가르쳐 주었습니다. 선물한다는 그 자체가 몹시 불쾌한 일입니다 하고 그는 말했다. 한번 생각해 보십시오. 내 아내는 결혼 전에 비더마이어 풍의 빈 도시 그림을, 내 생각으로는 가우어만이 그린 것 같은데, 그녀의 질녀에게 선물했습니다. 일 년 뒤 어느 날, 그녀가 관심이 있어서라기보다는 단지 우연히, 다음 식사 때까지 시간을 보내기 위해서 빈 시립 박물관을 둘러보았을 때, 그러니까 내 생각으로는 가치라고는 전혀 없는 이 빈 시립 박물관에서 조카에게 선물한 가우어만의 그림을 발견했습니다. 얼마나 큰 충격이었는지 상상할 수 있겠습니까. 그녀는 곧장 박물관 관장에게 갔는데, 그곳에서 조카가 자기 숙모로부터, 그러니까 내 아내로부터 선물 받은 지 며칠도 지나지 않아 그림을 이십만 실링을 받고 빈 시립 박물관에 팔았음을 알게 되었습니다. 선물한다는 것은 가장 헛된 일 중의 하나입니다 하고 레거는 말했다. 그것을 나는 아내에게 확실하게 가르쳐 주었으며, 그녀는 더 이상 어떤 선물도 하지 않았습니다. 우리는 우리가 생명처럼 소중히 여기는 어떤 대상, 어떤 예술 작품을 내놓습니다. 그런데 선물 받은 이는 그것을 파렴치하고 터무니없는 가격으로 팔아 버립니다 하고 레거는 말했다. 선물하는 것은 아주 나쁜 습관인데, 양심의 가책이나 흔히 볼 수 있는 고립에 대한 공포 때문에 하게 되는 것입니다 하고 레거는 말했다. 선물하는 것은 나쁜 버릇이며, 선물한 물건은 소중하게 취급되지 않습니다. 언제나 더 많았어야 했는데, 라고 생각하다 결국에는 미움만이 남습니다 하고 그는 말했다. 나는 내 생애 동안 단 한 번도 선물해 본 적이 없습니다. 그리고 선물 받는 것도 항상 거부했습니다. 정말 나는 한평생 선물을 받게 될까 봐 두려워했습니다. 혹시 이르지글러가 이 결혼에 한몫했다는 것을 아십니까? 하고 레거는 말했다. 나중에 알게 된 일이지만 이르지글러는 내 아내가 갑자기 너무 힘들어 세바스티아노 홀의 벽에 기대고 서 있자 보르도네 홀에 있는 의자에 앉으라고 일러주고는 직접 그녀를 세바스티아노 홀에서 보르도네 홀로 데려왔지요. 그녀는 그의 권유로 보르도네 홀의 의자에 앉았습니다 하고 레거는 말했다. 이르지글러가 그녀를 이 보르도네 홀로 데려오지 않았더라면 나는 그녀를 결코 만나지 못했을 것입니다 하고 레거는 말했다. 내가 우연을 믿지 않는다는 것을 당신은 아시지요 하고 그는 말했다. 그런 의미에서 이르지글러는 우리의 결혼 후원자입니다 하고 그는 말했다. 어느 날 아내와 내가 우리의 만남에 대해 다시 떠올려 보며 깨닫기 전까지 이르지글러가 정말 우리의 결혼을 도와준 사람이었다는 것을 오랫동안 잊고 있었습니다. 어느 날 이르지글러가 말했지요. 그는 그때 내 아내를 오랜 시간 동안 세바스티아노 홀에서 관찰했었습니다. 그녀의 태도가 왜 처음부터 그에게 이상하게 보였는지는 그도 잘 몰랐지요. 더군다나 그는 사진 촬영이 엄격하게 금지되어 있는데도 그녀가 세바스티아노 홀에 있는 그림 중 하나를 찍으려 한다고까지 생각했지요. 그녀가 완전히 지쳤을 때에는 박물관에서 금지되어 있는, 보기 드물게 큰 손가방 안에 사진기를 숨기고 있다고까지 생각했습니다. 사람들은 박물관에서 항상 실수를 합니다. 그들은 너무 많은 계획을 세워 모든 것을 다 보려고 합니다. 그래서 여기저기 가서는 보고 또 보고, 그러다가는 갑자기 지쳐 쓰러져 버리는데, 그것은 바로 그들이 예술로 배가 너무 불러 그렇습니다. 내 아내도 바로 그렇게 되어 이르지글러의 팔에 기댄 채 보르도네 홀로 안내되었습니다. 우리가 나중에 알게 되었지만 아주 친절하게 말입니다 하고 레거는 말했다. 예술의 문외한은 박물관에 가서 너무 많이 볼 욕심으로 오히려 관람을 망쳐 버립니다 하고 레거는 말했다. 물론 박물관 방문객에게는 어떤 충고도 할 수 없지요. 예술을 아는 사람은 많아야 그림 하나나 조각품 하나 또는 어떤 대상 하나를 보기 위해 박물관으로 갑니다 하고 레거는 말하면서, 자기는 베로네제의 그림 하나, 벨라스케스의 그림 하나를 보기 위해 그리고 감정하기 위해 박물관에 간다고 말했다. 그러나 예술을 안다는 사람들은 정말 불쾌한 사람들이지요. 그들은 곧장 한 예술 작품으로만 가서는 부끄러움과 양심 없이 그것을 조사합니다. 그러고는 박물관을 나가 버리지요. 나는 이런 사람을 증오합니다 하고 레거는 말했다. 그 반대로 우리가 정말 매일 여기서 체험하는 것처럼 박물관에서 문외한들이 서양 미술의 모든 것을 아무런 비판 없이 아침 나절 안에 마구 삼켜 대는 것을 보면 속이 뒤집어집니다. 내 아내는 나를 만나게 된 그 날 소위 양심의 갈등을 느꼈습니다. 여러 시간 동안 시내를 다니면서 브라운 가게에서 외투를 사야 할지 아니면 크니체 가게에서 화장품을 사야 할지 망설였습니다. 그렇게 그녀는 브라운과 크니체 사이를 왔다 갔다 하다가 결국은 브라운에서 외투를 사는 것도 크니체에서 화장품을 사는 것도 포기했습니다. 그 대신에 그녀는 예술에 조예가 깊은 아버지의 손을 잡고 어렸을 때 단 한 번 왔던 이 미술사 박물관을 찾기로 했습니다. 이르지글러는 당연히 자신이 결혼을 성사시킨 사람이라는 것을 잘 알고 있지요. 만일 이르지글러가 전혀 다른 어떤 여자를 이 보르도네 홀로 데려왔다면 어떻게 되었을까 하고 나는 자주 생각합니다 하고 레거는 말했다. 완전히 다른 어떤 여자, 영국 여자나 아니면 프랑스 여자, 그건 생각할 수 없는 일이지요 하고 말했다. 우리가 훌륭한 철학자를 외면하고 어느 정도 침울하고 절망적인 상태로 이 의자에 앉아 있을 때 한 여자가 우리 곁에 앉으면 우리는 그녀와 결혼하고 그럼으로써 우리는 구원된다고 레거는 생각했다. 수백만의 부부가 어떤 의자에서 맺어집니다. 이 사실이야말로 정말 밥맛없고 우스꽝스러운 일인데, 바로 이 밥맛없는 우스꽝스러움으로 인해 나는 계속 살아갑니다. 왜냐하면 내 아내를 만나지 못했다면 나는 계속 살아갈 수 없었기 때문입니다. 이제 이것은 어느 때보다도 더욱 확실해졌습니다. 여러 해 동안 나는 깊은 절망에 빠진 채 이 의자에 앉아 있다가 갑자기 구원된 것입니다. 그러므로 나는 지금의 내가 있게 해 준 이르지글러에게도 상당히 고맙게 생각합니다. 이르지글러가 아니었다면 나는 벌써 오래전에 죽었을 것이기 때문입니다 하고 레거는, 이르지글러가 세바스티아노 홀에서 보르도네 홀로 들어오는 그 순간에 이야기하였다. 열두 시경이면 대개 이 미술사 박물관은 한산한 편이다. 그리고 이날도 사람이 더 오지 않았으며 그리고 소위 이탈리아 실에도 우리 외에는 아무도 없었다. 이르지글러는 마치 레거가 뭔가 원하는 것이 있는지 알아보려는 듯 세바스티아노 홀에서 보르도네 홀로 한 발자국 들어섰다. 그러나 레거는 필요한 것이 없었으며 그래서 이르지글러는 곧바로 다시 세바스티아노 홀로 돌아갔다. 그는 정말 보르도네 홀에서 세바스티아노 홀로 갔다. 레거는 이르지글러를 어떤 가까운 친척보다 더 가깝다고 생각하는데, 나는 내 친척 가운데 누구보다도 더 이 사람과 가깝습니다 하고 그는 말했다. 우리는 우리의 관계를 언제나 이상적인 균형으로 유지합니다. 수십 년 이상이나 이 이상적인 균형 안에서 말이지요 하고 그는 말했다. 이르지글러는 언제나 내가 그를 보호하고 있다고 느끼고 있습니다. 비록 그가 어떤 관계 안에서 자기가 보호받고 있는지에 관해서 몰라도 말입니다. 그것은 거꾸로, 마치 내가 이르지글러로부터 보호받고 있다고 느끼는 것과 같지요. 물론 어떤 관계 속에서인지 모른 채 말입니다 하고 레거는 말했다. 이르지글러와 나는 가장 이상적으로 결합되어 있습니다. 그것이 아주 이상적인 관계 유지라고 그는 생각했다. 물론 이르지글러는 나에 대해 아는 바가 전혀 없습니다 하고 레거는 말했다. 그에게 나에 관해 더 많이 알려 주는 것도 정말 아무런 의미가 없을 겁니다. 무엇보다도 그가 나에 대해 모르고 나 역시 그에 대해 아무것도 아는 것이 없기 때문에 우리의 관계가 그렇게 이상적인 것입니다. 정말 나는 이르지글러에 관해서는 오로지 의미 없는 외형만 알고 있으며, 그 반대로 그도 나를 평범하게 단지 외면적으로만 알고 있기 때문입니다. 우리는 좋은 관계를 맺고 있는 사람에 대해 알고 있는 것보다 더 이상 깊이 파고들어 가서는 안 됩니다. 그러지 않으면 좋은 관계는 무너집니다 하고 레거는 말했다. 이르지글러는 이곳의 분위기를 지배하고 있습니다. 그리고 나는 완전히 그의 손아귀에 들어 있습니다. 만일 이르지글러가 레거 씨, 오늘부터 당신은 이 의자에 앉아서는 안 됩니다 하고 말을 하면 나는 어찌할 수가 없습니다. 왜냐하면 사실 삼십 년이 넘게 미술사 박물관에 와서 보르도네 홀의 의자를 독점한다는 것은 정말 미친 짓이 아니고 무엇이겠습니까 하고 레거는 말했다. 이르지글러가, 내가 삼십 년 전부터 미술사 박물관으로 오고 이틀에 한 번씩 이 보르도네 홀의 의자에 앉는다는 사실을 단 한 번도 그의 상관에게 알렸다고 생각하지 않습니다. 내가 아는 바로는 그는 분명히 그러지 않았습니다. 그는 그것을 알려서는 안 된다는 것을 그리고 관리국이 그것을 알아서는 안 된다는 것을 알고 있습니다. 만일 사람들이 내가 삼십 년 전부터 이틀에 한 번 보르도네 홀의 의자에 앉기 위해 미술사 박물관에 온다는 사실을 알게 된다면 사람들은 나를 정신병원에, 그러니까 슈타인호프로 즉시 보내 버릴 것입니다. 정신과 의사들에게는 나야말로 그들이 원하는 것을 이루어 주는 셈이지요 하고 레거는 말했다. 어떤 사람이 정신병원으로 끌려가는 데는, 삼십 년 넘게 이틀에 한 번씩 틴토레토의 하얀 수염의 남자 앞에 있는, 보르도네 홀 의자에 앉아 있을 필요까지는 없지요. 단지 이 주 내지 삼 주만 이 습관을 반복해도 충분합니다. 그런데 나는 이 습관을 삼십 년이 넘게 하고 있습니다 하고 레거는 말했다. 그리고 나는 결혼했을 때에도 이 습관을 버리지 않았습니다. 오히려 그 반대로 나는 이틀에 한 번 이 미술사 박물관으로 와서는 보르도네 홀의 의자에 앉는 이 습관을 내 아내와 함께 더 심화시켰지요. 이미 말한 대로 정신과 의사들에게는 내가 굴러 들어온 떡입니다. 그러나 정신과 의사는 나를 굴러 들어온 복으로 삼을 기회를 얻지 못하고 있지요 하고 레거는 말했다. 정신병원에는 소위 미친 사람들이 수천 명이나 있는데, 사실 그들은 생각만큼 그렇게 정신이 이상하지는 않습니다 하고 레거는 말했다. 정신병원에는 한 번 손을 들어야 할 때 들지 않은 그런 사람들이 있습니다. 검다고 이야기해야 할 때에 희다고 말한 적이 한 번이라도 있는 사람들 말입니다. 이걸 아셔야 합니다 하고 레거는 말했다. 나는 사실 미치지 않았습니다. 나는 삼십 년 넘게 이틀에 한 번씩 미술사 박물관에 와서 이 보르도네 홀의 의자에 앉는 특이한 습관이 있는 사람일 뿐이지요. 내 아내에게 이것은 처음에는 아주 싫은 일이었지만, 결국에 가서는 좋아하는 습관이 되었습니다. 그녀가 살아 있던 마지막 몇 년은 내가 물을 때마다 그녀는 언제나, 나와 함께 미술사 박물관에 있는 틴토레토의 하얀 수염의 남자를 보러 가고 이 보르도네 홀의 의자에 앉는 것이 그녀가 아주 좋아하는 습관이 되었다고 말했지요 하고 레거는 말했다. 실제로 이 미술사 박물관은 내게 남아 있는 유일한 피난처라고 생각하는데, 계속 살아갈 수 있기 위해서 나는 이 옛 거장들의 그림을 보러 와야 합니다. 이미 오래전에 그리고 벌써 수십 년 전부터 증오하고 있는 소위 이 옛 거장들에게로 말입니다 하고 레거는 말했다. 근본적으로 나는 이 미술사 박물관에 있는 옛 거장들보다, 그리고 옛 거장들 전부, 즉 모든 옛 거장들보다 더 증오하는 것은 없습니다. 그들은 자기들이 원하는 대로 거장이라고 불려 왔습니다. 그들은 자기들이 원하는 대로 그림을 그렸을 겁니다. 그런데도 바로 그들이 나를 살아갈 수 있도록 합니다 하고 레거는 말했다. 나는 시내를 걸어가면서 이 도시를 더 이상 견딜 수가 없다고 생각합니다. 이 도시뿐만이 아니라 전 세계를, 그리고 그로 인해 곧 온 인류를 더 이상 견딜 수 없다고 생각합니다. 이 세계와 인류 전체가 정말 이제는 너무 무서울 정도가 되어 머지않아 더 유지될 수 없을 것입니다. 적어도 나와 같은 인간에게는 말입니다. 나와 같이 감각과 이성이 있는 사람은 이 세계와 인류를 견뎌 낼 수가 없습니다. 아시겠습니까, 아츠바허 씨. 나는 이 세계와 인류에게서 뭔가 가치 있는 것을 더 이상 발견할 수 없습니다. 이 세계는 모두 우매할 따름이며, 인류도 마찬가지로 모두 우매할 따름입니다. 이 세계와 인류는 오늘날 나와 같은 인간이 더 이상 견딜 수 없는 우매한 단계에 도달했습니다. 그런 사람은 이런 세계에 함께 살아서는 안 됩니다. 나와 같은 사람은 이런 인류와 함께 존재해서는 안 됩니다 하고 레거는 말했다. 이 세계와 인류의 모든 것은 가장 낮은 수준으로까지 그 감각이 떨어졌습니다. 이 세계와 인류에 있는 모든 것이 비천하고 고질적으로 잔인한 단계에까지 이르러 단 하루라도 이 안에서 계속 살아간다는 것은 불가능해졌습니다. 역사상 가장 명석하다는 철학자들조차도, 그렇게 저속하고 우매해지리라고는 생각하지 않았습니다. 쇼펜하우어도 니체도 그런 생각을 못 했으며, 몽테뉴는 물론 말할 것도 없습니다 하고 레거는 말했다. 세계와 인류의 뛰어난 시인들이 세계와 인류에 대해 예언하고 예시한 그 끔찍함과 몰락은 지금의 상태에 비하면 아무것도 아닙니다. 가장 위대한 현인 중 한 사람인 도스토옙스키조차도 미래를 단지 우스꽝스러운 전원시로 묘사하였습니다. 마찬가지로 디드로도 우스꽝스러운 미래 전원시를 썼습니다. 도스토옙스키가 쓴 지옥은 우리가 오늘날 처해 있는 상황에 비해 보면 너무도 순진한 착상이어서 놀랍기까지 합니다. 디드로가 예언하고 예견하여 그려 낸 지옥도 마찬가지입니다. 러시아적이고 동양적인 관점의 도스토옙스키도, 서구적인 관점으로 생각하고 글을 쓴 디드로와 마찬가지로 지옥을 과소평가하였으며 둘 다 지옥에 관해 별로 언급도 하지 않았습니다 하고 레거는 말했다. 이 세계와 인류는 역사 이래로 단 한 번도 겪어 보지 못한 지옥의 상태에 빠져 있습니다. 그게 사실이에요 하고 레거는 말했다. 이런 위대한 사상가와 작가들의 예견은 정말 소박합니다. 그들은 비록 지옥을 묘사했다고 생각했지만, 그 모든 것이 지금 우리가 빠져 있는 이 지옥에 비하면 정말 소박하고 낭만적인 전원시에 지나지 않습니다 하고 레거는 말했다. 오늘날은 모두 비열함과 음흉함 그리고 거짓과 배신으로만 가득할 뿐입니다. 인류가 오늘날 같이 그렇게 뻔뻔하고 비열한 적은 한 번도 없었습니다. 우리가 무엇을 보든 어디를 가든 오로지 우리는 음흉함과 비열함, 배반과 거짓 그리고 위선을 봅니다. 우리는 단지 비열함 외에는 아무것도 볼 수 없습니다. 우리가 무엇을 보든, 어디를 가든 우리는 언제나 음흉함과 거짓 그리고 위선을 만납니다. 거리를 따라 걸어가면, 겁도 없이 우리가 이 거리를 따라 걸어가면, 거짓과 음흉함 그리고 위선과 배반 등 가장 비열한 것 외에 더 무엇을 볼 수 있습니까 하고 레거는 말했다. 우리가 길을 걸어가면 우리는 비열함을 따라 걸어갑니다. 이 비열함과 뻔뻔함 그리고 위선과 음흉함을 따라 걸어가는 것입니다. 우리는 이 나라보다 더 허위적이고 위선적이며 음흉한 나라는 없다고 말합니다. 그러나 우리가 이 나라를 벗어나거나 아니면 그냥 밖을 쳐다만 보아도 우리는 이 나라 밖에도 똑같이 음흉함과 위선 그리고 거짓과 비열함이 주도하고 있음을 봅니다. 우리 정부는 너무 썩었습니다. 극도로 위선적이고 음흉하며 비열하고 동시에 멍청한 정부라고 해도 우리의 생각은 틀리지 않습니다. 그러나 우리가 이 비열하고 위선적이며 음흉하고 허위적이며 멍청한 이 나라를 벗어나 밖을 쳐다보면 다른 나라도 똑같이 허위적이고 위선적이며 완전히 비열하다는 것을 알게 됩니다 하고 레거는 말했다. 그러나 다른 나라는 우리와는 거의 상관이 없으며, 단지 우리나라만이 우리와 상관이 있습니다. 그러므로 우리는 매일 그렇게 충격을 받아, 이미 오래전부터 비열하고 우매하며 위선적이고 허위적이며 완전히 멍청한 정부 밑에서 혼수상태로 살아가야만 합니다. 생각해 보면 위선적이고 허위적이며 비열한 정부, 그리고 상상할 수 있는 가장 멍청한 정부가 우리를 다스리고 있음을 알 수 있습니다. 그리고 우리는 그것을 변화시킬 수 없다고 생각합니다. 우리는 그저 혼수상태로 정부가 나날이 더욱 허위적이고 위선적이며 비열하고 비천해져 가는 것을 지켜볼 수밖에 없다는 것, 계속 당황한 채로 정부가 점점 더 나빠지고 참아내기 어려워져 가는 것을 지켜봐야 한다는 것이야말로 가증스러운 일입니다. 그러나 정부만이 허위적이고 위선적이며 비열하고 비천한 것은 아닙니다. 국회도 그렇습니다 하고 레거는 말했다. 때로는 국회가 정부보다 더 위선적이고 허위적이라고 생각합니다. 이 나라에서 허위적이고 비열한 것은 결국 법원도 그리고 언론도 마찬가지이며, 이 나라의 문화와 모든 것이 그렇습니다. 이 나라에는 이미 수십 년 전부터 거짓과 위선 그리고 비열함과 비천함이 지배하고 있습니다 하고 레거는 말했다. 실제로 이 나라는 이제 완전히 바닥에까지 이르렀으며, 그 의미와 목적 그리고 정신도 곧 사라질 것입니다. 온 천지에 메스꺼운 민주주의라는 허튼소리뿐입니다! 당신이 길을 가면 당신은 결국 부패한 국가가 된 이곳에서 살아남기 위해 계속해서 눈과 귀와 코를 막아야 합니다 하고 그는 말했다. 날마다 당신의 눈과 귀를 믿을 수 없을 것입니다. 날마다 당신은 이 쓰러져 가는 타락한 국가와 멍청한 국민 때문에 경악할 것입니다. 이 나라 사람들은 아무 대항도 하지 않습니다. 그것이 바로 나와 같은 인간을 매일 불쾌하게 하는 것입니다 하고 레거는 말했다. 사람들은 물론 이 나라가 매일 어떻게 타락해 가고 비열해지는가를 보고 느낍니다. 그러나 그들은 아무 대항도 하지 않습니다. 정치인은 살인자입니다. 그래요, 어느 나라든 정치인은 대량 학살자이지요. 수백 년 전부터 정치가는 국가를 살해하는데, 누구도 그들을 막을 수 없습니다. 우리 오스트리아 사람은 완전히 새장에 갇히고 동시에 아무 생각이 없는 그런 국가 살해자인 정치인 밑에서 살고 있습니다 하고 레거는 말했다. 우리 국가의 최고 위치에 국가 살해자인 정치인이 서 있습니다. 국회에는 국가 살해자인 정치인이 앉아 있습니다. 그것이 사실이에요, 라고 그는 말했다. 총리와 장관은 모두 국가 살해자입니다. 한 사람이 가면 다른 사람이 또 옵니다. 살해자인 한 명의 총리가 가면 곧바로 다른 살해자 총리가 옵니다 하고 레거는 말했다. 국민은 언제나 정치인에게 살해된 자입니다. 그러나 국민은 그것을 깨닫지 못합니다. 느끼기는 하지만 깨닫지는 못합니다. 곧 그들은 그것이 비극이라고 생각하지 않습니다 하고 레거는 말했다. 국가 살해자인 한 총리가 떠나면 우리는 기뻐하지만 이미 다른 이가 와 있습니다. 그건 정말 무서운 일입니다 하고 레거는 말했다. 정치가는 국가 살해자입니다. 그리고 그들이 권력을 쥐고 있는 한 그들은 거리낌 없이 살해합니다. 국가에 속한 사법부는 정치가들의 비열하고 잔인한 살인을, 그리고 그들의 비열하고 잔인한 폭력을 도와줍니다. 그러나 각 국민과 사회는 그들의 국가를 스스로 불러들인 것입니다. 그러니 그들은 스스로 그들의 살해자를 정치가로 불러들인 것입니다 하고 레거는 말했다. 정말 얼마나 비열하고 우둔한 국가 악용자와 비열하고 음험한 민주주의 악용자를 부르고 다녔습니까. 정치인이 이 오스트리아를 휘어잡고 있습니다. 국가 살해자들이 이 오스트리아를 휘어잡고 있습니다 하고 레거는 말했다. 지금 이 나라의 정치적인 상황이 대단히 암울한 상태에 있어 정말 그들은 잠을 제대로 자서도 안 되는 지경이지요. 그러나 오늘날 오스트리아의 다른 상황도 모두 똑같이 암울한 상태입니다. 당신이 한 번만 사법부와 상대해 보면 매수된 그들이 얼마나 비열하고 비천한지를 알게 될 것입니다. 물론 최근에 소위 사법부의 실수가 깜짝 놀랄 정도로 많다는 것을 제외하고도 말입니다. 이미 끝난 재판이 심각한 소송 절차 하자가 있어서 다시 진행되고 그리고 소위 첫 판정이 다시 무효가 되는, 그런 일이 단 한 주도 거르지 않고 생깁니다. 오스트리아 사법부가 지난 몇 년 동안 내린 판결 중 이른바 정치적인 오심(誤審)의 비율이 아주 높았지요. 이것으로도 사법부는 믿을 수 없다는 것을 알 수 있습니다 하고 레거는 말했다. 우리는 오늘날 이 오스트리아에서 부패하고 악마 같은 국가뿐만 아니라 완전히 부패하고 악마 같은 사법부하고도 관계하고 있습니다 하고 레거는 말했다. 오스트리아 사법부는 이미 여러 해 전부터 믿을 수 없게 되었지요. 사법부는 정말 당연히 그래야만 할 독립적인 모습이 아니라 사악하게 정치적으로 행동합니다. 오스트리아에서 독립적인 사법부에 관해 이야기한다는 것은 진리에 조소를 퍼붓는 것 외에 달리 아무것도 아닙니다 하고 레거는 말했다. 오늘날 오스트리아 사법부는 정치적인 사법부이지 독립적인 사법부가 아닙니다. 오늘날 오스트리아 사법부는 실제로 위험한 정치적 사법부가 되었지요. 내가 이야기하고 있는 내용을 나는 제대로 파악하고 있습니다 하고 그는 말했다. 사법부는 오늘날 정치와 공동으로 일을 꾸밉니다, 라고 레거는 말했다. 당신이 그것을 알아보려면 한번 이 가톨릭 민족사회주의 사법부를 좀 더 자세히 살펴보고 이성적으로 생각해 보기만 하면 됩니다 하고 레거는 말했다. 오스트리아는 이 유럽뿐만 아니라 전 세계에서 소위 사법부의 실수가 가장 많은 나라입니다. 그건 정말 비참한 일이지요. 당신도 알다시피 나는 매우 자주 사법부와 접하는데, 당신도 나처럼 사법부와 관계해 보면 오스트리아의 사법부가 당연히 그래야만 하는 정의로 유지되는 것이 아니라, 부정과 혼란 상태 속에서 지속되는 위험한 가톨릭 민족사회주의의 인간 분쇄기임을 확실히 알게 됩니다. 유럽에서 오스트리아 사법부보다 더 혼란스럽고 부패하며 악성적으로 음흉한 사법부는 없습니다. 멍청해서 그런 게 아니라 비열한 정치적인 의도가 이 가톨릭 민족사회주의적 오스트리아 사법부를 지배하고 있습니다 하고 레거는 말했다. 당신이 오스트리아에서 법정에 서면 당신은 진실과 사실을 뒤집어엎는, 완전히 혼란에 빠진 가톨릭 민족사회주의적인 사법부의 손아귀에 들어가는 것입니다 하고 레거는 말했다. 오스트리아 사법부는 횡포는 말할 것도 없고, 정의가 부정이라는 불합리한 맷돌에 의해 갈려 부서지는, 인간을 으스러뜨리는 음흉한 기계입니다. 그리고 이 나라에서 문화와 관련한 것은 속이 뒤집힐 정도입니다 하고 레거는 말했다. 소위 고대 예술이라는 것은 이미 한물가고 여과되어 모두 팔려 버렸습니다. 그것은 이미 오래전부터 우리의 관심 밖에 있지요. 당신도 나처럼 잘 알 겁니다. 소위 현대 예술이라는 것은 이미 말한 대로 한 푼의 가치도 없습니다. 오스트리아의 현대 예술은 너무도 하찮아 부끄러워할 가치조차 없습니다 하고 레거는 말했다. 수십 년 동안이나 오스트리아 예술가들은 오로지 저속한 오물만 만들었는데, 그건 정말 내 생각에는 똥거름에 알맞습니다. 화가는 오물을 그리고 작곡가는 오물을 지으며 작가는 오물을 씁니다. 가장 더러운 오물은 오스트리아의 조각가가 만듭니다 하고 레거는 말했다. 오스트리아의 조각가는 가장 더러운 오물을 만드는데도 그로 인해 가장 큰 인정을 받습니다. 이것은 멍청한 이 시대를 잘 보여 주는 것이지요. 오늘날 오스트리아 작곡가는 모두 연주장을 오물 냄새로 코를 찌르게 하는 통속 음악의 멍청이입니다. 오스트리아 작가는 통틀어 전혀 할 말이 없는 사람들인데, 그들에겐 말할 내용도 쓸 내용도 없습니다. 오늘날 오스트리아 작가 중에는 글을 쓸 줄 아는 이가 한 명도 없습니다. 모두 역겹고 감상적인 아류 문학으로 배를 불립니다. 그들은 어디서 글을 쓰든 똑같이 단지 쓰레기 같은 글만을 씁니다. 그들은 슈타이어메르크, 잘츠부르크, 케르트너, 부르겐란트, 니더외스터라이히, 오버외스터라이히, 티롤 그리고 알베르크 시골의 오물을 써내며, 부끄러워하지도 않은 채 명예욕에 꽉 차 책 안에 오물을 삽으로 퍼 넣습니다 하고 레거는 말했다. 그들은 빈의 자치 주택이나 케르텐 주의 임시 구호소 내지는 슈타이어메르크에 있는 농장에 자리를 잡고는 아류적이고 코를 찌르는, 그리고 머리와 정신이 없는 쓰레기, 오스트리아의 쓰레기 같은 글을 쓰는데, **이 사람들의 우매한 정열이 하늘을 찌를 듯 악취를 풍깁니다** 하고 레거는 말했다. 글쓰기에 대해 배운 적이 없는 그들의 책은 벌써 두 세대, 세 세대에 걸쳐 생산해 낸 쓰레기에 지나지 않습니다. 이 작가들은 모두 사색하는 것을 배운 적이 없으므로 전혀 정신이 들어 있지 않은 그리고 철학을 무시하고 사기를 일삼는 아류의 쓰레기 글을 쓰고 있습니다 하고 레거는 말했다. 국가에 대해 기회주의적인 이런 속이 메스꺼운 작가들의 책은 모두 **베껴 쓴 책일 뿐입니다. 그 안에 있는 글은 모두 훔쳐 온 것이며, 그 안의 말은 모두 약탈한 것이지요** 하고 레거는 말했다. 이 사람들은 수십 년 전부터 단지 다른 사람의 마음에 들게 하는 인기 전술로 출판이 잘 되는 사상 없는 문학만 쓰고 있지요 하고 레거는 말했다. 그들은 자신의 끝없는 우매함을 타자기로 쳐 놓고는 정말 밥맛없는 우매함으로 엄청난 돈을 벌어들입니다 하고 레거는 말했다. 현재 글을 쓰고 있는 모든 오스트리아의 멍청이와 슈티프터를 한번 비교해서 읽어 보면, 슈티프터 자체도 그 당시의 그런 대표적인 현상이었지요 하고 레거는 말했다. 요즈음 유행병처럼 번져 있는 사기꾼 철학과 고향 또는 조국을 미화하는 허장성세는 바로 혼자 힘으로는 아무 생각도 할 수 없는 이런 사람들의 머리를 채우고 있는 내용입니다. 이들의 책은 서점으로 갈 것이 아니라 곧장 쓰레기 하치장으로 보내야 합니다 하고 레거는 말했다. 그것은 마치 오늘날 전체 오스트리아 예술이 쓰레기장으로 가야 하는 것과 마찬가지입니다. 그것은 오페라에서 쓰레기 외에 달리 공연하는 것이 없으며, 음악협회에서 쓰레기 외에 달리 연주하는 것이 없고, 주제넘고 뻔뻔하게 자신을 조각가라 부르는 포악한 노동자 계급의 힘만 좋은 사내들이 끌로 만들어 내는 것이 대리석 오물과 화강암 쓰레기 외에 달리 아무것도 아니기 때문입니다. 반세기 동안을 반복해서 이 침울하고 평범한 것만을 보는 일은 정말 괴롭습니다, 라고 레거가 말했다. 만일 오스트리아가 정신병원이라고 한다면, 그것은 불치병 환자 병원일 것입니다, 라고 그는 말했다. 늙은이는 할 말이 없습니다. 그러나 젊은이는 더더욱 할 말이 없습니다. 이것이 오늘날의 상태입니다 하고 레거는 말했다. 예술하는 사람이 너무 잘 나갑니다 하고 그는 말했다. 이 사람들은 모두 장학금과 상금으로 배가 부르고, 번번히 이곳에서 명예박사, 저곳에서 명예박사, 이곳에서 명예 저곳에서 명예, 그러고는 번번이 어떤 장관 옆에 앉았다가 얼마 후에는 다른 장관 옆에, 오늘은 연방 대통령 옆에 내일은 국회의장 옆에, 오늘은 사회주의 노동조합 본부에, 내일은 가톨릭 노동자 교육회관에 있으며, 축하연을 베풀면서 그렇게 계속해 갑니다. 이러한 오늘날의 예술가는 정말 그들의 작품 안에서 불성실할 뿐만 아니라 그들의 삶에서도 똑같이 불성실합니다 하고 레거는 말했다. 그들은 계속해서 허위 작업을 하며 허위 삶을 살아가지요. 그들이 쓰는 것은 모두 거짓이며, 그들이 살아가는 것도 거짓입니다, 라고 레거는 말했다. 그런 다음 작가들은 소위 **낭독회 여행**을 하는데, 독일과 오스트리아 그리고 스위스 전체를 온통 종횡무진합니다. 그들은 자기가 쓴 쓰레기를 낭독하고 축하연을 열기 위해서 어떤 멍청한 지방도 빠뜨리지 않습니다. 그리고 그들은 마르크와 실링 그리고 프랑으로 그들의 가방을 가득 채우지요 하고 레거는 말했다. 소위 **작가 낭독회**보다 더 꼴불견인 것은 없을 정도인데, 나는 이것을 무엇보다도 증오합니다. 그러나 이들은 모두 쓰레기를 낭독하면서도 아무것도 알아채지 못합니다. 실제로는 누구도 이들이 문학적인 약탈 행군을 하면서 써 놓은 것에 대해 아무 관심이 없습니다. 그러나 그들은 그것을 낭독합니다. 그들은 발표회에 등장해서 낭독하고는 그 멍청한 모든 지역장과 독문학의 얼간이들 앞에서 굽실거립니다 하고 레거는 말했다. 그들은 플렌스부르크에서 보젠에 이르기까지 뻔뻔하고 양심의 가책도 없이 계속 자신들의 쓰레기를 읽고 다닙니다. 그런 작가 낭독회보다 더 꼴불견은 없습니다. 그들이 자리를 잡고 자기가 쓴 쓰레기를 읽는다는 것은 정말 용납할 수 없는 일이지요. 이들이 읽는 것이라고는 쓰레기 외에 아무것도 아니기 때문입니다 하고 레거는 말했다. 그들이 아직 젊다면 그래도 괜찮은 편이지만, 쉰 살이 넘을 만큼 나이가 들었다면 정말 구역질이 날 정도이지요, 라고 레거는 말했다. 그런데 바로 이 나이 많은 작가들이 온 천지를 다니며 낭독회를 열고 모든 연단에 섭니다. 그들은 자기가 쓴 쓰레기 시를 낭독하기 위해 그리고 우매하고 구태의연한 작품을 읽기 위해 어느 자리든 가리지 않고 자리를 잡습니다 하고 레거는 말했다. 그들은 이가 성치 않아 자기가 내뱉는 거짓부렁이 중 한 낱말도 제대로 입안에 담고 있지 못하는데도 어떤 도시든 상관없이 연단에 서서는 그 협잡꾼 같은 헛소리를 해댑니다. 가곡을 부르는 성악가도 정말 봐 주기 힘들지만, 자기의 작품을 청중 앞에서 낭송하는 작가는 더더욱 참아 낼 수 없습니다 하고 레거는 말했다. 자신의 기회주의적인 쓰레기 글을 낭독하기 위해 공공 연단에 서거나 프랑크푸르트의 바오로 교회 연단에 서는 작가들은 천박한 엉터리이지요 하고 레거는 말했다. 그 떠들썩하고 기회주의적인 엉터리 작가 앞에 사람들이 우글거리고 있지요 하고 레거는 말했다. 독일과 오스트리아 그리고 스위스에는 이런 시끄러운 엉터리 작가 앞에 사람들이 우글거리고 있지요. 아, 물론 결과야 당연히 모든 것에 대한 완전한 절망뿐이겠지요 하고 그는 말했다. 이 모든 것에 대한 완전한 절망에 나는 저항하고 있습니다. 나는 이제 여든두 살인데, 온 힘을 다하여 이 모든 것에 대한 완전한 절망에 저항하고 있지요 하고 레거는 말했다. 지금은 이 세계와 이 시대에 모든 것이 가능하지만 머지않아 모든 것이 불가능하게 되어 버립니다 하고 그는 말했다. 이때 이르지글러가 나타나자 레거는 마치, 그래 자네는 걱정할 게 없잖아 하고 말하려는 듯 그에게 고개를 끄덕였다. 이르지글러는 돌아서서는 다시 사라졌다. 한번 생각해 보십시오, 아츠바허 씨, 음악 역사상 가장 긴 교향곡을 쓰고 싶다는 명예심이 도대체 무슨 얘기인지 말입니다 하고 말하면서 그는 무릎 사이에 있던 지팡이에 기대었다. 말러 말고는 누구도 그런 착상을 하지 않을 겁니다. 많은 사람이 말러를 가리켜 오스트리아가 낳은 최후의 위대한 작곡가라고 하는데, 그건 정말 우스운 일입니다. 단지 바그너를 능가하기 위한 목적 때문에 완전히 의식적으로 오십 명의 현악주자가 연주하도록 한 그 사람은 정말 우스꽝스러울 따름이지요. 말러로 인해 오스트리아의 음악은 완전히 밑바닥에 다다랐습니다 하고 레거는 말했다. 클림트와 마찬가지로 집단 히스테리를 일으키게 하는 철저한 저속성이지요 하고 그는 말했다. 실레는 아주 뛰어난 화가입니다. 요즈음 볼품없고 유치한 클림트의 그림 하나가 수백만 파운드나 합니다. 정말 역겨운 일입니다 하고 레거는 말했다. 실레는 저속하지는 않습니다만 아주 위대한 화가도 아닙니다. 실레 정도 수준의 화가는 이 세기에 오스트리아에 여러 명 있었습니다. 그러나 코코슈카 외에는 정말 뛰어난, 위대한 화가는 하나도 없었습니다. 한편 무엇이 정말 위대한 미술인지를 우리가 알 수 없다는 사실을 인정해야 합니다. 소위 위대하다는 그림이 이곳 미술사 박물관에 수백 점이 걸려 있습니다. 그러나 이 위대한 그림도 잘 연구해 보면 점차 더 이상 위대하거나 그다지 중요하지도 않아 보입니다 하고 레거는 말했다. 우리가 상세하게 연구하는 그것은 그 가치를 잃어버립니다 하고 레거는 말했다. 그러니 우리는 어떤 것을 상세하게 연구하지 않도록 우리 자신을 지켜야 합니다. 그러나 우리는 모든 것을 정확하게 연구하지 않을 수 없습니다. 그것이 우리의 불행입니다. 그 때문에 우리는 모든 것을 다 풀어헤치고 파괴합니다. 우리는 거의 모든 것을 파괴했습니다. 우리는 우선 괴테의 시 한 편을 더 이상 위대해 보이지 않을 때까지 연구합니다. 그 시는 차차 가치를 잃어버리고, 처음에는 가장 위대한 시로 보였던 그것이 마지막에는 철저한 실망으로 나타납니다. 우리가 확실하게 연구하는 모든 것에 우리는 결국 실망합니다. 해부 작업과 해체 작업, 그것이 나의 불행이라는 것을 모른 채 이미 어렸을 때부터 익숙했지요 하고 레거는 말했다. 셰익스피어조차도 그의 작품을 연구하듯이 다루면 산산이 부서집니다. 이야기는 우리의 신경을 건드리고, 인물이 각본에 의해 허물어지며 모든 것이 파멸해 버립니다 하고 그는 말했다. 우리가 결국 삶에 더 이상 기쁨을 느끼지 못하듯이 예술에서도 아무런 즐거움을 얻지 못합니다. 그것은 너무도 당연한 일입니다. 왜냐하면 우리는 시간이 가면서 순진함과 단순함을 잃어버리기 때문입니다. 그러나 우리는 그 대신에 바로 우리 자신을 불행하게 만들었습니다, 라고 레거는 말했다. 이제 나는 더 이상 괴테를 읽을 수 없습니다. 모차르트의 음악을 듣고 레오나르도와 지오토의 그림을 보는 일도 이제 어려워졌습니다 하고 레거는 말했다. 다음 주에 나는 이르지글러와 함께 다시 한 번 아스토리아에 식사하러 갑니다. 내 아내가 살았을 때는 일 년에 적어도 세 번은 아내, 이르지글러와 함께 아스토리아에 갔었습니다. 나는 이르지글러에게 그렇게 할 의무가 있지요 하고 그는 말했다. 우리는 이르지글러와 같은 사람을 이용만 해서는 안 됩니다. 가끔씩 그들에게 친절을 베풀어야 합니다. 내가 이르지글러와 함께 아스토리아에 가는 것이 최선의 방법이죠. 사실 나는 이르지글러 가족과 함께 더 자주 프라터 공원으로 갈 수도 있었습니다만, 그럴 힘이 없습니다. 이르지글러의 아이들은 가시나무처럼 마구 나에게 기어오르는데, 너무 지나쳐 내 옷이 거의 찢어질 정도입니다 하고 그는 말했다. 그리고 나는 그 프라터 공원을 싫어합니다. 오락 사격장 앞에서 천한 농담을 주고받으며, 자기들의 저속함을 마구 드러내는 술 취한 남자와 여자가 있는 광경을 아십니까. 나는 프라터 공원에 있으면 나 자신이 완전히 더럽혀진 것 같은 느낌이 들지요. 지금의 프라터 공원은 내가 어렸을 때 보았던 그 유쾌한 유원지가 아닙니다. 오늘날의 프라터 공원은 상스러운 사람이 모여들고 범죄가 만발하는 불쾌한 곳이지요. 그곳은 맥주와 범죄 냄새로 꽉 차 있으며, 우리는 거기서 오로지 포악하고 저속하게 고함치면서도 부끄러워할 줄 모르는 빈 사람들의 멍청함만을 봅니다. 신문에 프라터 공원에서 일어난 살인 사건이 실리지 않은 날이 하루도 없습니다. 그리고 프라터 공원에서 일어난 성폭행 사건이 매일 적어도 하나는 실리는데, 대부분은 여러 건의 성폭행 사건이 실립니다. 내가 어렸을 때는 프라터 공원에서 보내는 날이 무척 즐거웠습니다. 그리고 그때는 정말 봄에 라일락과 상수리를 찾아다녔습니다. 이제 그곳에는 천박하고 타락한 악취가 하늘을 찌릅니다. 프라터 공원, 오 이 가장 사랑스러운 최초의 유원지가 오늘날에는 단지 저속하고 속물적인 아수라장일 뿐입니다 하고 레거는 말했다. 그래요, 이 프라터 공원이 어렸을 때의 그 프라터라면 나는 이르지글러 가족과 함께 그곳으로 가겠지요. 그러나 지금은 이런 형편이라 나는 그곳에 가지 않습니다. 나는 그럴 수가 없지요. 내가 이르지글러 가족과 함께 그 프라터 공원에 한 번 가면 몇 주 동안 녹초가 됩니다. 내 어머니도 외조부와 함께 마차를 타고 프라터 공원에 갔었고 공원의 중앙 가로수 길을 따라 시원한 비단 옷을 입고 산책했었지요. 이건 이제 다 지나간 이야기입니다. 그런 건 이제 다 끝났지요 하고 레거는 말했다. 이제는 당신이 프라터 공원에서 등에 총을 맞지 않거나 심장에 칼을 맞지 않는다면 또는 적어도 외투에 있는 지갑을 잃어버리지 않는다면 그것만으로도 기뻐해야 합니다. 이 시대는 완전히 잔인한 시대입니다. 이제 다시는 그러지 않습니다만 이르지글러의 아이들과 프라터 공원에 한 번 갔었지요. 그 아이들은 가시나무처럼 나를 친친 감고 내 옷을 찢어 버렸고 그러고는 쉴 새 없이 놀이 열차와 회전목마를 타자고 졸랐습니다. 나는 기분이 나빠졌지요 하고 레거는 말했다. 물론 당연히 이르지글러의 아이들을 싫어하는 것은 아닙니다. 그러나 그들을 견뎌 낼 수가 없습니다. 이르지글러 혼자는 괜찮아요, 그러나 이르지글러 가족 모두는 견딜 수가 없습니다. 아스토리아에서 이르지글러와 함께 내가 좋아하는 그 구석 자리에 앉아서 한산한 마이제더 골목을 보는 것은 좋습니다. 그러나 이르지글러 가족과 함께 프라터 공원으로 가는 일은 이제 견딜 수 없습니다. 매번 나는 이르지글러 가족과 함께 프라터로 가지 않기 위해서 어떤 구실을 찾아냅니다. 이르지글러 가족과 함께 프라터로 가는 것이 나에게는 마치 지옥에 가는 것 같습니다. 더구나 나는 이르지글러 부인의 목소리를 들을 수가 없습니다 하고 레거는 말했다. 나는 그 목소리를 견딜 수 없습니다. 이르지글러의 아이들 목소리도 끔찍할 정도이지요. 아, 이 목소리들이 어른이 된 뒤에는 얼마나 끔찍하겠습니까 하고 그는 말했다. 그토록 조용하고 편안한 이르지글러, 그토록 시끄러운 이르지글러 부인 그리고 그토록 시끄러운 이르지글러의 아이들. 한번은 이르지글러가 나에게 그의 가족과 함께 빈 근교의 시골에 가자고 제안했습니다. 그것도 나는 거절했습니다. 몇 년 전부터 나는 이르지글러 가족과 함께 **근교로 소풍**을 가는 것을 피하려고 몸부림을 치고 있습니다. 한번 생각해 보십시오, 내가 이르지글러 가족과 함께 근교에서 산행을 합니다. 그리고 아마도 이르지글러의 아이들이 노래를 부르기 시작하겠지요. 나는 이르지글러의 아이들이 나와 손을 잡고 앞에는 이르지글러의 아내, 뒤에는 이르지글러를 세우고는 근교에 있는 산을 두루 활보한다는 것을 상상할 수 없었습니다. 그리고 또 이르지글러 가족은 나에게 같이 노래를 부르자고 할 것입니다.

단순한 사람은 자연 속으로 나가려는 충동을 지니고 있습니다. 그러나 나는 이러한 충동을 단 한 번도 느낀 적이 없습니다 하고 레거는 말했다. 이르지글러 가족과 함께 빈 근처 산에서 산책을 하고 야외 음식점을 찾는 것보다 더 무서운 일은 내게 없습니다. 더구나 이르지글러 가족이 내 돈으로, 내가 보는 데서 구운 고기를 먹고 포도주와 맥주, 사과 주스로 배를 가득 채우는 모습을 나는 정말 참을 수 없었습니다. 이르지글러와 아스토리아에서 식사하는 것은 나에게 기쁨을 주는 일이며, 그에 관해서는 그 어떤 다른 생각도 들지 않습니다. 일 년에 세 번 이르지글러와 아스토리아에서 밥을 먹고, 거기다 포도주 한 잔 곁들이는 것, 그건 즐거운 일이지요. 그러나 다른 것은 모두 싫습니다 하고 레거는 말했다. 프라터 공원에 가는 건 정말 불가능하지요. 그리고 빈의 근교로 가는 것도 전혀 말이 안 됩니다. 만일 이르지글러가 눈곱만큼이라도 음악에 대한 감각이 있다면 나는 그와 가끔씩 음악회에 가거나 아니면 나의 평론가 입장권을 그에게 주었을 겁니다. 그러나 이르지글러는 음악에 대해서는 최소한의 감각도 없습니다. 그는 음악을 들을 때면 괴로워합니다. 다른 사람은 괴로울 때면 베토벤의 제오번 교향곡을 듣기 위해 음악협회에서 세 번째 내지는 네 번째 줄에 앉습니다. 왜냐하면 다른 자리와는 달리 그곳은 인간의 모든 허영심을 채워 주기 때문입니다. 그러나 이르지글러는 아닙니다. 그는 언제나 단순한 이유로, 그 음악협회의 연주회에 가기를 항상 거절했습니다. 레거 씨, 나는 음악을 좋아하지 않습니다, 라고 말입니다 하고 레거는 말했다. 삼 년 전부터 이르지글러 가족은 나와 함께 프라터 공원에 가기를 기다리고 있지요 하고 레거는 말했다. 한 번은 머리가 아프다고, 한 번은 목이 아프다고, 그리고 한 번은 지금 작업에 열중하고 있다고 그리고 한 번은 편지로 연락해야 할 일이 너무 많다고 말했습니다. 매번 핑계를 대기가 너무 힘듭니다. 이르지글러는 왜 내가 그의 가족과 함께 프라터로 가지 않는지 잘 알고 있습니다. 나는 그에게 한 번도 그 이유를 말하지 않았지만, 이르지글러는 멍청하지 않거든요 하고 레거는 말했다. 아스토리아에서 그는 언제나 똑같이 쇠고기 요리를 시킵니다. 왜냐하면 내가 항상 그것을 주문하기 때문입니다. 그는 내가 쇠고기 요리를 시킬 때까지 기다렸다가 자기도 쇠고기 요리를 시킵니다, 라고 레거는 말했다. 내가 물을 마시는 반면에 그는 쇠고기 요리와 함께 포도주 한 잔을 마십니다. 아스토리아의 쇠고기 요리가 언제나 최고품은 아닙니다. 그러나 나는 아스토리아에서 그것을 가장 즐겨 먹습니다. 이르지글러는 천천히 식사하는데 그에게는 정말 특이한 현상입니다. 사실 나는 쇠고기 요리를 이르지글러보다 더 천천히 먹는다고 생각합니다. 그러나 내가 가능한 한 천천히 쇠고기 요리를 먹는데도 이르지글러는 더 천천히 먹습니다. 나는, 아, 이르지글러 씨, 나는 당신에게 많은 것에 대해 감사합니다 하고 말하고 그가 미처 모르겠지만 여러 가지 점에서 내가 고맙게 생각한다고 지난번 아스토리아에서 그에게 말했습니다. 아내가 죽은 이후 갑자기 나는 혼자가 되었지요. 물론 나는 사람을 많이 알지만, 그러나 아무도 없었습니다. 나는 당신을 그 좋지 않은 상태에서 귀찮게 하고 싶지 않았지요. 반년 동안 나는 누구도 만나지 않았습니다. 그들이 내게 던질 무서운 질문이 두려웠기 때문이지요. 사람들은 정말 이 끔찍한 죽음에 대한 이야기를 거리낌 없이 물어보지요, 시도 때도 없이 말입니다. 나는 거기서 벗어나려고 했지요. 그래서 이르지글러만 보았습니다. 나는 아내가 죽은 후 거의 반년을 이 미술사 박물관에 오지 않았습니다. 일 년 반 전부터 나는 다시 이곳에 왔지요. 물론 처음에는 이틀에 한 번씩 습관으로 온 것이 아니라 많아야 한 주에 한 번 왔습니다. 그러나 반 년 전부터 또다시 이틀에 한 번씩 이 미술사 박물관에 옵니다. 이르지글러는 내게 아무것도 묻지 않기 때문에 유일하게 내가 만날 수 있는 사람이었지요 하고 레거는 말했다. 나는 이르지글러와 아스토리아로 가야 할지 아니면 임페리얼로 가야 할지 늘 고민합니다. 어쨌든 최고급 레스토랑으로 말입니다. 그런데 이르지글러는 임페리얼 레스토랑에서는 아스토리아에서만큼 편안해하지 않습니다. 임페리얼의 그 웅장함을 이르지글러와 같은 사람은 감당해 내지 못하지요 하고 레거는 말했다. 아스토리아 레스토랑은 아주 검소한 편이지요. 그런 식으로 나는 가끔씩 나에게 소중한 이르지글러에게 감사 표시를 할 수 있기를 바랄 뿐입니다 하고 레거는 말했다. 이르지글러는 귀를 기울일 줄 아는, 더군다나 아무 참견 없이 그저 들을 줄 아는, 좋은 성격의 소유자이지요. 그런데 이르지글러만은 나에게 가장 편안한 사람이지만 그의 가족은 나에게 가장 불편한 가족입니다. 도대체 어떻게 이르지글러와 같은 사람이 새된 목소리에 암탉같이 걷는 그의 아내와 같은 여자를 만날 수 있었는지 모르겠습니다. 어떻게 서로 완전히 다른 사람이 맺어지는지에 대해 사실 우리는 자주 이야기하지요 하고 레거는 말했다. 히스테릭한 목소리로 암탉같이 걷는 한 여자 그리고 그토록 원만하고 편안한 이르지글러와 같은 한 남자가 말이에요. 그의 아이들은 전혀 아버지를 닮지 않고 전부 어머니를 닮았습니다. 가장 실패한 경우이지요 하고 레거는 말했다. 이르지글러의 아이들은 모두 불행합니다. 그러나 당연히 그 부모는 자기 아이들은 복 받은 아이들이라고 생각하는데, 사실 모든 부모가 그렇게 생각하지요. 이르지글러의 아이들이 나중에 어떻게 될까 생각해 보면 끔찍할 따름입니다. 이르지글러의 아이를 보면 나는 정말 보통도 안 되는, 종잡을 수 없는 성격을 가진 완전히 수준 이하의 아이들이라는 생각이 듭니다. 또 이때 나는 언제나 멍청한 부랑아를 떠올립니다. 이것이 이르지글러 가족에 대한 불쾌한 점이지요 하고 레거는 말했다. 그토록 훌륭한 남자, 그토록 확실하고 성공적인 한 인간, 그리고 그토록 실패한 가정입니다. 이런 것은 사실 아주 일반적이지요 하고 레거는 말했다. 타고난 기회주의자인 오스트리아 사람은 비열합니다. 그리고 그들은 은폐하고 망각하는 것으로 살아갑니다 하고 레거는 말했다. 추악한 정치 행위와 엄청난 범행도 일주일이 안 되어 모두 잊혀집니다. 오스트리아 사람은 바로 타고난 범죄 은폐자입니다. 오스트리아 사람은 모든 범죄를 덮어 버리는데, 정말 가장 비열한 짓이지요. 이미 말한 대로 오스트리아 사람은 원래부터 기회주의적이고 비열한 사람이기 때문입니다. 수십 년 동안이나 우리 장관들은 섬뜩한 범죄를 저지르고 있는데, 이 기회주의적이고 비열한 사람들은 그것을 덮어 버립니다. 수십 년 동안이나 이 장관들은 살인적으로 기만하고 있으며, 그리고 이 비열한 사람들은 그것을 덮어 버립니다. 수십 년 동안이나 이 양심 없는 오스트리아 장관들은 오스트리아 사람들을 속이고 기만하고 있으며, 그런데도 이 비열한 사람들에 의해 그 모든 것이 가려져 있지요. 가끔씩 한 번 그런 범죄적이고 기만적인 장관이 오랫동안 저지른 범죄로 인해 비난을 받아 쫓겨난다면 그건 정말 기적 같은 일입니다. 그러나 일주일 뒤에는 사건 전체가 모두 없어져 버립니다. 왜냐하면 이 비열한 사람들이 그 사건을 잊어버리기 때문이지요. 이십 실링을 훔친 도둑은 법에 따라 추적당하고 감금되지만, 수백만, 수십억을 해먹은 장관들은 기껏해야 엄청난 연금을 주어 내쫓고는 잊어버립니다 하고 레거는 말했다. 이제 또다시 장관 하나가 쫓겨나는 것은 정말 놀랄 일입니다 하고 레거는 말하면서, 그러나 한번 보십시오, 그가 직위 해제를 당하고 쫓겨나자마자, 그리고 수십억을 해먹었다는 기사가 신문에 실리기가 무섭게, 또 이 장관이 중죄를 저질렀으므로 법정에 세워야 한다고 신문들이 떠들어대자마자, 그는 바로 그 신문들에 의해 벌써 그 시점에서 영원히 잊혀지고 또 그렇게 해서 사회 전체에서도 잊혀지고 마는 겁니다. 그 장관이 고소를 당해 법정에 서고, 그리고 내가 주장하듯이 그의 범죄에 상웅하게 종신형으로 구속되어야 하는데도, 그는 칼렌베르크에 있는 자기 별장에서 두둑한 연금으로 살고 있으며 아무도 그를 귀찮게 하지 않습니다. 그는 은퇴한 장관으로 호사스럽게 살아가고 있으며, 어느 날 그가 죽으면 그는 국립묘지의 좋은 자리에 명예롭게 안장됩니다. 바로 그와 똑같은 범죄자였던 다른 장관의 무덤 옆에 말입니다 하고 레거는 말했다. 오스트리아 사람은 타고난 기회주의자이며 협잡꾼이지요. 그리고 장관들과 다른 모든 정치인들의 범행과 추악함에 관련해서는 타고난 은폐자이자 망각자입니다 하고 레거는 말했다. 오스트리아 사람은 평생 동안 굴종하고 살아남기 위해서 가장 더러운 추악함과 범행을 한평생 덮어 버리고 삽니다, 이게 사실이에요 하고 레거는 말했다. 신문은 단순히 밝혀내 비난하고 당연히 과장해서 보도하지만, 곧 눈치를 봐서 없었던 것으로 하고는 비굴하게 잊어버립니다. 신문은 들추어내는 자이며 선동하는 자이지만 동시에 정치적인 추악함과 범행에 관해서는 숨기는 자이자 덮어 버리는 은폐자이지요 하고 레거는 말했다. 신문이 도대체 얼마나 그 물러난 장관에 대해 호통을 치고 엄청난 비난을 퍼부었으며 완전히 녹초로 만들어 버리고, 연방 대통령에게 그 장관을 내쫓으라고 소리쳤습니까. 그러나 연방 대통령이 장관을 채 해고하기도 전에 바로 그 신문들은 장관과 그의 범행과 추악함을 잊어버렸습니다 하고 레거는 말했다. 오스트리아 사법부는 오스트리아 정치인에 복종하는 사법부이며, 다른 것도 모두 거짓부렁이지요 하고 레거는 말했다. 정부가 이 사건을 숨긴 것이 아니라 신문이 은폐했다는 사실 때문에 나는 불안합니다 하고 레거는 말했다. 그런데 당신도 오스트리아 사람으로서 이미 오래전부터 편안하지는 않았을 겁니다. 왜냐하면 최근 몇 년 동안, 얼마 전만 해도 생각할 수 없었던 그런 정치적인 사건들과 정치적인 추악함이 자리를 채우지 않은 날이 단 하루도 없었기 때문이지요 하고 레거는 말했다. 내가 무엇에 열중하든 상관없이 이 정치적인 사건은 끊임없이 내 머릿속에서 나를 흥분시킵니다. 내 머릿속에 정치적인 사건들이 차 있어도 나는 내가 원하는 것을 할 수 있지요 하고 레거는 말했다. 나는 언제나 뭔가에 집중할 수 있는데, 그런 때에도 이 정치적인 사건은 항상 내 머릿속에서 떠나지 않고 있지요 하고 레거는 말했다. 신문을 보면 또다시 정치적인 사건이 실려 있습니다. 직무를 유기하고 범죄 행위를 저지른 정치가와, 그들의 직무 유기를 못 알아볼 정도로 훼손되어 버린 이 국가의 정치가와 연루된 어떤 정치적인 사건이 날마다 등장합니다 하고 레거는 말했다. 신문을 보면 당신은 생각할 것입니다. 정치적인 추악함과 정치적인 범행이 일상화된 나라에 살고 있다고 말입니다. 처음에 나는 흥분하지 않으리라고 생각했습니다. 왜냐하면 이 나라는 이제 정말 논의할 가치가 없기 때문이지요. 그런데도 이 더럽고 공포를 불러일으키는 이 나라에서 갑자기 나는 흥분하지 않을 수 없게 되었지요. 이른 아침에 신문을 펼쳐 보면 당신은 정치인의 범행과 추악함 때문에 어쩔 수 없이 흥분하게 될 겁니다. 그때 당신은 정치인은 모두 범죄자이며, 근본적으로 범죄적이고 추악한 놈이 모인 깡패 집단이라는 인상을 너무도 당연하게 가질 것입니다 하고 레거는 말했다. 그래서 나는 최근에 수십 년 동안이나 계속해 온, 아침에 신문 읽는 습관을 버렸지요. 오후에 신문을 보는 것만으로도 충분하지요. 만일 신문을 읽는 사람이 아침에 신문을 펼쳐 들면 그 사람은 아침부터 밤까지 그 날 온종일 배탈이 나지요. 왜냐하면 그는 또 다른 더 큰 정치적인 사건을 보게 되기 때문입니다 하고 레거는 말했다. 이 나라의 신문 독자는 벌써 몇 년 동안 신문에서 오로지 사건만을 읽고 있습니다. 첫 번째 세 면까지는 정치적인 사건이고 나머지는 다른 사건이지요. 오스트리아 신문이 이제는 단지 추악한 일만 쓰고 다른 것은 전혀 언급도 하지 않으니 독자는 그저 사건만 읽게 되지요. 오스트리아 신문은 이렇게 저질스러워졌는데, 이것 역시 한 사건입니다. 오스트리아의 신문보다 더 수준이 낮고 비열하며 거부 반응을 일으키는 신문은 이 세상에 하나도 없습니다. 그러나 오스트리아 신문은 사실 어쩔 수 없이 이렇게 추악하고 저질스러워졌지요. 왜냐하면 이 오스트리아 사회가, 특히 오스트리아의 정치 집단이 그리고 곧 이 나라 전체가 추악하고 저질스럽기 때문이지요. 지금까지 단 한 번도 오스트리아만큼 더럽고 수준 낮은 국가에 속한 사회는 없었습니다 하고 레거는 말했다. 그러나 이 나라에서는 누구든 그것을 부끄럽게 생각하지 않습니다. 정말 아무도 그에 대항해 일어서지 않지요 하고 레거는 말했다. 오스트리아 사람은 그것이 가장 추악한 사건이든 가장 저질스러운 일이든 그리고 정말 엄청난 사건이든 상관없이 언제나 모든 것을 감수합니다 하고 레거는 말했다. 오스트리아 사람은 혁명가와는 다르지요. 왜냐하면 그들은 전혀 진리를 좇는 사람들이 아니기 때문입니다. 오스트리아 사람은 수백 년 전부터 이미 거짓말과 함께 살아가고 그것에 익숙해졌지요 하고 레거는 말했다. 오스트리아 사람은 벌써 수백 년 동안 거짓말과 결혼했습니다. 모든 거짓말과 결혼했는데, 그중에서도 국가의 거짓말과 가장 깊이 그리고 가장 먼저 결혼했습니다. 그것이 바로 그들을 용납할 수 없게 하는 일이지요 하고 레거는 말했다. 소위 우아하다는 오스트리아 사람은 언제 어디서나 그의 기회주의적인 올가미를 놓는, 교활하고 기회주의적인 올가미꾼입니다 하고 레거는 말했다. 소위 우아하다는 오스트리아 사람은 파렴치한 비열함에 능숙한 사람이지요. 소위 그 우아함으로 인해 이들은 비열하고 뻔뻔하며 안하무인격이며, 바로 그것으로 인해 거짓으로 가득 차 있다고 할 수 있지요 하고 레거는 말했다. 한평생 나는 신문 읽는 데 미쳤었는데 이제는 신문을 펼쳐 드는 것조차 거의 견딜 수 없습니다. 그것은 신문에 오로지 사건밖에 없기 때문이지요 하고 레거는 말했다. 신문이 그렇듯이 그 신문이 찍어내는 그 사회도 마찬가지이지요 하고 레거는 말했다. 당신이 한 해 내내 찾아 헤매도 이 엉터리 신문에서는 어떤 정신이 들어 있는 글을 발견할 수 없습니다 하고 레거는 말했다. 아, 이 모든 오스트리아 것에 정통한 당신에게 지금 내가 무엇을 말하고 있습니까. 나는 오늘 일어나서 그 장관 사건을 생각했습니다. 나는 이 장관의 사건을 잊어버릴 수가 없습니다. 내가 이 사건을, 특히 이 정치적인 사건을 내 머리에서 쫓아 버리지 못하는 것은 정말 비극입니다. 이 사건들은 점점 더 내 머릿속을 잠식합니다. 이것은 정말 비극입니다. 나는 이 모든 사건들과 추악한 일을 내 머리에서 쫓아내 버려야 한다고 생각합니다. 그러나 이 사건들과 추악한 일들은 점점 더 내 머릿속으로 파고들어 갑니다. 내가 당신과 함께 이 모든 것에 대해, 특히 이 정치적인 사건과 추악한 일에 대해 이야기하면 나는 당연히 진정됩니다. 나는 매일 이른 아침에, 당신과 토론할 수 있는 앰배서더가 있다는 것이 얼마나 좋은 일인가 하고 생각합니다. 물론 이런 사건이나 추악한 일에 관해서만은 아니지요. 당연히 뭔가 기쁨을 주는 것도 있지요, 예를 들어 음악 말입니다 하고 레거는 말했다. 내가 폭풍 소나타나 푸가에 대해 말하고 싶어 하는 한 나는 정말 포기하지 않을 겁니다 하고 레거는 말했다. 나는 정말 음악 때문에 살아갑니다. 음악이 언제나 내 안에 살아 있으며 그리고 그것이 내 안에서 변함없이 처음 그대로 살아 있다는 사실 때문에 나는 살아가고 있습니다 하고 레거는 말했다. 음악을 통해 그 추하고 불결한 모든 것을 매일 새롭게 하고, 음악을 통해 매일 아침에 그래도 다시 생각하고 느끼는 인간이 되지요, 그건 정말 그렇습니다, 아시겠습니까! 하고 그는 말했다. 그래요, 비록 우리가 음악을 지긋지긋해하고 때로는 우리에게 완전히 쓸데없어 보이고, 더 이상 아무 가치가 없는 것이라고 말하게 된다 해도 말입니다 하고 레거는 말했다. 아, 예술, 해가 갈수록 아무 소용이 없다는 것이 더 확실해지고 이 지구 표면을 예술적으로 치장하려는 불쌍한 노력 외에 아무것도 아닌 것으로 보이는 소위 옛 거장들의 그림을 보면, 그래도 다른 것도 아닌 바로 이 지긋지긋하고 터무니없고 게다가 자주 구토를 일으키게까지 하는 이 불쾌한 예술이 그래도 우리를 구하지요 하고 레거는 말했다. 오스트리아 사람은 언제나 패배자인데, 그들 스스로도 그것을 잘 알고 있습니다 하고 레거는 말했다. 그것이 바로 그들이 불운하고, 나약한 성격을 갖게 된 원인이지요. 그것은 바로 모든 꺼림칙한 일 앞에서 오스트리아 사람은 나약해지기 때문입니다. 그런데 바로 그 점이 다른 어떤 것보다 오스트리아 사람에게서는 흥미롭습니다 하고 레거는 말했다. 오스트리아 사람은 실제로 전체 유럽 사람 중에서 가장 흥미롭습니다. 왜냐하면 오스트리아 사람은 유럽 사람의 특성을 모두 가지고 있으며, 거기다 나약한 성격까지 보태었기 때문입니다. 오스트리아 사람이 다른 나라 사람의 특성을 모두 타고났으며, 거기다 나약한 성격을 덧붙여 가지고 있다는 점이 바로 오스트리아 사람에게 매혹을 느끼게 하지요 하고 레거는 말했다. 한평생 내내 오스트리아에 있으면 오스트리아 사람이 어떤지 알 수가 없습니다. 그러나 우리가 그러니까, 마치 내가 런던에서 오스트리아로 다시 돌아온 것처럼, 오랫동안 오스트리아를 떠나 있으면 우리는 오스트리아 사람을 확실히 알게 되고, 그러면 우리는 아무것에도 속지 않습니다 하고 레거는 말했다. 오스트리아 사람은 단 한 번도 진실하지 않으며 모든 것을 속입니다. 그것이 오스트리아 사람의 가장 뚜렷한 성격이지요. 세상 사람은 오스트리아 사람을 좋아합니다. 적어도 지금까지는 그렇습니다. 이 세계는 오스트리아 사람에게 홀딱 반했습니다. 그것은 오스트리아 사람이 바로 가장 흥미로운 유럽 사람이자 동시에 가장 위험한 사람이기 때문입니다. 오스트리아 사람은 독일 사람보다 그리고 다른 유럽 사람보다 더 위험한, 정말 가장 위험한 사람입니다. 오스트리아 사람은 절대적으로 위험합니다. 그것은 역사가 보증하고 있는데, 이 유럽에 그리고 전 세계에 가장 큰 불행을 자주 가져왔습니다. 더러운 나치 내지는 우둔한 가톨릭 신자인 오스트리아 사람을 우리는 관심을 두고 특별하게 봐야 합니다. 우리는 그들이 정치적인 주도권을 잡게 해서는 안 됩니다. 왜냐하면 그들이 정치적인 주도권을 잡으면 틀림없이 모든 것을 벼랑 끝으로 몰고 갈 것이기 때문입니다 하고 레거는 말했다. 그러면 우리는 밤에 잠을 잘 수가 없으며 정치적인 사건들로 언제나 극도로 흥분할 것입니다 하고 레거는 말했다. 아침에 나는 생각했습니다. 그래, 너는 오늘 아츠바허 씨에게 어떤 제안을 하기 위해 미술사 박물관에서 그를 만나지. 그에게 정말 터무니없는 제안을 한다는 것과 그리고 그것을 실행할 것임을 너는 알고 있어 하고 말이에요. 정말 터무니없이 우스꽝스러운 일이지요 하고 레거는 말했다. 아내가 죽은 후 두 달 동안이나 레거는 징어가에 있는 집에서 나오지 않았다. 반년 동안이나 그는 아내가 죽은 뒤 아무도 만나지 않았다. 지난 반년 동안 그는 상스럽고 기겁을 할 만한 가정부를 데리고 있었으며, 수십 년 동안 그의 아내와 이틀에 한 번 왔던 이 미술사 박물관을 한 번도 오지 않았다고 나는 생각했다. 그 가정부는 요리와 빨래를 했는데, 레거가 언제나 말하는 대로 머리카락이 곤두설 정도로 칠칠치 못하지만, 그래도 그가 지저분해질 대로 지저분해지도록 하지는 않았다. 갑자기 혼자가 된 사람은 레거 스스로도 그렇게 말하듯 금세 지저분해진다. 나는 이가 나빠 고기도 야채도 먹을 수가 없어서 몇 달 동안이고 곰팡이가 난 음식만 먹습니다 하고 레거는 말했다. 징어가에 있는 집은 쥐죽은 듯이 조용하고 텅 비어 있지요, 라고 레거는 표현했다. 그의 아내가 죽은 이후 처음으로 그를 앰배서더에서 보았을 때, 그는 정말 마르고 창백했으며 내내 말없이 지팡이에 기대고 있었는데, 신발 끈도 제대로 묶지 않은 채 겨울용 내의가 바짓가랑이 사이로 삐져나와 있었다. 우리는 가장 가까운 사람이 죽으면 더 살고 싶은 마음이 없어집니다 하고 그는 그때 앰배서더에서 말했다. 그러나 우리는 용기가 없어 죽지 못하고 계속 살아갑니다. 우리는 곧 뒤따라 가겠노라고, 땅에 묻을 때 약속하지만 그러고 반년이 지난 뒤에도 여전히 살아 있습니다. 이런 우리 자신이 무서워 소름이 끼칠 정도이지요 하고 그때 앰배서더에서 레거는 말했다. 그의 아내는 그때 여든일곱 살이었는데, 만일 넘어지지만 않았어도 분명 백 살이 넘게 살았을 거라고 그때 레거는 말했다. 도시 빈과 국가 오스트리아 그리고 가톨릭 교회가 그녀의 죽음에 책임이 있습니다 하고 그때 앰배서더에서 레거는 말했다. 미술사 박물관으로 가는 길의 주인인 이 도시 빈이 그 길에 모래를 뿌렸다면 내 아내는 넘어지지 않았을 겁니다. 그리고 국가 소유인 이 미술사 박물관이 삼십 분이 지나서가 아니라 곧바로 구급차를 불렀더라면 내 아내는 넘어진 후 한 시간이 지나서야 가톨릭 자선병원에 도착하지는 않았을 것입니다. 그리고 가톨릭 교회 소속인 그 자선병원의 외과 의사가 수술에 실패하지 않았다면 말입니다 하고 레거는 그때 앰배서더에서 말했다. 이 도시 빈과 이 나라 오스트리아 그리고 가톨릭 교회가 자기 아내의 죽음에 책임이 있다고 레거가 앰배서더 말한 것을, 이 보르도네 홀의 의자에서 그의 옆에 앉아 생각했던 것을 나는 떠올렸다. 이 도시 빈이, 모두 빙판길이었던 바로 그 날 모래를 뿌리지 않았으며, 이 미술사 박물관은 구급차를 불러 달라는 이야기를 몇 번이나 들은 뒤에야 겨우 연락을 했고, 가톨릭 자선병원의 외과 의사가 결국 수술을 엉망으로 하여 마침내 내 아내는 죽었습니다 하고 레거는 앰배서더에서 말했다. 우리가 진정으로 가장 사랑하는 사람을 단지 도시 빈의 태만과 국가 오스트리아의 소홀함 그리고 가톨릭 교회의 경솔함으로 잃어버렸습니다 하고 레거는 그때 앰배서더에서 말했다. 우리는 우리에게 가장 소중한 사람을 도시와 국가 그리고 교회의 태만과 비열함 때문에 잃어버립니다 하고 레거는 앰배서더에서 말했다. 거의 사십 년 동안을 가장 큰 신뢰와 공경과 사랑으로 삶을 함께했던 사람이 도시와 국가와 교회의 태만과 비열함으로 죽어 버립니다. 도시와 국가와 교회의 무책임 때문에 우리는 유일하게 완전히 함께했던 사람에게서 떨어져 나와 갑자기 혼자가 됩니다 하고 레거는 그때 말했다. 우리가 완전히 모든 것을 의지하고 우리에게 모든 것을 준 그 사람으로부터 갑자기 우리는 떨어져 나갑니다 하고 레거는 그때 앰배서더에서 말했다. 도시와 국가 그리고 교회가 태만함이라는 범행을 저지름으로써 우리는 수십 년 동안 우리를 세심하게 돌보아 준 그 사람이 없는 집에 갑자기 혼자 남습니다. 우리는 그 사람을 살리지 못하고 갑자기 그의 무덤 곁에 서 있습니다. 우리는 그것을 결코 생각할 수 없었습니다 하던, 그때 앰배서더에서의 레거의 말을 나는 생각한다. 이 도시 빈과 국가 오스트리아 그리고 가톨릭 교회는 내가 지금 혼자인 데 대해 그리고 영원히 혼자로 살아야 하는 데 대해 책임이 있습니다 하고 레거는 그때 앰배서더에서 말했다. 단지 이 도시 빈이 미술사 박물관으로 가는 그 길에 모래를 뿌리지 않았고 국가 소유의 미술사 박물관이 응급차를 제때에 부르지 않았으며, 그 자선병원의 외과 의사가 수술을 잘못하여, 항상 건강하고 이지적이며 여자가 지닐 수 있는 장점이란 장점은 모두 지녔던 한 사람이, 실제로 내 삶 안에서 가장 사랑스러웠던 한 사람이 죽어서 내 곁을 떠나가 버렸습니다 하고 레거는 그때 앰배서더에서 말했다. 이 도시 빈이 미술사 박물관으로 가는 그 길에 모래를 뿌렸더라면 내 아내는 백 살이 넘게 살았을 것입니다. 그건 내가 장담할 수 있지요 하고 레거는 그때 앰배서더에서 말했다. 미술사 박물관이 제때에 구급차를 부르고 자선병원의 외과 의사가 수술을 엉터리로 하지 않았다면 그녀는 지금도 살아 있을 겁니다. 사실 따지고 보면 나는 이 미술사 박물관에는 더 이상 오지 말아야 합니다 하고 레거는 그의 아내가 죽은 지 일곱 달이 지난 뒤 다시 미술사 박물관에 나와 그렇게 말했다. 내 아내가 죽고 없는 지금 미술사 박물관으로 오는 길에는 모래가 뿌려져 있습니다 하고 레거는 말했다. 하필이면 그들은 내가 단 한 번도 뭔가 좋은 이야기를 듣지 못한 그 자선병원으로 내 아내를 실어 보냈습니다. 자선이라는 이름이 붙은 병원은 모두 불쾌합니다 하고 레거는 말했다. 자선이라는 말만큼 남용하는 말은 없지요 하고 레거는 말했다. 자선병원이라는 것들은 내가 아는 병원 중 가장 자비롭지 못하지요. 그런 병원에는 대부분 정서라고는 전혀 없고 아주 비열하고 저질스러운 신의 위선과 함께 오로지 탐욕이 득실거리지요 하고 그때 레거는 앰배서더에서 말했다. 이제 내게는 이 앰배서더만 남아 있습니다. 수십 년 동안 정든 이 구석 자리 말입니다 하고 그때 앰배서더에서 레거는 말했다. 내가 더 이상 어떻게 해야 할지 갈피를 못 잡을 때 도망갈 수 있는 곳이 두 군데 있지요, 여기 이 구석 자리와 미술사 박물관의 그 의자입니다 하고 그때 앰배서더에서 레거는 말했다. 그런데 여기 앰배서더에서 혼자 구석 자리에 앉아 있는다는 건 정말 끔찍한 일이지요 하고 레거는 그때 앰배서더에서 말했다. 혼자서, 나 혼자서가 아니라 아내와 함께 여기에 앉아 있는 것이 내가 가장 좋아했던 습관 중 하나였지요, 아츠바허 씨, 하고 그때 앰배서더에서 레거는 말했다. 내가 삼십 년 이상을 아내와 함께 앉아 있던 그 보르도네 홀의 의자에 앉는 것도 또한 괴로운 일이지요. 이 도시 빈에서 걸어 다니다 보면 온종일 나는 이 도시 빈이 내 아내의 죽음에 책임이 있으며 오스트리아라는 국가가 그녀의 죽음에 책임이 있고 가톨릭 교회가 그녀의 죽음에 책임이 있다는 생각이 떠나지 않습니다. 나는 내가 가고 싶은 곳에 가고 싶을 때 갈 수 있지만 이 생각만은 내 머리에서 지울 수가 없습니다. 내가 전혀 대항할 수 없는 시-국가-가톨릭-교회라는 괴물이 나에게 범행을 저질렀다는 생각 말입니다. 그건 정말 무서운 일입니다 하고 레거는 말했다. 사실대로 말하면 내 아내가 죽은 그 순간에 나도 이미 죽었습니다. 내가 죽은 사람같이 보이는 것은 사실이지요, 마치 아직 살아야 하는 죽은 사람처럼 말입니다 하고 레거는 그때 앰배서더에서 말했다. 집은 비어 있고 쥐죽은 듯합니다 하고 레거는 그때 앰배서더에서 몇 번이고 말했다. 그의 아내가 죽은 뒤 레거의 소유가 된, 방이 열 내지는 열둘이나 되고 세기말에 지어진, 징어가에 있는 그의 집에 나는 이십 년 동안 단지 두 번 가 보았다. 그의 아내의 집안에서 물려받은 가구로 가득 찬 징어가에 있는 레거의 집은 소위 유겐트 풍의 표본인데, 정말 그의 집에는 클림트, 실레, 게르스틀 그리고 코코슈카의 그림이 벽에 마구 걸려 있다. 내 아내는 아주 높게 평가했지만 나에게는 언제나 반감만을 일으켰던 그림들이지요, 라고 레거는 언젠가 말했다. 징어가에 있는 레거의 집 방은 모두 세기말의 한 유명한 슬로바키아 목판 조각가가 실제 예술 작품으로 만들어 놓은 것이다. 내 생각으로는 슬로바키아 목판 조각 예술이 그렇듯, 최고의 수준으로 완벽하게 솜씨가 발휘된 집은 여기 빈에는 달리 없다. 레거 스스로는, 그가 반복해서 말하듯이, 소위 유겐트 양식을 전혀 높이 평가하지 않는다. 그는 그 유겐트식이 전반적으로 매우 유치하다며 오히려 그 유겐트식을 증오하기까지 한다. 그럼에도 그는, 언제나 말하듯, 징어가에 있는 아내 집의 안락함과 그 공간의 조화 그리고 자기 작업실의 넓은 공간을 누렸다. 그러나 이미 말한 대로 그가 소위 이 유겐트식이 유치한 양식일 뿐이라고 생각하기 때문에, 그는 언제나 그들 둘에게 이상적이라고 생각하는 그 징어가의 방이 주는 안락함만을 높이 평가할 뿐 가구는 생각하지 않았다. 내가 처음으로 징어가에 있는 레거의 집에 갔을 때, 그의 아내가 프라하로 가고 없어 레거가 나를 맞아들여 나에게 집을 두루 보여 주었다. 자, 이 방을 보십시오. 이곳에 내가 머물지요. 비록 이 지저분하고 불편한 가구가 전혀 내 마음에 들지 않지만 그래도 내가 아주 좋아하는 곳이지요 하고 그는 그때 말했다. 이 모든 것은 내 아내의 감각이지 내 감각은 아닙니다. 내가 벽에 있는 그림들을 쳐다보면 그는 말했다. 예, 그것은 실레의 그림이지요. 아, 이것은 아마 클림트의 그림일 겁니다. 아, 이것은 코코슈카가 그린 것이지요. 세기말 그림은 오로지 유치한 저속품들뿐이지요. 그는 몇 번씩이나 반복해서 말했다. 그런데 이 그림은 내가 모은 것도 아니고 아내도 실제로는 그렇게 좋아한 것도 아니면서 언제나 이것에 애착을 가졌지요. 애착을 가졌다는 것, 그것이 정확한 표현입니다 하고 레거는 그때 말했다. 어쩌면 실레는, 그러나 클림트는 아니지요, 코코슈카는 괜찮지만 그러나 게르스틀은 아니지요 하고 그는 토를 달았다. 그건 잘 모르지만 로스가 만든 것이라고 하고, 이건 호프만이 만든 거라고 하는데, 글쎄요 하고 그는 말했다. 내가 말한 대로 그건 정말 아돌프 로스의 책상이고, 그것은 요제프 호프만의 안락의자이지요. 이어서 레거는 말했다. 사실 나는 지금 유행하고 있는 이런 물건을 싫어하지요. 로스와 호프만의 것도 지금 한창 유행이어서 나는 당연히 그것에 거부 반응을 일으킵니다. 가장 유치한 화가인 실레와 클림트가 지금 가장 유행을 타고 있지요. 그래서 나는 철저하게 클림트와 실레를 거부하지요. 사람들은 주로 베베른, 쇤베르크, 베르크 그리고 그들을 흉내 내는 사람들의 음악을 듣지요. 거기다 말러까지 말입니다. 나는 그런 음악에 거부감을 느낍니다. 유행을 타는 것은 모두 거부합니다. 분명 나는 내가 말하는 예술 이기주의에 빠져 있을 것입니다. 나는 예술에 관련된 것은 모두 나 혼자 차지하려고 합니다. 나는 내가 좋아하는 쇼펜하우어, 파스칼 그리고 노발리스 게다가 내가 가장 좋아하는 고골을 혼자서만 독차지하려고 합니다. 단지 나 혼자서 이 예술품을 소유하려 하지요. 이 천재적인 예술 작품을 말입니다. 나 혼자서만 미켈란젤로와 르누아르와 고야를 갖고 싶습니다 하고 그는 말했다. 나 이외의 어떤 사람이 이러한 예술가, 천재들이 창조한 것을 가지고 있거나 즐기는 것을 나는 견딜 수가 없습니다. 벌써 나 이외에 어떤 다른 사람이 야나체크, 쇼펜하우어 내지는 마르티누 또는 데카르트를 높이 평가한다는 생각조차 견딜 수 없습니다. 그건 정말 참을 수가 없습니다. 나는 유일한 사람이 되고 싶어 하지요. 그건 물론 무서운 생각입니다 하고 그때 레거는 말했다. 나는 소유만을 생각하는 사람입니다 하고 레거는 그때 그의 집에서 말했다. 나는 고야가 나만을 위하여 그림을 그렸고, 고골과 괴테가 단지 나를 위해 글을 썼으며, 바흐가 오로지 나만을 위해 곡을 지었다는 생각 속에 살고 싶습니다. 그러나 그것은 궤변이자 엄청나게 비열한 태도이기 때문에 사실 나는 불행합니다. 당신은 그것을 분명 잘 아시리라 생각합니다 하고 레거는 말했다. 비록 멍청한 일이라 해도 나는 어떤 책을 읽으면 그 책이 나를 위해서만 쓴 책이라는 느낌과 생각이 듭니다. 어떤 그림 하나를 보면 나는 그것이 오로지 나를 위해서만 그린 그림이라는 느낌과 생각이 듭니다. 내가 듣는 음악은 나만을 위해서 만든 곡입니다. 그러면 당연히 나는 아주 혼동스러운 상태에서 책을 읽고 음악을 들으며 그림을 보는 것임에도 불구하고 무척 즐거워합니다. 이 안락의자에 앉아서, 라고 레거는 내게 말하면서 로스가 브뤼셀에서 설계하고 또한 브뤼셀에서 제작한, 이른바 그 흉한 로스 안락의자를 가리켰다. 나는 삼십 년 전에 아내에게 푸가에 대해 가르치기 시작했지요. 그 흉측한 로스 안락의자는 여전히 같은 자리에 있다. 그는 나에게 징어가 쪽의 창문 앞에 있는 그 흉측한 로스 안락의자에 앉으라고 권했다. 여기서 나는 내 아내에게 일 년 동안이나 빌란트의 글을 읽어 주었습니다. 독일 문학이 대단히 평가 절하하는 빌란트 말입니다. 괴테는 이 빌란트를 싫은 기색으로 쫓아 보냈으며, 이때 실러가 혐오스러운 역할을 했지요 하고 레거는 그렇게 말했다. 일 년 뒤에 내 아내는 빌란트 전문가가 되었지요, 글쎄 일 년만에 말입니다! 하고 레거는 소리까지 쳤다. 이 괴상하고 불편한 로스 의자도 그 지겨운 허풍쟁이 로스가 만들었다고 합니다만, 일천구백육십육년과 일천구백육십칠년에 아내는 거기에 앉아서 새벽 한 시에서 두 시 사이에 칸트의 글을 나에게 모두 읽어 주었습니다. 처음에는 아내를 문학과 철학 그리고 음악의 세계로 끌어들이는 데 무척 힘들었습니다 하고 레거는 말했다. 철학이 없는 문학과 그 반대의 경우, 그리고 음악이 없는 철학과, 음악이 없는 문학 그리고 그 반대의 경우는 결코 생각할 수 없다는 게 너무도 당연한 일인데, 아내가 그것을 이해하는 데에는 여러 해가 걸렸습니다 하고 레거는 그때 징어가의 집에서 말했다. 내가 아내를 알게 되었을 때 그녀는 출신에 걸맞게 교육을 많이 받은 상태였음에도 불구하고 나는 그녀와 처음부터 시작해야 했습니다. 처음에 나는 정말 함께 하는 것이 불가능하다고 생각했지요. 그러나 그럼에도 가능했습니다. 그것은 내 아내의 천성이 모든 일에 순응하는 편이기 때문입니다. 사실 그것은 결국 내가 함께 사는 데 이상적이라고 할 수 있는 우리 결혼의 전제였습니다. 내 아내와 같은 여자는 처음 몇 년 동안은 그런 것을 어렵게 배우지만 그 이후부터는 점점 더 쉽게 배우지요 하고 레거는 말했다. 이 불편하고 흉측한 로스 의자에서 내 아내는 소위 철학에 눈뜨기 시작했습니다 하고 레거는 그때 징어가의 집에서 말했다. 우리는 한 인간이 사물을 똑바로 이해할 수 있기까지 이끄는 데 실로 여러 해 동안은 잘못된 방식으로 가르칩니다. 그러다 어느 한순간 올바른 방식을 알게 되면, 그 이후부터는 모든 것이 아주 빨리 진행되지요. 내 아내도 그때부터는 모든 것을 대단히 빨리 이해했지요. 물론 나는 내 아내에게 몇 년간이라도, 그것이 안 되면 몇십 년 동안이라도 가르칠 수 있었을 것입니다 하고 레거는 그때 징어가의 집에서 말했다. 우리는 한 여자를 아내로 맞이하지만 왜 그녀를 맞이했는지 모릅니다. 그런데 분명한 것은 그녀가 단지 집안일만 부지런히 해주기를 바라서만은 아닙니다. 우리는 그녀에게 진정한 삶의 가치가 무엇인지 알려 주고 정신적으로 따라와 준다면 삶이 무엇이라는 것을 일깨워 주기 위해서 맞이합니다. 물론 우리는, 내가 처음에 시도하여 당연히 실패했던 대로, 한 여자에게 정신적인 것을 머릿속으로 마구 쑤셔 넣는 실수를 저질러서는 안 됩니다. 신중을 기해야 성공하지요 하고 레거는 그때 징어가의 집에서 말했다. 아내는 나를 알기 전에 좋아했던 것 모두를, 내가 그녀를 가르친 이후에는 좋아하지 않았습니다. 그러나 예외로 이 유치한 유겐트식은 히스테리를 일으킬 정도로 좋아했습니다. 이 역겨운 유겐트식, 모호한 취향 말입니다. 거기에 대해서는 나도 어쩔 수가 없었지요. 그러나 나는 시간이 가면서 엉터리이며 읽을 가치가 없는 문학을, 그리고 엉터리이고 가치 없는 음악을 그녀가 멀리하게 했습니다. 그리고 세계 철학의 중요한 부분을 그녀에게 알려 주었지요, 라고 레거는 말했다. 여자는 고집이 셉니다. 우리는 여자가 사실 다루기 힘든 존재인데도 늘 쉽다고 생각합니다. 내 아내가 나와 결혼하기 전, 그러니까 시간이 남아돌던 그때에 그녀는 대부분의 여자가 그러듯이 아무 의미 없는 여행을 많이 했습니다.

오늘은 여기, 내일은 저기 하는 식의 여행 광기 말입니다. 그건 그들의 구호일 뿐 실제로는 아무것도 체험하지 못하며 보지도 못합니다. 집으로 돌아올 땐 빈 지갑밖에 남는 것이 없습니다. 결혼한 이후로 내 아내는 더 이상 여행하지 않았습니다. 단지 내가 그녀와 함께한 이 정신적인 여행만 하였지요. 우리는 쇼펜하우어에게로 여행을 떠났으며, 니체, 데카르트, 몽테뉴 그리고 파스칼에게로 매년 여행을 다녔습니다 하고 레거는 말했다. 여기 보십시오, 레거는 직접 그 흉한 오토 바그너 안락의자에 앉으면서 말했다. 이 흉측한 오토 바그너 안락의자에서 내 아내는 자기가 한 해 내내 배운 슐라이어마허를 이해하지 못했다고 고백했습니다. 슐라이어마허를 배우는 동안에 그녀는 정말 슐라이어마허에 대한 나의 기쁨을 망쳐 놓았고, 그래서 나 역시 갑자기 슐라이어마허에 대해 더 이상 관심이 없어져 버렸기에, 나는 아주 단순히 그녀가 슐라이어마허를 이해하지 못했다고 생각하고는 더 이상 슐라이어마허를 다루지 않았지요. 내 아내가 이해하지 못한 슐라이어마허와 같은 철학자는, 이미 말한 대로 우리는 그냥 주저 없이 무시해야 하며 그러고는 계속해서 다른 사람에게로 나아가야 합니다. 나는 즉시 헤르더에 관한 입문을 시작했지요. 우리 둘은 그것을 휴식이라고 생각했지요 하고 레거는 그때 그 징어가의 집에서 말했다. 아내가 죽었을 때 나는 우리가 함께 살았던 이 집에서 떠나리라 생각했습니다. 그러나 나는 그 이후에도 내가 너무 늙었다고 생각해서 이사하지 않았습니다. 어디로 옮긴다는 것은 내 힘에 부치지요 하고 레거는 말했다. 물론 방 두 개만으로 충분하지요. 그러나 더 이상 이사를 할 수 없다면 이 징어가에 있는 집이 그렇듯이 열 개 내지는 열두 개의 방에서 만족하고 지내야 합니다. 이 집에 있는 모든 것이 아내를 생각나게 하지요. 내가 원하는 대로 볼 수 있습니다. 그녀는 저기에 서 있기도 하고, 앉아 있기도 하지요. 또 그녀가 이 방 또는 저 방에서 내게로 옵니다. 비록 그것은 가슴 아픈 일이기도 하지만 그것은 동시에 무서운 일이지요. 정말 그건 가슴 아픈 일입니다 하고 레거는 말했다. 내가 처음 징어가에 있는 그의 집에 갔을 때 그리고 그의 아내가 아직 살아 있었을 때에 그는 징어가를 내려다보면서 말했다. 아츠바허 씨, 내게는 갑자기 아내가 떠나 내가 혼자가 되는 것보다 더 두려운 일은 없습니다. 내게 일어날 수 있는 가장 두려운 일은 그녀가 죽고 내가 혼자가 되는 것이지요. 그러나 내 아내는 건강합니다. 그리고 나보다 몇 년은 더 살 겁니다 하고 그때 레거는 말했다. 내가 내 아내를 사랑했듯, 진정으로 누군가를 사랑한다면 우리는 그 사람의 죽음을 상상할 수 없습니다. 우리는 그런 생각조차 할 수가 없습니다 하고 레거는 말했다. 그가 나를 위해 일반 서점에서 사지 않고 중간 상인을 통해 보통 가격보다 싸게 산 오래된 스피노자 전집을 가져오려고 내가 징어가의 있는 그의 집에 두 번째로 갔을 때, 그는 내가 집에 들어서자마자 괴상한 로스 안락의자에 무작정 앉으라고 하고는, 곧장 노발리스의 책 하나를 가지러 서재로 갔다. 이제 한 시간 정도 당신에게 노발리스의 글을 읽어 드리지요 하고 그는, 내가 괴상한 로스 안락의자에 앉아 있는 동안에 선 채로 정말 한 시간 동안이나 노발리스의 글을 읽어 주었다. 한 시간 뒤에 노발리스의 책을 덮으며 말하기를, 나는 노발리스를 처음부터 좋아했는데, 지금도 여전히 좋아하지요. 노발리스는 유일하게 내가 한평생 변함없이 간절하게 좋아한 작가입니다. 그 외 다른 모든 사람은 시간이 가면서 크고 작고 간에 나를 짜증 나게 했으며 대단한 실망감을 주었지요. 그들의 글은 의미가 없고 목적이 없거나 혹은 정말 보잘것없고 아무런 가치가 없는 것임이 번번이 드러났습니다. 그러나 노발리스의 글은 모두 그렇지 않았지요. 나는 철학자인 동시에 작가인 어떤 사람을 좋아하게 되리라고는 단 한 번도 생각하지 않았습니다. 나는 노발리스를 좋아합니다. 나는 그를 언제나 그리고 영원히, 앞으로도 똑같은 마음으로 좋아할 것입니다 하고 그때 레거는 말했다. 모든 철학자가 세월이 가면서 늙지만 노발리스는 그렇지 않습니다 하고 레거는 말했다. 그러나 내 아내가 노발리스에게 호감조차 갖지 않았던 것은 정말 이상합니다. 내가 노발리스를 언제나 그렇게 좋아하는데도 그녀는 전혀 호감조차 갖지 않았지요. 나는 시간이 지날수록 그녀가 아주 많은 사람을 좋아하게 만들었는데도 노발리스는 그러지 못했습니다. 내가 그녀에게 가장 많이 이야기해 준 사람이 바로 노발리스였음에도 말입니다 하고 그는 말했다. 처음에 그녀는 함께 미술사 박물관으로 가는 것을 꺼렸습니다 하고 레거는 말했다. 그녀는 온 힘을 다해 거부했습니다. 그러다 결국에는 나와 함께 그곳으로 가게 되었어요. 내가 그러듯이 똑같이 그렇게 규칙적으로 말입니다. 만일 그녀가 나보다 더 오래 살았다면, 지금 내가 그녀 없이 혼자 이러듯이 그녀도 분명히 나 없이 혼자서 이 미술사 박물관에 다시 왔을 겁니다. 레거는 이제 다시 그 하얀 수염의 남자를 쳐다보면서 말했다. 전쟁이 끝난 지 사십 년이 지난 지금 이 오스트리아는 다시 도덕이 몰락한 암울한 상태가 되고 말았습니다. 그것은 우울한 일이지요. 이 아름다운 나라, 그러나 도덕은 바닥에까지 떨어졌지요 하고 레거는 말했다. 이 아름다운 나라, 그렇지만 온통 야만적이고 비열하며 자기 파괴적인 사회입니다. 무엇보다도 무서운 것은 우리가 이 타락을 달리 어떻게 해보지도 못하고 멍하니 보고만 있어야 한다는 사실이지요 하고 레거는 말했다. 레거는 하얀 수염의 남자를 보면서 말했다. 이틀에 한 번 나는 아내의 무덤에 갑니다. 그러니까 미술사 박물관에 오지 않는 날은 아내의 무덤에 가는 거지요. 나는 반 시간 정도 그녀의 무덤가에 서 있지만 아무런 느낌도 없습니다. 어쨌든 나는 아내의 무덤가에 서 있는 동안 내내 아내를 생각하지만, 그래도 그녀와 관련한 것은 아무것도 느끼지 못하는 것이 정말 이상합니다. 나는 그곳에 서 있지만 실제로는 그녀와 관련한 것은 아무것도 느끼지 못합니다. 그녀의 무덤에서 떠나오면 그때서야 나는 다시 그녀가 나를 홀로 남게 했다는 그런 공포를 느낍니다. 나는 언제나 그녀에게 특별히 가까이 다가가기 위해서 그녀의 무덤에 간다고 생각합니다. 그러나 내가 그녀의 무덤가에 서면 정말 그녀와 관련한 것은 아무것도 느끼지 못합니다. 그러면 나는 거기

자라난 풀을 다 뜯어내고 무덤의 흙을 바라보지만 그래도 아무 느낌이 없습니다. 그래도 나는 나중에 내 무덤도 될 아내의 무덤에 이틀에 한 번씩 가는 것이 이제는 습관이 되었습니다 하고 레거는 말했다. 그녀의 장례식과 관련한 그 끔찍스러운 일을 생각하면 지금도 치가 떨립니다. 내가 주문한 부고장(訃告狀)의 인쇄는 계속해서 잘못되었지요. 한 번은 너무 진하고, 또 한 번은 너무 흐렸어요. 한 번은 구두점이 너무 많고 또 한 번은 너무 적었지요. 그 인쇄한 것을 가져오게 하면 매번 모든 것이 엉터리였지요. 그건 정말 절망스런 지경이었습니다 하고 그는 말했다. 절망이 극에 달했을 때 나는 인쇄한 사람에게 견본을 아주 확실하게 알려 주었는데도 시범 인쇄는 한 번도 그대로 되지 않았으며 모든 것이 잘못되었다고 말했습니다. 그 말을 들은 인쇄소 사람은, 자기는 부고장을 어떻게 인쇄해야 하는지를 알고 있다고 말하였습니다. 내가 아니라 그가 그 글을 어떻게 해야 하는지를 안다고 말입니다. 내가 아니라 그가 그 구두점들이 어디에 들어가야 하는지를 안다고 말입니다, 내가 아니고 말입니다. 그러나 나는 포기하지 않았으며 결국 내가 원했던 부고장을 만들었습니다. 그러나 나는 내가 원하는 부고장을 만들기 위해 다섯 번이나 인쇄소에 가야 했습니다. 인쇄소 사람들은 그들이 틀렸다는 것을 이미 알고 있으면서도 언제나 자신들이 옳다고 주장하는 망상에 빠진 사람들이지요. 인쇄소 사람들과는 아예 거래를 하지 말아야 합니다 하고 레거는 말했다. 그들은 즉시 반항적인 태도를 보이며 자기들 고집대로 하지 않으려면 모든 것을 포기하라고 위협합니다. 그러나 나는 그 인쇄인에게 굽히지 않았지요 하고 레거는 말했다. 부고장에는 아내가 죽은 시간과 장소, 단 한 문장만 씌어 있었습니다. 그런데도 나는 인쇄소에 다섯 번이나 가야 했고 인쇄인과 싸움을 해야만 했습니다. 내 아내는 전혀 부고를 원하지 않았습니다. 그것에 관해 나는 이미 내 아내와 이야기했었습니다. 그렇지만 나는 부고장을 인쇄했습니다. 그러고는 부고장을 단 한 군데도 보내지 않았습니다. 왜냐하면 부고장을 보낸다는 것이 갑자기 아무 의미가 없는 일로 보였기 때문이지요 하고 레거는 말했다. 나는 아내가 죽었다는 단 한 문장만을 신문에 실었습니다 하고 레거는 말했다. 사람들은 가족 중 누군가가 죽으면 엄청난 낭비를 하지요. 내가 올바로 처신했는지는 아직도 확실하지 않지만 어쨌든 가능한 한 소박하게 했습니다. 그런데 나는 계속해서 그것이 옳지 않았다는 절망감에 빠져 있습니다. 아내가 죽은 후에 날마다 이러한 절망감에 빠지는데, 절망을 느끼지 않는 날이 하루도 없습니다. 그것은 시간이 흐르면서 나를 녹초로 만들지요 하고 레거는 말했다. 유산이 많아 사실 어려움이 전혀 없었습니다. 그것은 그녀가 자기 유언장에 일반 상속인으로 나를 써 놓았기 때문이지요. 내가 내 유언장에 그녀를 일반 상속인으로 해 놓은 것과 마찬가지로 말입니다. 여전히 깊은 상처를 주고 그 상처 때문에 숨이 막힐 거라고 생각하는 그런 죽음도 우스꽝스러운 면이 있지요 하고 레거는 말했다. 끔찍스러운 것은 정말 항상 우스꽝스럽지요 하고 레거는 말했다. 원칙적으로 보면 내 아내의 장례식은 소박할 뿐만 아니라 침울한 장례식이었지요 하고 레거는 말했다. 우리가 아주 간소하게 그리고 가능한 한 적은 사람으로 장례식을 치른다고 칩시다. 정말 침울한 분위기 외에는 아무것도 마련되지 않았습니다. 음악이 없다고 합시다. 간단한 인사말도 없고 회고도 없습니다. 우리는 가장 소박한 장례식으로 잘 치러 냈다고 합시다. 그래도 그것은 우리를 지독히도 우울하게 합니다 하고 레거는 말했다. 정말 가까운 일곱 내지는 여덟 명, 될 수 있는 한 친척 없이 가장 가까운 사람만 온다고 생각해 봅시다. 그리고 올 때 꽃이나 그 외에 아무것도 가지고 오지 말라고 부탁한 가장 가까운 사람만 온다면 모든 것이 실제로 우울해집니다. 모든 것이 빨리 진행되어 사십오 분도 채 걸리지 않았습니다. 그리고 우리는 우울해하며 오래 걸렸다고 생각합니다 하고 레거는 말했다. 나는 내 아내의 무덤에 가지만 아무것도 느끼지를 못합니다. 집에서는 지금까지도 매일 적어도 한 번은, 당신이 믿으실지 모르겠지만 눈물을 흘리는데, 그러나 아내의 무덤가에는 전혀 느낌이 없습니다. 나는 거기서 풀을 뜯습니다. 나는 이 신경질적이고 우스꽝스러운 풀 뜯기를 하는데, 그것은 병적인 방법으로 마음을 안정시키는 것이지요. 나는 그 주변에 있는 볼품없는 무덤들을 봅니다. 무덤은 모두 무미건조하지요 하고 레거는 말했다. 묘지를 보며 우리는 인간의 무미건조함을 적나라하게 느낄 수 있습니다. 아내의 무덤에도 단지 풀만 자라고 있지요. 그리고 이름 한 자 씌어 있지 않습니다. 나는 그렇게 하기로 아내와 약속했습니다 하고 레거는 말했다. 그에 대해 나는 전혀 반대하지 않습니다. 석공은 묘지를 볼품없게 만들고, 소위 조형 예술가라는 사람들은 여기저기에다 조잡하게 장식을 하지요. 물론 내 아내의 무덤은 그린칭과 그 뒤에 있는 칼렌베르크를 아주 잘 볼 수 있는 곳이지요. 그리고 그 아래로는 도나우 강도 보이고요. 무덤이 높은 데 있어서 빈을 내려다볼 수 있습니다. 인간이 어디에 묻히는가는 분명 아무런 상관이 없습니다. 그러나 나와 내 아내처럼 이미 영구 묘지에 무덤이 있다면 자기 무덤에 묻혀야 하지요. 중앙 공동묘지 말고는 그 어디에도 묻힐 수 있다고 내 아내는 자주 말했습니다. 그리고 나 역시 말한 대로 어디에 묻히든 결국에는 다 똑같지만 중앙 공동묘지에 묻히고 싶지 않습니다 하고 레거는 말했다. 나에게 있는 유일한 친척인 레오벤에 사는 조카는 내가 그 중앙 공동묘지가 아닌 영구 묘지에 있는 내 소유의 무덤에 묻히고 싶어 한다는 것을 알고 있습니다 하고 레거는 말했다. 그러나 물론 내가 빈에서 삼백 킬로미터 이상 떨어진 곳에서 죽는다면 그러면 바로 그곳에 묻어 주고, 반경 삼백 킬로미터 안에서 죽으면 빈에, 그렇지 않은 경우에는 바로 현장에 묻어 달라고 나는 그 레오벤에 사는 조카에게 말했지요. 내가 이야기한 것을 조카는 지킬 것입니다. 왜냐하면 그는 내 상속인이기 때문이지요 하고 레거는 말했다. 레거는 하얀 수염의 남자를 보면서 말했다. 일 년 전, 그러니까 내 아내가 죽기 얼마 전에는 자주 빈 시내를 몇 시간 정도 걸어 다녔는데, 이제는 그러고 싶은 생각이 없어졌습니다. 아내의 죽음이 실제로 나를 아주 약하게 만들었지요. 나는 이제 아내가 죽기 이전의 내가 아닙니다. 그리고 빈도 이제는 매우 더러워졌지요 하고 그는 말했다. 겨울에는 봄이 되면 괜찮겠지, 봄에는 여름이 오면 괜찮겠지, 여름에는 가을이 되면 그리고 가을에는 겨울이 되면 괜찮겠지 하고 생각하지요. 나는 언제나 한 계절에서 다음 계절을 기다리지요. 그러나 이것은 내가 타고난 불행한 성격입니다. 겨울이구나. 그래, 겨울은 바로 너를 위한 계절이야 하고 나는 말하지 않으며, 봄, 그래, 봄은 바로 너를 위해 있어 하고 이야기하지 않지요. 가을, 그래, 가을은 바로 너에게 꼭 맞는 계절이야, 여름, 그렇지, 여름은 바로 너를 위해 있어 하고 나는 생각하지 않습니다. 나는 나의 불행을 곧 내가 살아야만 하는 그 계절 탓으로 돌립니다. 그것은 불행이지요. 나는 있는 그대로의 현재를 누리는 사람에 속하지 않습니다. 그것은 내가 과거를 즐기고 현재를 항상 불쾌하게 생각하는 그런 불행한 사람에 속한다는 것을 의미하지요. 그것이 사실입니다 하고 레거는 말했다. 나는 늘 현재를 불쾌하고 부당한 것으로 생각하지요. 그것이 나의 불행입니다. 그러나 모든 것이 항상 그런 것만은 아니지요. 왜냐하면 나도 때로는 현재를 있는 그대로 볼 수 있기 때문입니다. 당연히 현재도 언제나 불행하지는 않으며 언제나 불행한 일만 일어나는 것은 아니라는 것을 나도 알고 있습니다. 마치 우리가 과거를 생각할 때마다 항상 기쁜 것만은 아니듯 말입니다. 또 다른 큰 불행은 내가 신뢰할 수 있는 의사가 없다는 점입니다. 나는 살아가면서 상당히 많은 의사를 만났는데, 누구에게서도 신뢰감을 느끼지 못했습니다. 모든 의사에게 나는 실망했지요 하고 레거는 말했다. 나는 완전히 쇠약해졌으며 언제 쓰러질지 불안합니다. 내가 중풍에 걸린다는 말을 나는 실제로 수천 번이나 했는데, 이 말을 할 때마다 내 스스로도 정말 견딜 수가 없습니다. 내가 중풍에 걸린다는 소리를 입에 달고 다니지만 나는 아직 걸리지 않았습니다 하고 레거는 말했다. 당신이 있는 데서도 나는 자주 내가 중풍에 걸릴 거라고 생각한다고 말했지요. 그런데도 아직 나는 걸리지 않았습니다. 나는 그 이야기를 그냥 습관적으로 하는 것이 아닙니다. 정말 나는 내가 중풍에 걸릴 거라는 느낌이 들기 때문에 말하는 겁니다. 내 몸은 이제 정상이 아닙니다 하고 레거는 말했다. 좋은 의사를 알고 있다면 좋으련만, 좋은 의사가 없습니다. 징어가에는 특정한 전문의가 아닌 일반 의사가 네 명 있고 내과 의사가 둘 있습니다. 그러나 이 의사들은 모두 아무짝에도 쓸모가 없습니다. 눈이 아주 나빠져 조만간 보이지도 않게 생겼는데 좋은 안과 의사가 없습니다. 그런데 내가 의사에게 가지 않는 데는 또 다른 이유가 있습니다. 내가 죽을병이 들었다는 내 추측을 의사가 내게 확인시켜 줄 것 같아서이지요. 나는 몇 년 전부터 죽을병이 들었지요. 그것을 나는 내 아내에게 늘 말했습니다 하고 레거는 말했다. 그래서 그녀가 아니라 내가 먼저 죽는다는 것을 확신했었습니다. 그런데도 그녀가 그 황당한 사고 때문에 나보다 먼저 죽었습니다. 나는 평생 동안 의사를 불신했습니다. 우리에게 좋은 의사가 있다면 더 이상 바랄 게 없겠지요. 그러나 좋은 의사를 알고 있는 사람은 거의 없습니다.

우리에게는 정말 무능한 의사와 돌팔이 의사만 있습니다 하고 그는 말했다. 이제는 좋은 의사라는 생각이 들면 그 의사는 너무 늙었거나 너무 젊은 사람입니다. 새로운 의약에 대해서는 잘 알고 있지만 경험이 없는 의사이거나 경험은 많은데 새로운 의약에 대해서는 아는 것이 전혀 없는 그런 의사이지요 하고 레거는 말했다. 어떤 사람에게 몸을 고치는 의사와 정신을 고치는 의사가 아주 긴급하게 필요하지만 그 두 사람을 찾지 못합니다. 그는 한평생 몸을 돌보는 의사와 정신을 돌봐 주는 의사를 찾아 다니지만 그런 의사는 없습니다. 이게 사실이에요. 내가 그 자선병원의 의사들이 내 아내의 죽음에 책임이 있으며 그들이 양심의 가책을 느껴야 한다고 그들과 승강이를 벌였을 때 그들이 뭐라고 했는지 아십니까? 그들은 말했습니다. 시간이 너무 지났습니다. 내게 이 입에 발린 소리를 했지요. 내 아내의 수술을 잘못한 그 의사만 그런 것이 아니고 그 자선병원의 모든 의사가 그 입에 발린 소리를 했습니다. 시간이 너무 지나버렸습니다. 시간이 너무 지나버렸습니다. 시간이 너무 지나버렸습니다. 마치 이 말이 자기들의 표본말인 듯 한결같이 그렇게 말했지요 하고 레거는 말했다. 만일 우리가 신뢰할 수 있고 진료를 맡기는 동안 안전하다고 느끼게 하는 의사가 있다면 우리는 늙은이로서 가장 중요한 것을 가지고 있는 셈입니다. 그러나 우리에게 그런 의사는 없습니다. 이제 나는 그런 의사를 찾지도 않습니다. 왜냐하면 언제 내가 죽는가는 이제 전혀 상관이 없기 때문입니다. 오늘 당장 죽는다 해도 나는 괜찮습니다. 그러나 모든 사람이 그러듯이 나도 가능한 한 짧은 순간에 그리고 고통 없이 죽고 싶습니다. 내 아내는 며칠만 힘들었습니다. 며칠 아파하고는 며칠 혼수상태로 있었지요 하고 레거는 말했다. 사람들은 수의를 준비하라고 했지만 나는 그냥 새 아마천으로 그녀를 감았습니다 하고 레거는 말했다. 장례를 할 때 아내를 싸서 감아 주었던, 시청에서 온 사람은 그 일을 아주 잘했습니다. 우리는 장례식 때 모든 일을 스스로 처리하는 것이 좋습니다. 그러면 집에 앉아서 기다리는 동안 절망에 빠져 숨이 막힐 시간이 없기 때문이지요. 팔 일 동안이나 나는 장례식 때문에 온 빈 시내를 다녔습니다. 이 관청에서 저 관청으로, 그러는 동안에 나는 또다시 관청의 관료주의를 실감했습니다 하고 레거는 말했다. 여기 빈에서 우리가 장례식 문제로 가야 하는 관청은 멀리 떨어져 있습니다. 장례식에 필요한 것을 모두 해결하기 위해서는 적어도 일주일은 꼬박 걸립니다. 매번 나는 아주 간소하게 내 아내의 장례식을 치르겠다고 이야기했습니다. 그러나 그들은 그것을 이해하지 못했습니다. 왜냐하면 다른 사람은 모두 내가 아는 대로 언제나 거창하게 치르기를 원하기 때문입니다. 결국 가장 간소한 그 장례식 한 번 치르는 데 쏟은 힘이 얼마나 되던지요 하고 레거는 말했다. 베링 시청에서 나온 그 사람만이 나를 이해했지요. 그 사람은 바로, 내가 간소한 장례식이라고 말했을 때, 다른 사람은 모두 값싼 장례식이라고 생각했지만 그만이 유일하게 간소한 장례식의 의미를 제대로 이해했습니다. 내가 간소한 장례식이라고 말하면 다른 사람은 모두 값싼 장례식을 생각했지요. 그러나 오로지 그 베링 시청에서 나온 그 사람만이 내가 간소하면서도 값싸지 않은 장례식을 했으면 한다고 말했을 때 즉시 이해했습니다. 나는 관청에 있는 사람들이 정말 멍청하다는 생각을 다시 버렸습니다. 나는 정말 이번 겨울을 맞이하리라고는 생각지도 않았고 하물며 잘 넘기리라고는 믿지도 않았지요 하고 레거가 갑자기 말했다. 나는 한 해를 완전히 무관심 속에서 살았습니다. 의무적으로 가야 했던 음악회와 타임스지에 기고한 나의 글 이외에는 나는 아내가 죽은 이후로 아무것에도 관심을 두지 않았습니다. 실제로 나는 당신을 포함해서 누구에게도 관심을 갖지 않았는데, 몇 달 동안이나 당신에 대해서조차도 전혀 흥미가 없었지요 하고 레거는 말했다. 나는 거의 아무것도 읽지 않았습니다. 집 밖으로 나가지도 않았지요. 그러나 음악회에는 갔어요. 그러나 지난 한 해 동안에는 이 음악회에 간 것이 아무런 가치가 없었으며 당연히 타임스지에 기고한 나의 글도 마찬가지였습니다. 여기 사상이 없는 빈에서, 그것도 우려할 만큼 몰락한 이 음악 분야에서 도대체 왜 내가 아직도 타임스지를 위해 뭔가를 쓰고 있는가 하고 가끔씩 자문해 보지요. 왜냐하면 이곳 빈에서는 그 콘서트 홀도 그렇고 음악협회도 그렇고 어떤 특별한 것을 연주하지 않기 때문이지요. 빈의 음악회는 이미 오래전부터 독특함을 잃어버렸습니다. 당신은 여기서 듣는 것과 똑같은 것을 훨씬 일찍 함부르크나 취리히 또는 딩켈스뷜에서 들을 수 있을 것입니다 하고 레거는 말했다. 내가 글을 쓰고 싶어 하는 욕심은 점점 더 커지는데, 빈의 음악회가 제공하는 것은 갈수록 가치가 없어집니다. 나는 이제 더 이상 음악회에 미친 사람이 아닙니다. 음악에 미친 사람이긴 하지만 음악회에 미친 사람은 이제 아니지요. 음악협회나 콘서트 홀에 가는 것도 이제는 점점 더 힘들어집니다. 이 두 곳을 걸어서 가기에는 너무 힘듭니다. 그리고 나는 택시도 타지 않으며, 전차는 징어가에서 가는 것이 없지요. 콘서트 홀에 오는 청중은 최근 들어 음악협회에 오는 사람과 마찬가지로 아주 평범하고 촌스러워졌습니다. 무감각하다고밖에 말할 수 없습니다. 전문가적인 것은 벌써 오래전부터 없어졌는데, 그건 정말 슬픈 일입니다. 성악가 중의 성악가 조지 런던이 오페라에서 돈 조반니를 부르던 시대도, 백정의 딸이었던 리프가 밤의 여왕을 부르던 시대도 완전히 지나갔습니다. 또한 육십 년대에 메뉴인이 콘서트 홀에서 그리고 오십 년대에 카라얀이 음악협회에서 지휘하던 시대도 이제는 지났습니다. 우리는 그저 중간 정도의 가치 없는 것만을 듣고 있지요. 최고 수준의 우상이며 가장 이상적이며 능력 있는 이들이 이제는 늙고 권한이 없어져 버렸습니다 하고 레거는 말했다. 오늘날의 세대는 이상하게도 음악에 대해서 십오 년 내지 이십 년 전의 최고의 음악을 더 이상 기대하지 않습니다. 기술이 발달하여 음악을 듣는 것이 아주 일상적인 일이 되었기 때문이지요. 음악을 듣는 것이 이제는 더 이상 특별한 일이 아닙니다. 당신이 어디에 가든 항상 음악을 들을 수 있으며, 백화점이나 진료실 그리고 어느 거리에서도 당신은 어쩔 수 없이 음악을 들어야만 합니다. 당신은 오늘날엔 전혀 음악에서 벗어날 수 없습니다. 당신은 음악으로부터 도망가려 하지만 벗어날 수가 없습니다. 이 시대는 완전히 음악이 사방을 둘러치고 있습니다. 그것은 대혼란이지요 하고 레거는 말했다. 우리 시대는 총체적인 음악으로 가득합니다. 북극에서 남극에 이르기까지 도시든 농촌이든 바다든 사막이든 상관없이 당신은 음악을 들어야 합니다. 사람들이 음악으로 포식한 지가 이미 오래되어 이제는 더 이상 음악에 대한 감각이 없습니다. 이 엄청난 일은 당연히 당신이 요즈음에 듣는 음악회에도 영향을 미칩니다. 특이한 것은 더 이상 없습니다. 왜냐하면 이 세상의 음악이 모두 특이하기 때문에 당연히 직접 감동을 주는 특별한 것이 없는 것입니다 하고 레거는 말했다. 몇몇 우스운 대가가 특이하고자 노력을 해도 그들은 특이하지가 않습니다. 왜냐하면 그들은 그럴 수가 없기 때문이지요. 이 세계는 완전히 총체적인 음악으로 가득 차 있는데, 이것이야말로 정말 비극이지요, 라고 레거는 말했다. 사방 천지에서 당신은 특이하고 완벽한 음악을 마구 듣기 때문에 당신이 미쳐 버리지 않기 위해서는 벌써 귀를 틀어막았어야 합니다. 현대인은 그 밖에 가진 것이 없기 때문에 음악 소비주의에 시달리고 있지요 하고 레거는 말했다. 현대인을 마음대로 조종하는 산업이 이 음악 소비주의를 너무도 부추겨 사람들이 모두 몰락해 버렸습니다. 오늘날 사람들은 모든 것을 파괴하는 폐기물과 화학 물질에 대해 많이 이야기합니다. 그런데 음악은 폐기물과 화학 물질보다 훨씬 더 파괴적입니다. 음악은 마지막에 가서 전체적인 것과 개별적인 것 하나하나를 총체적으로 파괴하는 것이지요, 바로 그런 것입니다. 맨 먼저 음악 산업은 인간의 귀청을 망가뜨립니다. 그런 다음에는 당연히 인간 자체가 파괴되지요, 그게 사실이에요, 하고 레거는 말했다. 음악 산업에 희생되어 완전히 망가진 사람을 나는 이미 보고 있지요. 종국에는 음악의 송장 냄새로 이 지구 전체를 뒤덮을, 음악 산업에 희생된 수많은 사람을 말입니다, 아츠바허 씨. 음악 산업은 처음에는 그저 사람들에게 양심의 가책이 되지만 마지막에 가서는 분명히 세상 전체에 양심의 가책이 될 것입니다. 화학 물질과 폐기물뿐만이 아니고 말입니다. 음악 산업은 인간을 죽입니다. 음악 산업은 지금까지 대로라면 아마 몇십 년 안에 인류를 멸망시켜 버릴 실질적인 인류의 대량 학살자입니다, 아츠바허 씨, 하고 레거는 흥분하여 말했다. 귀가 예민한 사람은 이제 더 이상 거리에 나갈 수가 없습니다. 당신이 카페에 가든지 식당에 가든지 또는 백화점에 가든지 어디에서도 당신은 원치 않더라도 음악을 들어야 합니다. 당신이 기차나 비행기를 타도 끊임없이 음악이 좇아다닙니다. 이 쉼 없는 음악은 오늘날 인류가 견디고 참아 내야 하는 가장 잔인한 것입니다 하고 레거는 말했다. 아침 일찍부터 밤늦게까지 인류는 모차르트와 베토벤 그리고 바흐와 헨델로 완전히 포식합니다 하고 레거는 말했다. 당신은 언제나 원하는 곳으로 갈 수 있지만 이 고문에서 벗어날 수는 없습니다. 여기 이 미술사 박물관에서 음악을 들을 수 없는 것은 분명 기적에 가깝습니다. 정말 음악에 빠져 있지요. 아내의 장례가 끝난 뒤 나는 육

주 동안 징어가의 집에서 묻혀 살았으며 가정부조차도 못 들어오게 했습니다 하고 레거는 말했다. 장례가 끝난 직후에 그는 근처에 있는 사원에 가서 왜 그러는지도 모른 채 초에 불을 붙였다. 그리고 이상한 것은 그가 그 사원을 나와서는 곧장 슈테판 성당에 들어가서 그곳에서도 마찬가지로 이유도 모른 채 촛불을 붙였다는 것이다. 슈테판 성당에서 촛불을 밝힌 이후에 나는 자살하려는 생각으로 볼가의 골목길로 내려갔습니다. 나는 어떻게 내가 죽을 수 있는지에 대해 아무런 생각이 없었는데, 결국에는 짧은 시간 안에 죽을 수 있는 자살을 생각했습니다 하고 레거는 말했다. 나는 며칠 동안, 어쩌면 몇 주 동안 도시에서 방황하는 것과 몇 주 집에 묻혀 있는 것 가운데 선택을 해야 했는데, 나는 묻혀 있기로 결정했습니다 하고 레거는 말했다. 그는 아내 장례식이 끝난 이후로 사람을 전혀 만나지 않았으며, 처음에는 아무것도 먹으려 하지 않았다. 며칠 동안 물만 마시고는 누구도 사나흘을 채 견디지 못한다. 그도 급격히 여위어 버렸으며 아침에는 갑자기 일어날 기운조차 거의 없었다. 그것이 어떤 신호였지요 하고 레거는 내게 말했다. 나는 다시 먹기 시작했습니다. 그리고 다시 쇼펜하우어를 연구하기 시작했습니다. 그녀가 내 뒤에서 넘어져 소위 대퇴골경이 부러졌던 그 당시에 바로 나와 아내는 쇼펜하우어에 대해 한창 얘기하고 있었지요. 나는 이 육 주 동안의 칩거 생활 동안 단지 내 재산 관리인과 몇 번 전화 통화를 했으며, 쇼펜하우어를 읽었습니다. 그것이 분명 나를 구원했을 것입니다. 비록 내가 나 자신을 구원한 것이 옳았는지는 모르겠지만 말입니다 하고 레거는 말했다. 나를 구원하지 않고 자살을 했다면 분명히 더 나았을 것입니다 하고 레거는 말했다. 그러나 내가 장례식과 관련해서 그렇게 동분서주한 사실 하나만으로 나는 목숨을 끊을 시간이 전혀 없었습니다. 우리는 곧바로 목숨을 끊지 않으면 죽을 수가 없습니다. 그건 황당한 일입니다 하고 그는 말했다. 우리는 가장 사랑한 사람을 따라 죽고 싶어 하지만 목숨을 끊지 않습니다. 우리는 그 생각을 하긴 하지만 실천에 옮기지는 않습니다 하고 레거는 말했다. 이상하게도 이 육 주 동안 나는 음식을 가까이하지 않았습니다. 단 한 번도 피아노를 치지 않았지요. 한번은 평균율 피아노 곡집의 한 곡을 머릿속에서 연주해 보았지만 금방 그만두었습니다. 이 육 주 동안 나를 구원한 것은 음악이 아니었습니다. 그것은 바로 쇼펜하우어였습니다. 계속해서 몇 줄씩 쇼펜하우어를 읽었습니다 하고 레거는 말했다. 니체도 아니었고 오로지 쇼펜하우어였습니다. 나는 잠자리에서 일어나서는 쇼펜하우어의 글 몇 줄을 읽고 그에 대해 깊이 생각하고는 다시 쇼펜하우어의 글을 몇 줄 더 읽고 그것에 대해 숙고했습니다 하고 레거는 말했다. 물만 마시고 쇼펜하우어의 글만 읽은 지 나흘이 지난 후에 처음으로 빵 한 조각을 먹었지요. 그런데 빵이 너무 딱딱해 고기 자르는 칼로 썰어야 했습니다. 나는 그 징어가의 집에 있는 의자, 그 흉한 로스 의자에 앉아서는 징어가를 내려다보았습니다. 그때가 오월 말이었는데, 때아닌 눈보라가 다 쳤지요 하고 그는 말했다. 나는 사람이 두려웠습니다. 나는, 옷을 잔뜩 끼어 입고 장바구니를 들고는 징어가를 왔다 갔다 하는 사람들을 방에서 지켜보았습니다. 나는 그 사람들이 견딜 수 없을 정도로 미웠지요. 나는 다시는 저들에게 돌아가지 않으리라고 생각했습니다. 저런 사람들에게는 두 번 다시 돌아가지 않으리라고 말입니다. 그러나 사실 다른 사람이 없지 않습니까 하고 레거는 말했다. 징어가를 내려다보는 동안에 나는 아래에 지나다니는 사람들 외에 다른 사람이 없다는 것을 알게 되었습니다. 나는 징어가를 내려다보면서 사람들을 증오했습니다. 그러고 다시는 저들에게 돌아가지 않으리라고 생각했습니다 하고 레거는 말했다. 다시는 파렴치하고 궁색한 저 사람들에게는 돌아가지 않겠다고 나 자신에게 말했지요 하고 레거는 말했다. 나는 장롱에서 여러 함을 꺼내서 그 안을 들여다보고 계속해서 아내의 사진과 글 그리고 편지를 꺼내서는 차례로 책상 위에 놓고 하나하나 자세히 보았지요. 아츠바허 씨, 나는 솔직한 사람이라고 생각합니다. 그때 나는 눈물을 흘렸습니다. 나는 갑자기 눈물이 쏟아졌습니다. 수십 년 동안 울어 본 적이 없던 내가 한순간에 눈물을 왈칵 쏟았습니다 하고 레거는 말했다. 나는 거기 그냥 앉아 눈물을 흘리기 시작했습니다. 마냥 울고 또 울었지요. 어렸을 때부터 수십 년 동안 눈물을 흘린 적이 없었는데, 갑자기 나는 울었습니다 하고 레거는 앰배서더에서 나에게 말했다. 나는 이제 숨길 것도 없고 침묵을 지킬 것도 없습니다. 이제 여든두 살이 되고 보니 정말 숨기고 입을 다물어야 할 것이 전혀 없어졌지요. 그래서 나는 내가 한순간에 실컷 울었다는 것을 그리고 며칠 동안 끊임없이 눈물이 마르도록 실컷 울었다는 것을 스스럼없이 말합니다 하고 레거는 말했다. 나는 거기에 앉아서는 아내가 그동안 내게 보낸 편지를 보고, 그녀가 지금까지 해 왔던 메모를 읽고는 실컷 울어 버렸습니다. 우리는 수십 년이 지나면서 자연스럽게 한 사람에게 익숙해지고 그 사람을 사랑하며 결국에는 다른 모든 것보다 더 그 사람을 사랑하여 그 사람에게 우리 자신을 묶어 버립니다. 그러다 그 사람을 잃어버리면 그것은 정말 모든 것을 잃어버린 것이나 다름없습니다. 나는 항상 내게는 음악이 전부라고 생각했습니다. 가끔씩은 철학이 그렇다고 생각했고, 뛰어난 최고의 글들이, 또 예술이 다 그렇다고 생각했습니다. 그러나 예술이라는 것은 언제나 그렇듯이 유일하게 사랑한 사람에 비하면 아무것도 아니었습니다. 우리는 도대체 어떻게 사랑한 사람의 혼을 빼놓았습니까. 우리는 유일하게 사랑한 그 사람에게 얼마나 많은 애를 먹였습니까. 우리는 얼마나 많이 그 사람을 괴롭혔습니까. 그런데도 우리는 그 사람을 둘도 없이 사랑했습니다 하고 레거는 말했다. 이 세상에서 둘도 없이 사랑한 그 사람이 죽으면 우리는 너무도 큰 양심의 가책을 받게 됩니다. 그 사람이 죽은 후에 그것에 계속 시달리다 어느 날 숨 막혀 죽게 되는, 무서운 양심의 가책 말입니다 하고 레거는 말했다. 내가 한평생 모아서 이 징어가의 집으로 가져온 이 책과 글은 결국 아무 소용이 없었습니다. 나는 홀로 남아 있었고 모든 책과 글은 아무짝에도 쓸모없었습니다. 우리는 셰익스피어와 칸트에게 매달릴 수 있다고 생각합니다. 그러나 그것은 기만입니다. 셰익스피어와 칸트 그리고 우리가 살아가는 동안에 소위 위대한 인물이라고 추어올린 이들도 진정 우리가 필요로 하는 그 순간에는 아무런 도움을 주지 못합니다. 그들은 우리에게 어떤 해답도 주지 않으며, 위로도 해주지 못합니다. 우리는 그들이 갑자기 메스껍고 낯설어집니다. 이 소위 위대한 사람들 그리고 중요하다는 사람들의 생각과 글은 모두 우리에게 아무런 의미도 주지 않습니다 하고 레거는 말했다. 우리는 결정적인 순간, 그러니까 우리 삶의 중대한 순간에 이 중요한 사람과 위대한 사람에게 언제나 그러듯이 의지할 수 있다고 항상 생각합니다. 그러나 그것은 착각입니다. 바로 그 삶의 결정적 순간에 우리는 이 모든 중요한 사람 그리고 위대한 사람, 소위 영원한 이들로부터 버림을 받습니다. 그들이 이러한 삶의 결정적 순간에 우리에게 주는 것이라고는 그들 가운데 있으면서도 우리는 혼자이며 큰 어려움에 빠져 있다는 사실뿐입니다 하고 레거는 말했다. 오직 쇼펜하우어만이 유일하게 나에게 도움이 되었는데, 그것은 내가 단순히 살아남기 위해 그를 이용했기 때문입니다 하고 레거는 앰배서더에서 나에게 말했다. 예를 들어 칸트, 셰익스피어 그리고 괴테를 포함한 모든 사람이 참을 수 없이 싫어져 나는 절망적인 상태로 쇼펜하우어에게 나를 내맡기고는 살아남기 위해서 쇼펜하우어와 함께 징어가의 내 집 의자에 앉았습니다. 왜냐하면 나는 갑자기 내 아내를 뒤쫓아 죽고 싶지 않았으며 이 세상에 계속 머무르고 싶어져 살아남으려 했기 때문입니다. 아시겠습니까 아츠바허 씨, 하고 레거는 앰배서더에서 말했다. 그러나 내가 쇼펜하우어를 통해 살아남을 수 있었던 것은 오로지 내가 그를 나의 목적을 위해 이용했기 때문인데, 정말로 나는 그를 가장 사악하게 위조했습니다. 나는 내가 이야기한 다른 사람들과 똑같이 실제로는 전혀 그렇지 않은 그를, 나의 생존을 위한 치료약으로 만들어 버렸습니다 하고 레거는 말했다. 우리는 한평생 내내 위대한 사상가 그리고 소위 그 옛 거장들에게 의지합니다. 그러다 우리는 그들이 결정적인 순간에 아무것도 할 수 없다는 것을 깨닫고는 그들에게 치명적인 실망을 하게 됩니다. 우리는 위대한 사상가와 옛 거장의 작품을 수집하고 삶의 중대한 순간에 우리의 목적을 위해 그들이 필요할 것이라고 생각합니다만 그것은 사실 치명적인 오류로, 우리의 목적을 위해 악용하는 것 외에는 아무것도 아닙니다. 우리는 우리 정신의 금고를 이 위대한 사상가와 옛 거장들로 가득 채우고는 인생을 결정짓는 그 순간에 그들에게 의지합니다. 그러나 우리가 정신의 금고를 열어 보면 그것은 비어 있습니다. 그게 사실이에요. 우리는 비어 있는 정신의 금고를 보게 되고, 우리는 혼자이며 실제로 어찌할 도리가 없다는 사실을 알게 됩니다 하고 레거는 말했다. 우리는 모든 분야에 걸쳐 한평생 동안 모아들이는데, 정신의 재산에 있어서는 결국 오로지 혼자 남게 됩니다 하고 레거는 말했다. 내가 그토록 많은 정신의 재산을 끌어모았는데도 결국에는 완전히 비어 있습니다 하고 레거는 앰배서더에서 말했다. 오로지 야비한 속임수로, 그러니까 살아남기 위한 내 목적에 맞게 쇼펜하우어를 악용하는 것만이 성공했습니다 하고 레거는 말했다. 당신과는 전혀 상관이 없어져 버렸고 한순간에 당신에게 무서운 공허감 외에는 아무 가치도 없게 된 수많은 책과 글을 대하면 갑자기 그것들이 다 무엇으로 보이는지 아십니까. 허무함이지요 하고 레거는 말했다. 가장 사랑한 사람을 잃어버리면 모든 것이 허무해집니다. 어디를 보든 모든 것이 허무할 따름이지요. 당신이 아무리 이곳저곳을 보아도 모든 것이 정말로 공허합니다, 그것도 영원히 말입니다 하고 레거는 말했다. 그리고 당신은 살아가면서 수십 년 동안 함께한 그 위대한 사상가나 옛 거장이 아니라, 당신이 유일하게 사랑한 바로 그 사람만이 남는다는 것을 알게 됩니다. 이러한 인식 안에서 그리고 이러한 인식으로 당신은 혼자이며 그 누구도 그 무엇도 당신에게 도움이 되지 않습니다 하고 레거는 말했다. 당신은 집 안에 처박혀서는 좌절하지요. 당신은 날이 갈수록 더 깊게 절망하며, 한 주, 두 주가 지날수록 더더욱 절망적인 상태에 빠집니다. 그러다 갑자기 이 절망의 수렁에서 빠져나옵니다. 당신은 일어나서 이 치명적인 절망에서 빠져나옵니다. 그래도 그런 절망에서 빠져나올 수 있는 힘이 아직 있지요. 나는 갑자기 그 징어가 집에 있는 그 의자에서 일어나서는 절망으로부터 빠져나왔으며 그러고는 그 징어가로 내려가서는 시내 쪽으로 얼마간 걸어 들어갔습니다 하고 레거는 말했다. 나는 그 징어가 집에 있는 의자에서 일어나서는 집에서 나와 한번 살아 보려는 생각으로 시내 쪽으로 걸어갔습니다 하고 레거는 말했다. 나는 그 징어가의 집에서 나와서는 한번 살아 보기 위한 최후의 시도를 해보리라 생각하고는 시내 중심가로 갔습니다. 살기 위한 시도는 행운을 가져왔습니다. 분명 나는 결정적인 순간에 그리고 최후의 순간에 그 징어가 집에 있는 내 의자에서 일어나 징어가로 내려와서는 시내 중심가로 들어갔던 것입니다 하고 레거는 말했다. 물론 나는 그 이후에도 다시 집에서 계속해서 절망에 시달렸습니다. 당신은 내가 살아남기 위해 단 한 번만 시도한 것이 아니라는 점을 잘 아실 겁니다. 나는 수백 번이나 시도해야 했습니다. 나는 계속 시도했지요. 나는 반복해서 그 징어가 집에 있는 의자에서 일어나 거리로 나갔으며, 그러고는 정말 다시 사람들 속으로, 그 사람들 속으로 들어감으로써 결국 구원되었습니다 하고 레거는 말했다. 당연히 나는 그것이 올바른 일이었는지 그리고 그것이 잘못된 건 아닌지 자문합니다. 그러나 그것이 중요한 것이 아닙니다 하고 레거는 말했다. 우리는 절망적인 심정으로 따라 죽으려 합니다만 나중에는 그렇게 하려 하지 않습니다. 이 절망의 고문 속에서 나는 살아갑니다. 벌써 일 년이 넘게 말입니다, 라고 레거는 말했다. 우리는 사람을 증오합니다. 그럼에도 그들과 함께 있으려고 하지요. 그것은 우리가 오로지 사람들과 함께 그리고 사람들 사이에서만 계속 살아갈 수 있으며 미쳐 버리지 않을 수 있기 때문입니다. 우리는 혼자서는 오래 견디지 못합니다. 우리는 혼자 있으며 고독할 수 있다고 생각합니다. 우리는 혼자서 살아갈 수 있다고 스스로 믿습니다. 그러나 그것은 망상입니다 하고 레거는 말했다. 우리는 사람 없이 살아갈 수 있다고 생각합니다. 더군다나 어떤 유일한 사람 없이도 살아갈 수 있다고 생각합니다. 우리는 단지 혼자 있어야만 성공을 한다고 스스로 믿는데, 그러나 그것은 망상입니다. 혼자서는 최소의 생존 기회마저 없습니다. 우리는 정말 여전히 아주 많은 사상가와 옛 거장들을 삶의 동반자로 맞이할 수 있습니다. 그러나 그들은 사람을 대신하지 않습니다 하고 레거는 말했다. 마지막에 가서 우리는 무엇보다도 특히 소위 이 위대한 사상가와 옛 거장들로부터 버림을 받게 되며 그들로부터 조소당한다는 것을 알게 됩니다. 그러고는 우리가 이 모든 위대한 사상가와 옛 거장들이 언제나 우리를 우롱하고 있다는 것을 확실히 알게 됩니다. 처음에 그는 그 징어가의 집에서 이미 말한 대로 빵과 물만 먹었다. 그러다 팔 일 내지는 구 일째 되던 날 통조림에 든 고기를 부엌에서 직접 끓여 먹고, 바싹 마른 자두를 연하게 해서 거기다 뜨거운 물로 데친 국수를 곁들여 먹었는데, 이 음식 때문에 그는 매번 속이 메스꺼워졌다. 팔 일 내지는 구 일째 되던 날 그는 다시금 가정부를 불러서는 그녀를 그의 집 건너편에 있는 로얄 호텔로 보내 음식을 가져오게 했다. 나는 개처럼 거기 앉아서 밥을 먹었지요 하고 레거는 말했다. 로얄 호텔과 그는 좋은 조건으로 계약을 맺었다. 오월 말부터 매일, 로자라는 이름이 있지만 우리가 늘 스텔라라 불렀던 그 가정부가 음식을 날랐습니다! 수프와 주식을 알루미늄 접시에 담아서 말입니다. 나는 두 사람 몫의 음식값을 지불했습니다. 나는 반 접시만을 먹었으며 나머지 한 접시 반은 가정부가 먹었습니다 하고 레거는 나에게 앰배서더에서 말했다. 나는 로얄 호텔의 음식을 마지못해 먹었지요. 달리 어쩔 수 없이 먹어야만 했기 때문에 나는 그 음식을 먹었습니다 하고 레거는 말했다. 그러나 나는 어쩔 수 없이 내 맞은편에 앉아 밥을 먹는 가정부를 보는 것만으로도 속이 메스꺼워졌습니다. 나는 가정부와는 단 한 번도 편안하지 못했습니다. 그녀는 언제나 내 아내의 가정부였습니다. 나였다면 이 멍청하고 거짓말쟁이인 가정부를 결코 고용하지 않았을 텐데 말입니다. 그녀는 정말 바로 내 맞은편에 앉아서는 로얄 호텔의 음식을 내가 반 접시 먹는 동안에 한 접시 반을 다 먹었습니다. 우리는 가정부라는 존재를 감수할 수 밖에 없습니다. 그러지 않으면 우리는 먼지에 질식할 것이기 때문입니다 하고 레거는 앰배서더에서 말했다. 그러나 그들은 대개 늘 언짢은 존재일 뿐입니다. 우리는 그런 가정부에게 의지하고 있습니다. 바로 그것이 문제이지요 하고 레거는 말했다. 그녀는 언제나 내가 기꺼이 먹고 싶어 한 음식이 아니라 그녀가 먹고 싶어 한 음식 그리고 그녀 자신을 위해 선택한 음식을 로얄 호텔에서 가져왔습니다. 그녀는 돼지고기를 가장 즐겨 먹어 언제나 돼지고기를 가져왔지요. 그러나 나는 솔직히 말해서 쇠고기만 먹습니다 하고 레거는 말했다. 나는 언제나 쇠고기를 즐겨 먹는 사람이었는데, 대개 가정부들은 돼지고기를 즐겨 먹습니다. 아내가 죽고 난 뒤, 더구나 장례식이 끝나자마자 그 가정부는 나에게 아내가 자기에게 이것저것을 유산으로 남겨 주었다고 넌지시 알렸습니다. 그러나 나는 아내가 가정부에게 아무것도 남기지 않았다는 것을 압니다. 왜냐하면 아내는 자기가 죽는다는 생각을 전혀 하지 않았으며 그리고 그 누구와도 유언이나 유산에 대해 이야기한 적이 없기 때문입니다. 나하고도 한 번도 이야기한 적이 없는데 하물며 그 가정부와 했겠습니까 하고 레거는 말했다. 그러나 가정부는 장례가 끝나자마자 내게 와서는 아내가 그녀에게 옷, 구두, 그릇, 옷감 등등을 남겨 주었다고 이야기했습니다. 가정부들은 정말 불쾌해하는 줄도 모르고 덤벼듭니다 하고 레거는 앰배서더에서 말했다. 그들이 뭔가 요구할 때에는 전혀 부끄러움이 없습니다. 사람들은 누구나 가정부를 칭찬합니다. 비록 사람들이 요즈음의 가정부는 칭찬받을 가치가 전혀 없다는 것을 알고 있어도 말입니다. 요즈음의 가정부는 너무도 뻔뻔하게 많은 요구를 하면서 일은 완전히 얼렁뚱땅 해치웁니다. 그러나 사람들은 가정부가 칭찬받을 만한 것처럼 말합니다. 왜냐하면 그들도 가정부에게 어쩔 수 없이 의지하고 있기 때문이지요 하고 레거는 앰배서더에서 말했다. 단 한 순간도 내 아내는 그 가정부에게 뭔가를 줘야겠다는 생각을 한 적이 없습니다. 아내는 죽기 이틀 전까지도 자신의 죽음을 몰랐는데 어떻게 그녀가 그때 그 가정부에게 뭔가 약속할 수 있었겠습니까 하고 레거는 말했다. 내 아내가 자신에게 여러 물건을 주겠다고 약속했다고 그 가정부가 내게 말했을 때 나는 그녀가 거짓말을 하고 있다고 생각했습니다. 장례식에 참석한 사람들이 아직 묘지를 채 떠나기도 전에 그녀는 내게 내 아내가 이것저것을 약속했다고 말했습니다. 우리는 언제나 사람들을 옹호합니다. 왜냐하면 우리는 전혀 예상치 못한 비열한 짓을 사람들이 저지를 때까지는 사람이 그렇게 비열할 수 있다고 믿을 수가 없으며 믿고 싶어 하지 않기 때문입니다. 내가 아직도 채 다 덮지도 않은 무덤가에 서 있는데도 가정부는 몇 번씩이나 냄비 얘기를 꺼냈습니다. 한번 생각해 보십시오. 아직 다 덮지도 않은 무덤가에 서 있는 내게 계속해서 냄비 얘기를 꺼냈으니 말입니다 하고 레거는 말했다. 몇 주 동안이나 가정부는 아내가 자기에게 많은 것을 약속했다며 파렴치한 거짓말로 나를 졸라 댔습니다. 나는 이미 말한 대로 귀담아 듣지 않았습니다. 아내가 죽은 지 석 달이 지나서야 나는 그녀에게 아내의 조카에게 주려고 생각했던 옷 중 두서너 가지를 골라서 가져가고 필요한 것이 있으면 부엌에서 가져가라고 말했습니다. 그 가정부가 내 말에 어떻게 행동했는지 아십니까? 그 인간은 옷가지를 온 팔 가득히 끌어내서는 준비해 온 백 킬로그램짜리 가방에다 가득 채웠는데, 끊임없이 한 아름 가져다가 더 이상 들어가지 않을 때까지 꾹꾹 채워 넣었습니다. 당황한 채 나는 거기 서서 그 장면을 쳐다보고 있었습니다. 미친 사람처럼 가정부는 온 집 안을 뛰어다니며 끌어모을 수 있는 대로 약탈했습니다. 결국 그녀는 오백 킬로그램이나 되게 채워 넣고는 그 백 킬로그램짜리 가방에 넣을 수 없는 것은 모두 큰 가방 세 개에다 가득 채웠습니다. 나중에는 그 가방과 자루 주머니를 밖에 세워 둔 빌린 차에다 싣기 위해서 그녀의 딸까지 불렀습니다. 이 두 사람이 그 자루와 가방을 징어가로 지고 내려갈 때 그 가정부는 또, 가져가도 되는지 내게 물어보지도 않고 수십 개의 냄비를 바닥에 죽 늘어놓았습니다. 그녀가 이 냄비들을 징어가로 가지고 내려가기 위해 냄비 손잡이를 끈으로 묶는 동안에 그녀는 이 냄비, 저 냄비를 아내가 자기에게 주었다고 말했습니다. 정신없이 나는 그곳에 선 채, 미친 사람처럼 냄비를 지고 내려가는 그들을 보았습니다. 내 아내는 가정부의 딸을 단 한 번도 본 적이 없습니다. 만일 가정부가 일하고 있을 당시 그녀의 딸을 아내가 한 번이라도 보았다면 아내는 이 모습에 황당해했을 겁니다 하고 레거는 말했다. 우리는 이미 말한 대로 사람에게 더 깊이 다가갈수록, 그리고 좋게 대할수록 더 무섭게 앙갚음을 받습니다 하고 레거는 앰배서더에서 말했다. 이 가정부와 그녀의 딸을 보고는 나는 다시 한 번 인간이 얼마나 철저하게 잔인할 수 있는가를 배웠습니다 하고 레거는 말했다. 소위 하류 계층도 상류층과 마찬가지로 똑같이 비열하고 저질스러우며 거짓투성이입니다. 소위 단순한 사람 그리고 소위 피지배자는 좋은 사람이라는 생각이야말로 정말 이 시대에서 가장 거부 반응을 일으킬 만한 것입니다. 이것은 내가 아는 가장 끔찍스러운 거짓 중의 하나입니다 하고 레거는 말했다. 사람은 전체적으로 똑같이 저질스럽고 비열하며 거짓말쟁이입니다. 소위 가정부라는 사람은 주인보다 아무것도 더 나은 것이 없으며, 실제로 그것은 오늘날 모든 것이 거꾸로이듯 뒤바뀌었습니다. 오늘날은 가정부가 주인인 반면에 그 반대는 아니지요 하고 레거는 말했다. 소위 무능한 사람이 오늘날 권력을 쥐고 있으며, 그 반대는 아닙니다 하고 레거는 앰배서더에서 말했다. 그가 하얀 수염의 남자를 보고 있는 동안에 나는 그가 반복해서 오늘날은 모든 것이 뒤죽박죽이지요 하고 앰배서더에서 나에게 말한 것을 떠올렸다. 내가 아직 채 덮지도 않은 무덤가에 서 있었는데, 그때 그 가정부는 나를 설득시키려는 양 내 아내가 언젠가 바드가슈타인에서 산 초록색의 겨울 외투를 자기에게 물려주었다고 했어요. 이런 사람들은 기회가 있을 때마다 이용하며 어떤 일에도 망설이지 않습니다 하고 레거는 격분하며 말했다. 이들은 멍청해서 가장 역겨운 짓조차도 이익을 위해서라면 서슴없이 합니다. 그리고 우리는 계속해서 이런 사람들에게 속아 넘어갑니다. 왜냐하면 그들은 이런 일상에서 일어나는 역겨운 일에 있어서는 우리보다 뛰어나기 때문입니다 하고 레거는 말했다. 국민에게 사기를 치는 것 또한 역겨운 일입니다. 예를 들어 정치인이 원래 그렇듯이 국민의 의무를 스스로 떠맡는 것과 같은 일 말입니다, 라고 레거는 말했다. 우리의 이상적인 생각은 얼마 지나지 않아 무의미하다는 것을 알게 됩니다 하고 레거는 말했다. 그리고 우리는 늙어 갑니다, 라고 그는 말하면서, 젊은이에게 알랑거리는 것보다 더 보기 싫은 것은 없습니다. 나이 든 사람이 젊은이에게 알랑거리는 것을 나는 정말 견딜 수 없습니다, 아츠바허 씨. 오늘날의 사람들은 무방비로 방치되어 있습니다. 완전히 무방비로 방치된 사람이 오늘날의 사람들입니다. 십 년 전만 해도 사람들은 그래도 어느 정도 보호받고 있다고 생각했습니다. 그러나 이제는 완전히 무방비 상태에 놓여 있습니다 하고 레거는 앰배서더에서 말했다. 그들은 더 이상 숨길 수가 없습니다.

숨을 곳이 더 이상 없습니다. 그것이 바로 무서운 일입니다 하고 레거는 말했다. 모든 것이 완전히 보이게 되었으며 그로 인해 완전히 무방비 상태가 되었습니다. 그것은 곧 오늘날에도 도망갈 가능성이 전혀 없다는 말입니다. 어디에 있든 똑같이 내몰리고 선동되고 죽지 않는 한 도망갈 수 있는 자리를 찾지 못합니다. 그게 사실이에요 하고 레거는 말했다. 이 세상이 신비로운 세계가 아니라 섬뜩한 세계라는 것은 무시무시한 일입니다. 당신이 원하든 원하지 않든 이 섬뜩한 세계에 당신은 만족해야 합니다, 아츠바허 씨. 당신은 온전히 이 섬뜩한 세계에 내던져져 있습니다. 만약 당신이 그렇지 않다고 생각한다면 당신은 속고 있는 것입니다. 오늘날 끊임없이 우리의 귓전을 두드리고 있는 정치가와 정치적 수다쟁이의 특기인 거짓말에 말입니다 하고 레거는 말했다. 이 세계는 누구도 보호를 받을 수 없는 끔찍한 곳입니다 하고 레거는 앰배서더에서 말했다. 이제 레거는 그 하얀 수염의 남자를 보았으며 그리고 말했다. 내 아내의 죽음이 가장 큰 불행인 것만은 아닙니다. 그것은 나를 해방시켰습니다. 내 아내의 죽음으로 나는 자유로워졌습니다 하고 그는 말했다. 내가 말하는 자유란 완전한 자유, 완벽한 자유, 온전한 자유를 말하는 것입니다. 만일 당신이 아신다면, 아니면 적어도 감이라도 잡으신다면 말입니다. 나는 이제 죽음을 기다리지 않습니다. 그것은 자연스럽게 옵니다. 내가 그것을 생각하지 않아도 죽음은 옵니다. 그것이 언제 오든 나는 전혀 상관하지 않습니다. 사랑한 사람의 죽음은 우리를 모든 체계로부터 해방시킵니다 하고 이제 레거는 말했다. 나는 이미 오래전부터 내가 자유롭다는 이 느낌으로 살아가고 있습니다. 나는 이제 모든 것을 내게 다가오게 할 수 있습니다. 그것에 대항하지 않은 채 정말 모든 것을 말입니다. 나는 더 이상 저항하지 않습니다. 바로 그것이지요 하고 레거는 이제 말했다. 하얀 수염의 남자를 보면서 그가 말하기를, 언제나 저 하얀 수염의 남자를 정말 좋아했습니다. 그러나 나는 틴토레토를 좋아하지는 않았습니다. 그래도 틴토레토의 하얀 수염의 남자는 좋아했습니다. 삼십 년이 넘게 나는 저 그림을 보아 왔는데도 계속해서 더 저 그림을 볼 수 있습니다. 그 어떤 그림도 나는 삼십 년이 넘게는 볼 수 없습니다. 옛 거장들의 그림을 계속해서 쳐다보면 우리는 금방 싫증이 납니다. 우리가 그 그림들을 세심하게 주의해서 보면, 그러니까 비판 대상으로 놓고 보면 우리는 실망합니다. 실제 이렇게 비판적으로 살펴보면 옛 거장들의 어떤 그림도 빠져나오지 못합니다 하고 레거는 말했다. 레오나르도, 미켈란젤로, 티치아노, 이들은 우리 눈 안에서 믿을 수 없을 정도로 빨리 녹아 없어지며, 비록 천재적이라 해도 결국 살아남기 위한 초라한 예술임이 드러납니다. 이 경우 고야는 완강한 거봉이지요. 그러나 고야는 우리에게 유익하긴 하지만 결국에는 아무 의미도 없습니다 하고 레거는 말했다. 고야 작품이 전혀 없는 이 미술사 박물관에 있는 모든 것은 소위 우리 삶의 결정적인 순간에는 아무것도 아닙니다. 자세하게 연구해 보면 이 모든 그림에서 우리는 졸렬함을 발견하는데, 너그럽게 봐주지 않는다면 실제로 가장 위대하다는 작품에서조차도 어떤 실수, 어떤 큰 실수를 보게 됩니다. 그 실수 때문에 우리는 점차로 이 그림들을 싫어하게 되는데, 분명 우리가 너무 많은 요구를 했기 때문일 겁니다 하고 레거는 말했다. 예술 전체가 사실 살아남기 위한 예술 외에 아무것도 아닙니다. 이 사실을 우리는 간과해서는 안 됩니다. 예술은 우리가 아는 대로 거짓과 허위, 위선과 자기기만으로만 살아갈 수 있는 이 세계와 그 부조리를 견뎌 내기 위한 노력으로, 요컨대 우리의 지성마저도 감동시키는 방법으로 시도되는, 살아남기 위해 쓰는 방편입니다 하고 레거는 말했다. 이 그림들은 온통 거짓과 허구, 위선과 자기기만으로 가득 차 있습니다. 거기에는 그들의 천재적인 예술적 기교 외에는 아무것도 없습니다. 그 밖에도 이 그림들 모두는 스스로의 문제와 평생 자신을 둘러싸고 있는 문제들을 결코 해결하지 못하는 인간의 절대적인 무력함을 보여 주고 있습니다. 이 그림들은 바로 이것을 표현하고 있습니다. 한편으로는 사람을 부끄럽게 하고, 다른 한편으로는 그 같은 사람을 깜짝 놀라게 하여 죽음으로까지 이르게 하는 그런 무능함 말입니다 하고 레거는 말했다. 저 하얀 수염의 남자는 삼십 년 이상을 나의 이성과 감정을 이겨 냈습니다. 그래서 나에게는 저 그림이 여기 미술사 박물관에 전시되어 있는 것 중 가장 소중합니다. 내가 삼십 년 전에 이미 그 사실을 알고 있기라도 한 것처럼 나는 삼십 년 전에 처음으로 이 의자에 앉았습니다. 바로 이 하얀 수염의 남자 그림 맞은편에 말입니다. 이 소위 옛 거장들의 그림은 모두 실패작입니다. 예외 없이 모두 실패작으로

낙인 찍혔으며, 그림 하나하나에서 관찰자는 이 실패를 정확히 알 수 있습니다. 붓질마다 그리고 가장 미세한 부분에서도 말입니다 하고 레거는 말했다. 소위 이 옛 거장들 모두가 어떤 부분은 정말 천재적으로 그렸지만 그들 중 누구도 완벽하게 그리지 못했습니다. 그들은 턱이나 무릎 또는 눈꺼풀 등 어느 한 곳에서는 잘못 그렸습니다 하고 레거는 말했다. 대부분은 손에서 실패합니다. 여기 이 미술사 박물관의 어떤 그림에서도 천재적으로 또는 특출나게 그려진 손을 볼 수가 없습니다. 오로지 희비극적인 모습으로 잘못 그려진 손뿐입니다. 보십시오, 여기 모든 초상화를 말입니다. 가장 유명하다는 것도 그렇습니다 하고 레거는 말했다. 또한 아주 성공적으로 턱이나 무릎을 묘사해 그리는 일도 옛 거장들은 해내지 못했습니다. 엘 그레코는 단 한 번도 손을 제대로 그리지 못했습니다. 엘 그레코가 그린 손은 언제나 더럽고 축축한 행주같이 보입니다 하고 레거는 말했다. 그런데 이 미술사 박물관에는 엘 그레코의 그림이 하나도 없습니다. 마찬가지로 이 미술사 박물관에는 없지만 고야도 미리 겁을 내어 어떤 그림에서도 손을 확실하게 그리지 않았습니다. 고야가 그린 손 그림으로 미루어 보면 고야 자체도 딜레탕티슴에 머물러 버렸습니다. 내가 지금까지 존재했던 모든 화가보다 높이 평가하는 가공할 만한 괴물 고야 말입니다 하고 레거는 말했다. 그러므로 이 미술사 박물관에서 정신을 해치는 합스부르크의 가톨릭 국가 미술을 보는 일은 정말 우울합니다. 수십 년 전부터 언제나 똑같은 것만 있습니다. 나는 미술사 박물관에 와서 생각합니다. 이 미술사 박물관은 고야 그림 한 장도 없어! 엘 그레코 그림이 없다는 것은 내 미술적 견해로 봐서는 불행이 아닙니다. 그러나 미술사 박물관이 고야의 그림을 한 점도 소장하고 있지 않다는 것은 정말 불행한 일입니다 하고 레거는 말했다. 세계적으로 보면 이 미술사 박물관은 명성과는 반대로 결코 최고의 박물관이 아님을 알 수 있습니다. 왜냐하면 이 박물관은 모든 이를 능가하는 위대한 고야의 그림이 한 점도 없기 때문입니다. 더군다나 이 미술사 박물관은 적어도 그림에 있어서는 거부감이 느껴지고 사상이 없는 가톨릭적 예술 감각을 지닌 합스부르크의 예술 감각에 어울리기 때문입니다. 가톨릭 합스부르크 사람은 문학과 마찬가지로 그림도 좋아하지 않았습니다. 그것은 그림과 문학이 그들이 보기에는 음악과는 달리 언제나 위험한 예술이었기 때문입니다. 반면에 그들은 음악은 결코 위험하지 않다고 생각했습니다. 그리고 내가 어떤 예술 서적에서 읽은 대로 그들은 사상이 없기 때문에 위험하지 않다고 음악의 꽃을 활짝 피웠습니다. 합스부르크의 허구성, 합스부르크의 우매함, 합스부르크의 신앙 도착증, 이것이 모두 이 벽에 걸려 있습니다. 그게 사실이에요. 이 그림들에는 모두, 풍경화에서조차 그 도착적인 가톨릭 신앙의 유치함이 들어 있습니다. 비열한 교회의 위선조차 최고 수준인 이 그림들 안에 들어 있습니다. 그건 정말 참을 수 없는 일입니다. 이 미술사 박물관에 전시된 것은 모두 어떤 가톨릭적 위엄을 지니고 있습니다. 이 점에서는 지오토도 예외는 아닙니다 하고 레거는 말했다. 오로지 그들이 그림을 그렸던 앞발로 가톨릭의 권위로 충만한 알프스 변방 하늘을 움켜잡고 있는 이 역겨운 베네치아 사람들 말입니다 하고 그는 말했다. 당신은 이 미술사 박물관에서 자연스럽게 그려진 얼굴을 단 하나도 볼 수 없습니다. 온통 가톨릭적인 얼굴뿐입니다. 여기 잘 그려진 사람을 오랫동안 살펴보면 결국에는 그것도 가톨릭적인 사람일 뿐이지요 하고 레거는 말했다. 이 그림에 있는 풀조차도 가톨릭적인 분위기의 풀로 묘사되어 있습니다. 그리고 이 네덜란드 수프 접시에 있는 수프도 마찬가지로 가톨릭적 수프 외에 달리 아무것도 아닙니다 하고 레거는 말했다. 그것은 뻔뻔한 가톨릭 사상 외에는 달리 아무것도 아닙니다 하고 레거는 말했다. 삼십육 년 동안 나는 이곳이 일 년 내내 이 예술품들의 캔버스에만 좋을 뿐만 아니라 특히 민감한 내 머리에 아주 이상적인 온도인 섭씨 십팔 도를 유지하고 있다는 이유 하나만으로 이 미술사 박물관에 옵니다 하고 레거는 말했다. 자세하게 그림을 관찰하는 일은 자기 파괴적인 방법이며 어느 정도 연륜이 필요하지요 하고 레거는 말했다. 미술사 박물관에서 어떤 습관적인 일을 계속할 수 있는 권리는 없지요. 그것은 근본적으로는 예술 증오이며 어쩔 수 없는 예술 광기이지요 하고 그는 말했다. 아츠바허씨, 우리는 의심할 여지없이 혼란스럽고 저속한 시기의 절정에 다다랐습니다 하고 말하고는 오스트리아 전체가 바로 이 미술사 박물관, 즉 무서운 가톨릭 민족사회주의 박물관 외에는 아무것도 아닙니다. 민주주의 기만이라고 그는 말했다. 뒤죽박죽인 쓰레기 덩어리가 오늘날의 오스트리아이지요.

온통 과대망상에 빠져 있으며 제이차세계대전이 끝난 지 사십 년이 지난 지금 완전히 팔다리가 잘려 나간 상태로 바닥에 떨어진 이 우스운 작은 나라 말입니다. 사유가 소멸한 지 오래이고 반세기 이전부터 오로지 우매한 국가 정치와 멍청한 국가 신봉만이 지배하고 있는 이 우스꽝스러운 작은 나라 말입니다 하고 레거는 말했다. 혼란스럽고 잔인한 세계라고 그는 말했다. 너무 늙어 도망칠 수가 없습니다. 도망가기에는 너무 늙었습니다, 아츠바허 씨, 글쎄 여든두 살이지 않습니까! 언제나 혼자였지요! 나는 결국 속아 넘어간 겁니다, 아츠바허 씨. 오늘날 이 나라 어디를 보아도 우스꽝스러운 하수구뿐입니다 하고 레거는 말했다. 파멸적인 집단 광기라고 그는 말했다. 모두가 얼마큼씩은 침울하지요. 그리고 우리는 헝가리와 더불어 유럽에서 자살률이 가장 높습니다. 나는 자주 스위스로 갈까 하고 생각하지만 스위스는 나에게 더 위험하지요. 내가 우리나라를 얼마나 사랑하는지 당신은 모르실 겁니다. 그러나 지금으로선 어느 나라보다도 증오합니다 하고 레거는 말했다. 나는 이 나라와는 미래에 아무 관계도 맺고 싶지 않습니다. 이 나라는 날마다 속을 메스껍게 합니다. 오늘날 이 나라에서 어떤 일을 하고 다스리는 사람들은 모두 오로지 저질스럽고 사상이 없는 끔찍한 얼굴을 하고 있습니다. 당신은 이 파산한 나라에서 거대한 골상 쓰레기 더미만을 봅니다 하고 그는 말했다. 우리는 무엇을 생각하고 무엇을 이야기합니까. 그리고 우리는 능력이 있다고 생각하지만 사실은 그렇지가 않습니다. 이것이 바로 희극입니다.

그리고 그것이 어떻게 될 것인가 하고 우리가 묻는다면 그것은 곧 비극이지요, 아츠바허 씨. 그때 이르지글러는 레거가 부탁한 타임스지를 가져왔다. 그는 미술사 박물관을 나가서 길 하나만 건너면 있는 신문 판매대에서 사 온다. 레거는 타임스지를 받고는 일어서서 보르도네 홀을 보통 때보다 훨씬 힘찬 걸음으로 나갔다. 나는 큰 중앙 계단을 내려가 밖으로 나가는 그를 따라갔다. 저속한 마리아 테레지아 기념비 앞에 멈춰 선 그는 자기가 왜 오늘 다시 이 미술사 박물관에서 나를 만나자고 했는지 그 진짜 이유를 말하지 않은 것에 대해서 분명히 이상하게 생각할 거라고 내게 말했다. 그는 자기가 부르크 극장에서 공연하는 깨진 항아리 연극 표 두 장, 그것도 아주 좋은 자리로 가지고 있다고 말하고는, 그가 나를 오늘 미술사 박물관으로 오라고 한 진짜 이유가 바로 자기와 함께 부르크 극장에서 공연하는 깨진 항아리를 보러 가자는 제안을 하기 위해서였다고 말했을 때 나는 내 귀를 의심했다. 당신도 알다시피 나는 수십 년 동안이나 부르크 극장에 간 적이 없습니다. 그리고 나는 무엇보다도 그 극장을 싫어합니다. 그는 정말 그런 연극 예술보다 더 싫어하는 것은 없지요, 라고 말하고는, 그러나 나는 어제, 내일 부르크 극장에 가서 깨진 항아리를 봐야겠다고 생각했습니다. 아츠바허 씨, 내가 왜 오늘 다른 사람이 아닌 당신과 그 부르크 극장에 가서 깨진 항아리를 보려고 하는지 나도 모르겠습니다 하고 말했다. 그냥 내가 미쳤다고 생각하십시오. 나는 살 날이 얼마 남지 않았습니다. 나는 당신이 나와 함께 오늘 부르크 극장에 가리라고 생각했습니다. 더군다나 깨진 항아리는 독일의 최고 희극이며 그리고 그 부르크 극장은 또한 세계에서 가장 뛰어난 극장이지 않습니까. 오늘 나와 함께 깨진 항아리를 보러 가자고 말하는 데 나는 무려 세 시간이나 걸렸습니다. 나는 나 혼자 깨진 항아리를 보러 가지는 않습니다 하고 레거는 말했다고 아츠바허는 쓴다. 그 괴로웠던 세 시간 동안 나는, 내가 깨진 항아리 연극 표 두 장을 샀으며 그리고 그것이 단지 당신과 나를 위한 표라는 것을 당신에게 어떻게 말해야 하나 고민했습니다. 왜냐하면 당신은 나로부터 그 부르크 극장이 이 세상에서 가장 나쁜 극장이라는 말만 들었는데, 갑자기 나와 함께 깨진 항아리를 보러 부르크 극장에 가야 하니 말입니다. 그건 이르지글러조차도 이해할 수 없는 사실이지요. 자, 이 표를 받으십시오. 그리고 나와 함께 오늘 저녁 부르크 극장에 가서 이 엉뚱한 짓거리를 한번 즐깁시다, 아츠바허 씨, 하고 레거는 말했다. 예, 당신이 정말 원하신다면요 하고 나는 레거에게 말했다, 라고 아츠바허는 쓴다. 레거는 그렇습니다, 그것이 나의 진정한 소원이지요 하고 말하고는 나에게 표 한 장을 주었다. 정말로 나는 그날 저녁 레거와 함께 부르크 극장에 가서 깨진 항아리를 보았다, 라고 아츠바허는 쓴다. 그 공연은 끔찍스러웠다.

옮긴이의 말(1997년 한국어 초판)

3월 5일자 《남독일신문*Süddeutsche Zeitung*》 문화면 머릿기사가 눈에 들어온다 — 클라우스 파이만(Claus Peymann), 부르크 극장 총감독직 사임. 클라우스 파이만은 이 책 《옛 거장들》 끝 부분에도 나오는 빈의 부르크 극장을, 침체 상태에 빠져 있던 시기부터 지금까지 십여 년 동안 성공적으로 이끌어 온 사람이다. 명연출가 파이만은 빗발치는 반대를 무릅쓰고 토마스 베른하르트의 작품 〈영웅 광장〉을 바로 이 부르크 극장 무대에 올려 세간에 엄청난 물의를 일으킨 장본인이다. 그 파이만이 부르크 극장에 가해지는 오스트리아 사회의 부당한 압박과 언론 매체의 파렴치한 공세를, 즉 예술의 진가와 존엄성에 대한 침해를 더 이상 참을 수 없다는 이유에서 사임했다는 것이다.

작가 토마스 베른하르트는 오스트리아 사회에서 자신의 작품이 동포들에 의하여 잘못 해석되고 그릇된 평가를 받고 있는 사실을 참을 수 없었다. 특히 조국에 대한 자신의 연대감과 사랑이 경멸과 미움으로 왜곡되는 것을 견딜 수 없었다. 유서에 오스트리아 땅에서는 자신의 작품 출판 및 무대 공연을 일절 금지한다고 못을 박아놓을 정도였다.

모든 인간이 공정하게 함께 어울려 살아가는 길을 추구하는 것이 곧 파이만의 연극 철학이라고 한다면, 토마스 베른하르트와 파이만의 철학 사상이 같은 맥락에서 이어진다는 것은 너무도 자명한 일이다.

이 소설의 이야기는 빈에 있는 미술사 박물관에서 진행된다. 음악 평론가인 레거와 만나기로 약속한 아츠바허가 약속 시간보다 한 시간 먼저 이 미술사 박물관에 도착해 몰래 레거를 관찰하면서, 그 전에 레거와 나눴던 대화를 회상하는 내용이 주를 이룬다.

레거는 이틀에 한 번씩 미술사 박물관에 와서 틴토레토의 그림 〈하얀 수염의 남자〉 앞에 있는 의자에 앉는다. 레거는 이러한 특별한 습관을 무난히 유지해 나가기 위해 박물관 감독관 이르지글러와 좋은 관계를 맺어 둔다. 이르지글러를 묘사하는 과정에서 우리는 소위 그의 독특한 어투로 씌어진, 박물관이라는 곳에서 일상적으로 일어나는 상황을 체험하게 되며, 그가 예술에 대한 우리의 그릇된 태도를 가차 없이 비판하고 있음을 본다.

철학자이자 작가인 아츠바허와의 대화 중에 레거는 예술의 진정한 의미가 무엇인지 음악, 미술, 철학 그리고 문학 등을 예로 들어가며 하나하나 파헤친다. 또한 예술뿐만 아니라 오늘날의 정치적-사회적 병폐를 파헤치고 이에 대항해야 하는 의식을 우리에게 고취시킨다. 오늘날 인간의 주위를 둘러싸고 있는 수많은 부정과 비리, 독선과 기만 그리고 인간의 권리와 존엄성의 유린을 우리 피부에 직접 와 닿게 하는 그 특유의 표현으로 마구 까발린다. 이러한 비판에서 우리는 그의 인간에 대한 뜨거운 사랑과 정의롭고 공정하며 진실한 인간의 세계를 추구하는 지칠 줄 모르는 노력을 볼 수 있다.

어떤 독자들은 이 책을 펼치는 순간 눈의 피로를 느끼게 될지도 모른다. 토마스 베른하르트의 작품이 다 그러하듯 단락이나 절 또는 장 따위의 구분이 전혀 없는, 처음부터 끝까지 빼곡하게 이어지는 특이

한 문장 형식 때문이다. 토마스 베른하르트의 작품을 읽는 많은 독자가 처음에는 엄청난 거부감을 느낀다고 한다. 왜냐하면 우리가 사는 이 세상의 모든 것을 너무도 부정적으로 가차 없이 공격하기 때문이다. 그러나 계속해서 읽어 나가면 토마스 베른하르트가 진정 말하고자 하는, 보여주고자 하는 것이 무엇인지 알게 된다. 즉 이 모든 공격의 대상을 토마스 베른하르트가 실은 너무도 사랑한다는 것을 깨닫게 된다. 그가 비판하는 상황은 바로 현재 우리가 몸담고 있는 사회에서 일어나고 있는 일들인데, 다만 토마스 베른하르트가 오스트리아 국민이기 때문에 그 비판의 대상을 빈이라는 도시와 오스트리아라는 나라 그리고 가톨릭 교회로 제한했을 뿐이다. 정도의 차이는 있지만 오스트리아뿐만 아니라 모든 나라에서 인간의 존엄성이 유린되고, 부정과 비리 그리고 독선과 기만이 자행되며, 그로 말미암아 인간의 멸망을 인간 스스로가 재촉하고 있다는 것은 두말할 필요도 없는 일이다.

한국도 오스트리아를 포함한 그 모든 나라에 속할진대, 옮긴이는 한국인으로서 이 책에 대한 한국 독자들의 남다른, 그리고 강도 높은 반응을 기대하는 마음이다.

1997년 5월

김연순

옮긴이의 말(2014년 한국어 개정판)

작년 9월 한국을 방문했을 때 경주 모량리에 사시는 김연순 선생님을 찾아갔었다. 선생님은 일찍이 그곳에 농가를 구입하고 개조하여 베른하르트 문학관을 세웠다. 비록 그 규모가 작고 현대식 시설이 아니어서 전 세계에 그 이후로 생긴 문학관들과는 비교할 수 없지만, 그래도 이는 세계 최초로 탄생한 베른하르트 아카이브이다. 아흔이 다 되신 선생님은 문학관을 홀로 지키며 당신이 한국땅에 심은 베른하르트의 문학과 정신을 알리는 데 여생을 보내고 있다.

선생님께 독일문학을 배웠던 대학 친구들과 함께 집에 들어서는데 선생님이 얼마나 하고 싶었던 말이었던지 식탁에 자리를 잡자마자 예전의 여전히 억센 말투로 말씀하셨다. "글쎄, 내가 이렇게 한심해졌소. 이젠 생각하는 것과 말하는 것이 일치하지가 않소. 얼마 전 한 남자분이 여길 찾아 왔었소. 베른하르트에 관심이 있어서 여기까지 왔다고 했소. 그래서 난 그 사람에게 저 위쪽에 있는 박목월 생가로 가라고 하고는 경주 시내로 가는 버스시간에 늦지 않게 내려오라고 했소. 그렇게 이 사람은 갔소. 난 그 사이에 그 사람이 돌아오면 보여주려고 이런 저런 자료를 다 준비해 놓고 기다리고 있었소. 그런데 그 사람이 오지 않았소. 그래서 다시 가만히 생각해 보니 그 사람은 내가 여기는 볼 것이 없으니 박목월 생가나 가서 보고 제때에 경주로 가라고 말한 걸로 생각한 것 같소. 내가 얼마나 울었는지 모르오. 나 같은 이런 바보가 어디 있소. 베른하르트를 알고 싶어 그 먼 길을 찾아 온 사람을 그렇게 내쫓았으니 말이오." 금방이라도 다시 울음이 터질 것 같은 선생님의 모습은 나이에 걸맞은 노약한 형상이지만 베른하르트를 알리고자 하는 열정은 변함없이 넘쳐흘렀다. 그때 이 열정이 어떻게 눈물이 되어 쏟아져 나왔을까 잘 그려 볼 수 있었다.

독문학자인 김연순 교수는 화가인 막내아들을 통해 베른하르트를 접하게 되었다. 이를 계기로 날카롭고 적나라한 비판적 언어로 자국에서 종종 분쟁의 씨를 뿌리는 이 독특한 오스트리아 작가를 한국에 소개하는 일에 전념하였다. 그 결과로 베른하르트의 대표작들이 차례로 번역되었고, 이러는 과정에서 이 작가를 연구한 한국의 독문학 박사가 여러 명 탄생했다. 하지만 이런 눈에 드러나는 성과에도 불구하고, 1990년대 중반 그의 작품이 번역된 이후 20년이 되어 가는 이 시기에 베른하르트의 문학이 한국에서는 서서히 잊혀 간다는 아쉬움을 늘 금치 못했다.

그러던 올해 봄날 어느 아침, 여기 한적한 라인강변으로 한국에서 급한 전화가 걸려왔다. 전화의 반대편에서 들려오는 목소리는 지금까지 들어보지 못한 필로소픽이라는 출판사라 했다. 독일에 정착하여 사는 게 이미 20년이 되었으니 나는 전공 관련이 아닌 새로운 한국의 출판사를 모른다. 다만 이름이 나쁘지 않다는 생각을 얼른 했다. 놀랍게도 김연순 선생님과 내가 1997년에 공역하여 출간된 베른하르트의 《옛 거장들》을 다시 출판할 계획이라 했다. 순간 나의 집이 있는 브라이테길에 이제 막 피기 시작한 벚꽃의 화려함이 한 순간에 무색해졌다. 이런 아름다운 봄소식이 또 있을 수 없었기 때문이다. 아직도 베른하르트가 한국에서 잊힌 것이 아니라는 기쁨이었다. 곧장 작년 9월 모량에서 경험했던 김연순 선생님의 토마스 베른하르트에 대한 그 일화가 떠올랐다. 베른하르트에 관심을 가지는 한 사람 한 사람에게 그렇게 온 정성을 다 바치니 이 지성이 맺은 열매인 것 같다.

이번《옛 거장들》의 신판을 준비하면서 필로소픽 출판사의 철저한 교정과 옮긴이와의 확인 작업을 통해 구판에서 그 의미가 불명확했던 몇 부분들이 더욱 정확하게 표현되었다. 특히 독일 독자들조차도 번역이 필요하다는 베른하르트의 언어유희에 숨어 있는 진정한 의미를 제대로 드러냈고, 이로써 베른하르트가 독설적인 언술로 내뱉는 듯 표현한 심도 깊은 세계관이 더욱 확실히 드러나게 되었다는 점이 이번 신판의 가치라고 할 수 있다. 또한 독자는 이《옛 거장들》안에서 베른하르트의 문학과 사상이 오스트리아의 특정 시기와 장소에 국한된 것이 아니라 글로벌한 보편성을 가진다는 것을 직접 체감할 수 있을 것으로 본다.

그때 모량리 베른하르트 문학관에서 선생님으로부터 '내쫓기신' 그 분이 이 책을 읽으실지 문득 궁금해진다.

2014년 초여름

독일 본에서

박희석

옛 거장들

초 판 1쇄 발행 | 2014년 8월 6일
초 판 2쇄 발행 | 2024년 8월 16일

지은이 | 토마스 베른하르트
옮긴이 | 김연순, 박희석
펴낸이 | 이은성
편 집 | 황서린
교 정 | 김은미
펴낸곳 | 필로소픽
주 소 | 서울시 종로구 창덕궁길 29-38, 4-5층
전 화 | (02)883-9774
팩 스 | (02)883-3496
이메일 | philosophik@naver.com
등록번호 | 제2021-000133호

ISBN 978-89-98045-57-9 03850

필로소픽은 푸른커뮤니케이션의 출판 브랜드입니다.

《옛 거장들》 리커버판 알라딘 독자 북펀드에 참여해주신 분들

anddolphin, bouffier, CHOYUJIN, ksanika, ksunwoo, Madison Ryu, Mia, zrabbit, 강선영, 고은혜, 권민오, 권지연, 김다솜, 김민식, 김세빈, 김예서예지혜정진범, 김예진, 김유라, 김인아, 김임진, 김재경, 김정한, 김주희, 김지현, 김혜더, 나영은, 남동경, 달밤에술한잔, 듀말티즈광수, 맹소영, 메르카바, 물고기, 박도연, 박도현, 박도희, 박명희, 박민지, 박성현, 박영효, 박준상, 백수영, 별빛노을, 부지원, 산(한승윤), 새벽달서리꽃, 서채영, 성다연, 성현제, 신윤주, 심수정, 안현지, 에반아내로즈, 유진용, 유폴히, 윤수용, 윤여진, 윤현영, 윤환희, 이기원, 이나영, 이보리, 이선아, 이선호, 이성현, 이승은, 이심환, 이예령, 이원웅, 이재원, 이재윤, 이정우, 이주성, 이준우 하윤, 이진현, 이해영, 이현빈, 임상혁, 정수영, 정우, 정희수, 지영숙, 진혜원, 최재웅, 최진석, 최현영, 트락타트, 편다래, 푸바오사랑해, 하원정, 한초록, 홍차, 황성진, 황지원 포함 총 117분께 감사드립니다.